Aurore Joli

LES ENFANTS DU CHAOS

A ma petite soeur, sans qui Akhela n'existerait pas.

Tu as cru en moi depuis le jour où j'ai prononcé son nom pour la première fois.

Cette histoire est pour toi...

Introduction

Durant des siècles les Hommes ont usé et abusé des biens de la Terre et des trésors qu' Elle leur offrait. Des technologies de plus en plus novatrices, l'épuisement des ressources naturelles, des guerres de civilisations, de croyances. Les Hommes ne vivaient plus par nécessité mais par besoins. Besoin de toujours plus, plus que son voisin. La destruction de la Nature était en marche. Seuls quatre frères avaient la capacité de la préserver. Les quatre derniers Oujdas de la planète. Descendants de la puissante Lignée des Oracilne et derniers Omniscients de l'Univers. Les Oujdas étaient des êtres investis de pouvoirs surnaturels, en mesure de contrebalancer le destin funeste qui attendait l'Humanité. Grâce à leurs pouvoirs et leurs dons extrasensoriels, ils permirent aux Hommes de vivre sur une Terre fertile gorgée d'eau, donnant naissance à une faune et flore sauvages et denses. Les Quatre derniers Oujdas s'appelaient Phloge*, Qoohata, Senttoni et Worsano. Face à l'écrasante vérité qui guettait la fin de la Planète, Ils unirent leurs forces et puisèrent toute la magie nécessaire pour donner aux êtres humains un nouveau souffle, une seconde chance, une chance de survie. Malgré leurs efforts pour sauver l'Humanité, Ils échouèrent ne laissant plus rien derrière eux. La Terre avait entièrement brûlé devant leur puissance, plus rien

* [Flogueux]

n'existait ni ne vivait aux alentours. La race humaine s'était éteinte. Seule une vallée entourée par une épaisse forêt et ses habitants semblaient avoir été épargnés par le sortilège surnaturel des Quatres Frères Oujdas. Ils ne restaient plus qu'eux sur cette vaste planète. Se rendant compte de leur immense erreur, Senttoni, Qoohata, Phloge et Worsano comprirent une chose. Il était injuste et dangereux que de tels pouvoirs soient seulement entre les mains de quatre Oujdas, aussi puissants soient-ils. Il en fallait plus, il leur fallait de l'aide et se mirent d'accord sur un point. Leur Essence devait être partagée avec ceux qui n'en possédaient pas : les Anàfis. Une incantation puissante octroierait aux êtres les plus purs leur magie :

La Transcendance. Formant un cercle et se tenant par les avants-bras pour ne former plus qu'un, les Quatre Frères Oujdas opérèrent leur dernier ensorcellement :

Chaque enfant à naître qui aura, dans son unité de corps et d'âme, la capacité de sauvegarder ce qui est nécessaire - la pureté de l'air, de l'eau, de la nourriture, de nos coeurs et de nos relations -

Celui là recevra l'Empreinte d'un Frère, sous forme de marque sur sa nuque, et il se verra gratifié à jamais des pouvoirs de l'Univers. Ainsi il réussira là où nous avons échoué. Ainsi il sauvera ce que nous avons détruit.

Par la suite des dizaines d'enfants naquirent avec une Empreinte sur la nuque. Celle des "Enfants de Senttoni" avait pris la forme d'une sorte de fer à cheval inversé. Les "Enfants de Phloge" reçurent deux triangles se faisant front, leur pointe respective opposée, l'une pointant vers le ciel, l'autre vers la terre. L'Empreinte des "Enfants de Worsano" ressemblait à une moitié de huit horizontal, et celle des "Enfants de Qoohata" dessinait deux droites verticales et parallèles.

Les Quatres Frères Oujdas aidèrent les habitants de la Grande Vallée à mettre en place la nouvelle vie qui les attendait, seuls survivants de ce cataclysme. Le but de chacun était à présent de reconstruire la Terre en la respectant, de vénérer la Nature en la remerciant de ce qu'elle pouvait leur offrir. Une grande école nommée "l'Enceinte des Quatre Lignées" fut construite au centre de la Vallée. Elle permettrait d'accueillir tous les Oujdas dès l'âge de seize ans pour apprendre la maîtrise de leur Essence magique. Afin de gérer au mieux cette nouvelle civilisation, Le Grand Ordre fut mis en place. Composé de quatre Oujdas, d'un Anàfi de haute profession, d'un Anàfi du Peuple et du Protecteur de l'Enceinte; son rôle était de prendre les décisions importantes concernant le peuple de la Grande Vallée.

Années après années, les Quatre Frères et le nouveau peuple cohabitèrent sereinement et trouvèrent un équilibre serein et plaisant. Les plantations commencèrent à foisonner, les animaux redonnèrent naissance dans la forêt. Senttoni, Qoohata, Phloge et

Worsano eurent le privilège de voir la première génération de jeunes Oujdas intégrer l'Enceinte des Quatre Lignées. Ils leur apprirent tout ce qu'ils savaient au sujet de leur pouvoirs et s'éteignirent en paix dans l'espoir d'un avenir meilleur pour leurs descendants.

Le magasin de Tigridd Bess était sans conteste le mieux achalandé de toute la Vallée. C'est qu'elle y avait mis toute son âme et tout son coeur depuis tant d'années. Elle confectionnait des vêtements, d'une qualité et d'une douceur incomparables au reste. Personne ne pouvait ignorer Tigridd Bess et son excentricité. Bien que tout le monde l'admire, elle et son talent, son échoppe avait failli ne jamais voir le jour. Elle était une Oujda, Enfant de Worsano. Née avec l'Empreinte des Quatre Frères, elle avait reçu une partie de leurs dons et avait dû vouer sa vie entière à la pérennisation de l'espèce, à la reconstruction de cette Terre mourante. Ses aptitudes étaient diverses mais sa spécialité résidait dans le fait de se lier avec la nature. Chaque matière, chaque essence qu'elle touchait entraient en elle comme de la sève, ne faisant plus qu'un avec son corps. Une fois l'entité absorbée, elle la recrachait en une substance nouvelle qu'elle retravaillait à l'infini pour ses créations. Ses vêtements étaient alors des pièces uniques à base d'écorces, d'huiles essentielles et de tout élément qui la faisait vibrer. Durant sa vie de bons et loyaux services rendus, ses talents avaient permis moultes baumes et guérisons spectaculaires autant pour la survie des Oujdas que pour les récoltes et les plantations. Arrivée à un âge très avancé, son rêve de confectionner des vêtements singuliers avait vu le jour. Ce qui n'était pas au goût du Grand Ordre. Ingéniosité, Humilité, Témérité, Sagesse. Telle était la devise. Il était inconcevable qu'un enfant né avec l'Empreinte des Quatre Frères, choisi parmi des centaines pour accomplir de grandes choses jusqu'à sa mort se détourne de son but ultime. Mais c'était sans compter sur Tigridd Bess. Sa loyauté, son dévouement envers la cause avaient été tellement intenses, qu'Ils avaient fini par lui accorder son laissez-passer. Mais on entendait les anciens dire à voix basse que c'était son charisme et son côté brut de pomme qui lui avait valu son ticket doré. Par provocation ou réels remerciements, elle avait baptisé son magasin " La Chaumière des OujdAfis ". Il faisait désormais parti du décor et on pouvait sentir à des kilomètres les effluves qui émanaient de son atelier. Les grandes baies vitrées étaient de verre fumé, il fallait presque coller son visage, l'entourer de ses mains pour voir ce qui se tramait à l'intérieur. Et c'était à chaque fois un réel plaisir. Les petits comme les grands ressentaient un bien-être certain, presque une euphorie. Rien n'était banal sur ses étagères. Des plumes faites de soie et de charbon, des étoles de laine teintées à la camomille, du zinc odeur de fougère en guise de boutons. Les murs étaient recouverts de tentures foncées, les sols de tapis en fourrure. L'odeur enivrante de toutes ces essences tournait la tête si on y restait trop longtemps. Mais là où Tigridd Bess excellait le plus, c'était dans la confection de robes de cérémonie. Et les élèves de dernière année se ruaient dès le début de l'automne pour admirer ce qui serait peut être leur tenue pour le bal.

Akhela Drachar était l'une d'entre eux. Elle passait tous les matins devant la boutique de Tigridd avec le désir profond de porter une de ses oeuvres. Avec ses longs cheveux roux bouclés, elle s'imaginait porter une robe teintée de bleu. Peut-être un tissu créé à base de roses fraîches ou de roseaux. Une odeur discrète et légère comme elle. Son père, Aral Drachar, n'était pas du même avis. Ils étaient tous deux des Anàfis. Nés sans Empreinte, ils étaient placés sous la protection des Oujdas et seule une poignée d'entre eux pourraient accéder à des postes hauts placés. Des avocats du droits des Oujdas, des rédacteurs de Codes et autres professions visant à régir la Paix entre descendants des Quatre Frères et Simples Hommes. Aral espérait que sa fille choisisse un métier sans dur labeur, qui lui permettrait de vivre aisément, sans rencontrer le moindre tracas. Akhela rêvait en grand, sans qu'il n'en sache rien, se voyant déjà Magistrate dans la défense des droits des Anàfis ou encore dans la lutte contre les infractions de certains Oujdas. Jamais elle n'oserait lui en parler. Il avait tellement peur. Peur pour elle ? Peur de l'avenir ? Plutôt peur du passé. Peur des moqueries que subissait Akhela depuis toujours.

Alors que sa mère était sur le point de lui donner la vie, une grande révolte éclata au centre de la Vallée. En sein même de l'Enceinte des Quatre Lignées. Cette école regroupait quatre bâtiments, chacun portant le nom d'un Frère Oujda. Les enfants nés de l'Empreinte l'intégrait dès seize ans pour accomplir ce pour quoi ils avaient été choisi. Les Enfants de Senttoni en faisaient parti. Durant des décennies, ils avaient développé leurs capacités avec un fort potentiel dans la maîtrise du feu. Grâce à eux, plus aucune attaque n'avait mis en péril leur civilisation; et toutes formes de maladie avaient été éradiquées avec l'aide des Enfants de Phloge et de leurs élixirs ardents. La Vallée était en paix jusqu'à cette nuit là. Sianna Oracilne siégeait à la tête de l'Enceinte. Elle était la dernière descendante directe des Quatre Frères, faisant d'elle un digne successeur. Elle était née avec l'Empreinte, comme toutes les femmes de sa famille, elles étaient Oujda de mère en fille. Elle, une Enfant de Qoohata. Sa froideur lui donnait sa force. Avec son teint de porcelaine et ses yeux bleus perçants, personne n'osait la défier. On la craignait au plus loin dans la Vallée, la seule Enfant de Qoohata à l'Essence pure. Sa présence comme Protectrice de l'Enceinte rassurait Oujdas et Anàfis. Ils avaient foi en elle, surtout depuis peu, depuis qu'elle leur avait donné une héritière. Il y a quelques jours Sianna avait donné la vie à son premier enfant.

Alors que les cours étaient terminés et que l'Enceinte allait fermer ses portes, une odeur infâme se fit sentir dans l'arrière cour. Les professeurs y entreposaient tout le matériel nécessaire à leurs cours. On pouvait y trouver des bocaux renfermants des plantes toxiques utiles à l'apprentissage de la régénération des corps. Du venin paralysant pour terrasser son ennemi. Diverses pièces métalliques pour développer ses capacités magnétiques.

   De la puanteur grandissante émanait une légère fumée grisâtre. Des gémissements, des cris puis des hurlements retentirent à la fois, se mêlant à présent à une épaisse fumée noire. Il devenait difficile d'y voir à un mètre. L'agitation collective prenant place à la terreur. Il se passait quelque chose de terrible et Sianna ne l'avait pas vu venir. Malgré sa puissance, elle ne maîtrisait pas les dons de clairvoyance et son nouveau statut de mère la rendait vulnérable. Le professeur de déviation, Ysbi Salcin, se mit au travers de Sianna :

- Un feu s'est développé dans l'arrière cour Sianna ! Mais ce n'est pas un simple incendie. J'ai tenté de le dévier mais ce pouvoir me dépasse. Je ne sais pas ce qu'il se passe mais ....

Leurs yeux se posèrent au même moment sur une silhouette à genoux, au milieu du jardin, les bras levés vers le ciel. Pinelle Loreme, la plus vieille Aruspice de la Vallée. Elle avait enseigné auparavant mais ses dons lui donnait d'horribles migraines si bien qu'elle finissait par perdre la raison.

- Nous nous tournons vers de sombres années !!! Hurlait-elle noire de suie, les cheveux cendrés par l'âge et par les bois brûlés qui semblaient tomber en cascade du ciel. Les yeux révulsés, elle criait :

Traîtres ! Traîtres ! L'heure des Oujdas sonne sa fin, notre convoitise nous a perdu ! Les Quatre Frères ont eu tort de croire en nous !

Dans ses doigts des viscères, du sang coulant le long de ses bras ridés. Devant elle gisait un jeune homme mort. Pinelle lui avait alors déchiqueté le ventre avec une lame aiguisée, sortie son foie pour lire un avenir funeste dans ses entrailles.

Dans l'affolement général tout le monde cherchait à éteindre le feu, Sianna et Ysbi mirent Pinelle Loreme à l'abri. Elle continuait de déblatérer sur la légitimité des Oujdas, sur leur coeur devenu obscur alors que l'Enceinte était en train d'être réduite à néant. Des flammes jaillissaient tout en haut des tours, l'air devenait irrespirable et on pouvait apercevoir des corps joncher le sol. Brûlés, asphyxiés, piétinés. Tant de morts en quelques minutes. Des voix s'élevaient de plus en plus fort. Ils se battaient, anéantissant tout sur leur passage. Ils cherchaient à forcer les portes pour entrer. Trois des Quatre Lignées s'étaient rassemblées autour de Sianna, de tous les membres de l'Enceinte. Les Enfants de Worsano, les Enfants de Qoohata et les Enfants de Phloge faisaient front. Ils n'arrivaient pas encore à distinguer contre qui ou quoi ils se dressaient. Le feu, la fumée, l'odeur de brûlé étaient insoutenables. Ils étaient prêt à donner leur vie pour la Vallée. Les pas se rapprochaient de plus en plus, leurs cris devenaient audibles, enfin déchiffrables :

- Ce soir s'achève le règne des Oracilne !!! Ce soir commence l'Insurrection des Enfants de Senttoni !

Cette nuit là, ce chant funeste retentit jusqu'à l'orée des bois, par delà la Vallée, tandis que la guerre faisait rage entre les Enfants de Senttoni et les trois autres Lignées. Ils avaient l'avantage dans la maîtrise du feu et l'effet de surprise, la trahison, leur permettaient de ravager et de massacrer des centaines de leurs amis, de leurs frères.

Malgré la peine, la haine et les pertes innombrables, Sianna devait reprendre les choses en main. Par respect pour ses ancêtres, pour tous ces innocents qui avaient perdu la bataille, pour la foi en leur cause. Elle ordonna la formation des Enfants de Worsano tout autour de l'Enceinte et ils enclenchèrent un champ de force de protection. Les Enfants de Senttoni n'étaient pas suffisamment nombreux pour le contrer. Les élèves et les professeurs se dispersaient pour venir à bout des flammes. Pendant la bataille, plusieurs Enfants de Senttoni réussirent à franchir les murs et montèrent dans les appartement de Sianna. Ils trouvèrent son nouveau né. Sans réfléchir plus longtemps, ils l'étouffèrent dans son sommeil d'une barbarie sans nom.

Pour mettre le plus de chance de leur côté, Sianna avait absorbé une partie des dons des Enfants de Senttoni pour les neutraliser au plus vite. Cela les avait affaiblis, ce qui avait permis au champ de force de les bloquer. Mais ils étaient beaucoup trop puissants et l'énergie dépensée pour ce pouvoir l'avait vidée presque intégralement de son Essence. La douleur et la rage avait fini d'anéantir Sianna. L'affrontement dura jusqu'au levé du jour et cette révolte fut un échec. Tous les Enfants de Senttoni encore vivants furent arrêtés et après avoir fait le décompte des pertes humaines, des dégâts mais surtout de ce qu'ils avaient osé faire à son enfant; Sianna Oracilne monta au plus haut de la tour des Enfants de Qoohata pour s'adresser au peuple; Oujdas et Anàfis :

- Peuple de la Grande Vallée ! Ce matin est un triste

jour. Depuis des centaines d'années les Oujdas et les Anàfis vivent en paix et s'entraident dans la reconstruction de notre Terre. Notre devise à tous est :

Ingéniosité, Humilité, Témérité, Sagesse.

Cette nuit, 892 de nos frères ont perdu la vie. Pourquoi ? Parce que notre devise a été bafouée par les Enfants de Senttoni. Leur arrivisme et leur quête du pouvoir les ont égaré et ils ont commis l'impardonnable. Ils ont massacré notre civilisation, ils ont massacré mon nourrisson. Ils ne méritent pas leur Empreinte, Ils ne méritent pas les pouvoirs que leur ont légué les Quatre Frères. Tant que je serai la Protectrice de l'Enceinte des Quatre Lignées, je vous promets que cela ne se reproduira plus jamais. C'est pourquoi, Moi, Sianna Oracilne, Oujda, Enfant de Qoohata et dernière de la Lignée des Oracilne, j'ordonne l'exécution immédiate de tous les Enfants de Senttoni et sans négociation. Leur tour est condamnée à jamais de l'Enceinte et la maîtrise du feu est désormais prohibée !

Ses ordres furent appliqués dans la journée sans aucune contestation. Personne ne voulait se rallier du côté des Traîtres. Elle disparut cette nuit là pour ne plus jamais revenir. Des rumeurs couraient par les sentiers qu'elle s'était réfugiée au plus profond de la forêt pour y mourir de chagrin.

Aral Drachar était auprès de sa femme Gariane cette nuit là. Elle était en train de donner naissance à leur fille. Mais leur maison, construite en aval de l'Enceinte, sur l'Allée des Cyclamènes, à un pâté de maisons de la rivière, avait été prise au piège par les flammes.

- Gariane, je t'en supplie, relève toi ! Implorait Aral. Prend appuie sur moi, il faut sortir au plus vite de la maison.

- Je suis trop faible Aral, j'ai perdu trop de sang. Occupe-toi d'Akhela, elle a besoin de toi. Lui répondit-elle.

Le temps qu'Aral attrappe une couverture pour envelopper leur bébé, une poutre enflammée tomba de la charpente pour s'écraser en travers du salon. Des braises volaient dans la pièce, retombant sur le mobilier. Tout prenait feu à une vitesse incontrôlable. Le canapé, le fauteuil, la table, les peintures au mur.

- Je t'en prie Gariane !!! Prends ma main ! Un dernier effort, s'il te plaît ! Je vais te porter jusqu'à la sortie.

- Non !!!! Aral retourne toi, le berceau !!!!!!!!

Dans un dernier effort, Gariane leva son index en direction de sa fille. Un brasier entourait le petit lit. Aral tourna la tête vers sa femme. En une seconde il comprit que sa vie venait de basculer à tout jamais. Soit il faisait un pas en arrière, agrippait sa femme sur son épaule et ils pourraient se frayer un chemin vers le patio extérieur; soit il tendait les bras pour extirper son enfant hors des flammes et il pourrait passer par la fenêtre devant lui qui avait été brisée par une branche d'arbre en feu.

Il tourna une dernière fois les yeux vers Gariane. Dans un murmure presque inaudible, il entendit sa voix :

- Je t'aime mon Amour, ne l'oublie jamais.

Les larmes coulaient sur ses joues brûlantes. Aral empoigna sa fille et sauta de toutes ses forces en dehors de ce qu'il restait de leur maison; en courant le plus loin possible de ce qui n'était plus qu'un tas de cendres. Sans s'arrêter pendant des kilomètres, il serrait tout contre sa poitrine son nouveau né. A présent, il n'y avait plus que lui et sa fille. Sa pauvre enfant complètement brûlée de la nuque jusqu'à l'épaule. C'était de sa faute. Il avait trop longtemps hésité. Jamais il ne pourrait se le pardonner. Aral finit par stopper sa course au bout de quelques heures, épuisé, meurtri par la perte de sa femme, de sa maison, de sa vie. Ils s'allongèrent sur l'herbe, à l'intersection de la Ruelle des Pigamons et de l'Allée d'Andromèdes, pour ne plus penser, ne plus bouger, espérant qu'un avenir radieux apparaisse au plus vite.

- Encore dans tes pensées à ce que je vois ?!

Un jeune homme grand, élancé et plutôt maigrelet venait de surgir derrière Akhela. Lui, c'était Soël Shimmel, son meilleur ami, son frère de toujours. Il faisait au moins deux têtes de plus qu'elle, des cheveux dans le vent mal coiffés qui lui donnaient un certain air négligé mais qu'il assumait avec panache. Leurs maisons se situaient côte à côte sur le Sentier des Garancias. Pour se rendre au lycée chaque matin, ils coupaient à travers le quartier d'habitations du Faux Sorgho. Cela leur permettait de flâner devant les commerces qui ouvraient à peine, d'humer la bonne odeur de brioche qui s'élevait du vieux four en pierre. Ils longeaient la boutique du vieux Telop Mercale qui vendait des élixirs de toutes sortes, des onguents puants et pâteux, de vieux grimoires et des accessoires utiles au développement des pouvoirs d'attaque et de défense. Il était déjà arrivé à Soël de rentrer, une fois, par curiosité. Mais sans Empreinte il n'avait rien pu acheter. Et cela ne lui aurait servi à rien. Au bout du bâtiment commercial se trouvait "La Chaumière des OujdAfis", la fameuse boutique de Tigridd Bess où Soël venait de rattraper Akhela.

- Arrête de rêvasser ! Lui dit-il en riant. Tu veux vraiment aller à ce stupide bal ? Moi qui croyais que tu étais au dessus de ça.

- Tu sais très bien que même si je voulais y aller, mon père ne serait jamais d'accord. Franchement je ne vois pas pourquoi il s'obstine à me protéger comme ça. Répondit Akhela, à la fois agacée d'être traitée comme une enfant et peinée que son père ne lui fasse pas plus confiance.

- Il a peur que quelqu'un te fasse de la peine avec des remarques stupides et blessantes. C'est vrai que tu ressembles à un vieux cornichon moisi.

Ils se regardèrent en silence puis éclatèrent de rire. Soël pouvait lui dire toutes les atrocités sans la vexer. Et Akhela ne complexait absolument pas de son énorme cicatrice. Elle avait grandit et sa brûlure aussi. Lui recouvrant entièrement la nuque et descendant jusqu'à son épaule droite. De couleur rosée, cela dénotait avec son teint de rouquine. Elle était en relief, légèrement enflée et d'une extrême sensibilité. Soël lui avait demandé un jour, alors qu'ils étaient petits, s'il pouvait la toucher. Il se souvenait encore de cette sensation étrange. On aurait dit de la soie. Et les vagues et les creux lui rappelaient la descente de la rivière un soir d'orage.

- En tout cas, si ton père change d'avis, je me ferai un plaisir de vous conduire Madame ! Söel fit une révérence jusqu'à toucher ses propres orteils. Il aimait

Akhela, comme un grand frère, et toutes les singularités de sa personne. Depuis aussi loin qu'il se souvienne, il avait toujours été hypnotisé par son regard. Jamais il n'avait vu ailleurs des yeux comme les siens : vairons. L'oeil gauche marron, profond, presque jaune par temps de grand soleil. L'oeil droit bleu, perçant, couleur orage les jours de pluie. Son oeil gauche était incontestablement celui de son père, la même teinte, les même tâches dans l'iris. Son oeil droit lui venait, selon lui, de sa grand mère maternelle. Elle était décédée avant qu'il ne la rencontre, mais sa mère lui parlait souvent d'elle.

- Ces robes sont magnifiques, tu ne trouves pas ? Akhela avait presque le nez collé à la vitrine.

- Tu serais sublime dans l'une d'entre elles. Répliqua Soël. Je vous ai entendu vous disputer ce matin, ton père et toi. Est ce que ca va entre vous ?

- J'en ai marre qu'il me traite comme un oisillon tombé du nid. Quand je lui ai demandé quelle robe portait ma mère lors de leur bal...

- Très subtil ! Coupa Soël.

Akhela lui lança un regard noir avant de poursuivre :

- Tu ne va pas t'y mettre toi aussi. Je ne vois pas où est le mal d'aller à ce stupide bal et qui plus est, dans savoir plus sur ma mère. A chaque fois que j'aborde le sujet, il se ferme comme une huître ou alors il se met en colère et part en claquant la porte.

- Je sais que c'est dur pour toi mais met toi à sa place. Revivre cette nuit là... Ca a été l'enfer pour des centaines de nos parents, voisins, amis. Quant à ton père. Il a tout perdu, tu as été blessée. Peut-être qu'un jour il trouvera la force de se pardonner, de te parler.

- En attendant on ferait bien d'accélérer. On va finir par être en retard et je n'ai pas envie de rester une heure de plus ce soir pour récurer les couloirs. Soupira Akhela.

"A vos ordres chef " cria Soël, et ils finirent leur chemin au pas de course.

- Merci de nous faire part de vos présences ! Dit leur professeur d'Histoire Monsieur Scorsso sans même se retourner du tableau. Akhela et Soël prirent place sans un mot, se faisant les plus petits possible. Nous finissons aujourd'hui notre programme avec l'Histoire de notre civilisation. Prenez des notes, je ne répèterai pas et sachez que ce chapitre fera parti des examens de fin d'année.

Râle général de l'ensemble de la classe.

Bon je reprends : Il y a des centaines d'années, La Terre se mourrait, ravagée par les guerres, par les technologies. Les Hommes avaient pillés toutes les ressources nécessaires à la survie des êtres vivants. Il n'y avait presque plus d'eau, de nature. Les Quatre Frères Oujdas, descendants de la puissante Lignée des Oracilne et derniers Omniscients de la planète mirent leur Essence en commun pour tenter de la sauver. Senttoni, Qoohata, Phloge et Worsano. Malgré la puissance de leurs pouvoirs réunis, ils échouèrent laissant une Terre brûlée, stérile, sans espoir. Seule la Vallée avait été épargnée par le cataclysme qu'Ils avaient provoqué sans le vouloir. Face à leur échec ils comprirent qu'une telle Essence ne pouvait être contenue seulement par une poignée de Oujdas. Ils se mirent d'accord pour opérer une transcendance. L'idée était venue de Worsano. Il les avait convaincu de réprimer leur orgueil pour le bien de l'Humanité. Worsano était un Oujda modeste et humble. Chacun d'entre eux avait une force de caractère intrinsèque et ils souhaitaient la léguer à leurs descendants. Senttoni était brave et courageux, personne n'aurait pu le défier. Phloge était passé maître dans l'art de créer des potions. Il n'y a rien qu'il ne pouvait modeler, réparer, inventer.

- C'est donc de là que vient notre Devise ? Coupa un élève au fond de la classe.

- Bien sûr. Acquiesça le Professeur. Ingéniosité, Humilité, Témérité, Sagesse. Le plus raisonnable d'entre eux était donc Qoohata, qui agissait toujours avec prudence, tempérance et sincérité. Formant un cercle, ils s'empoignèrent les avants-bras et célébrèrent leur rituel :

Chaque enfant à naître qui aura, dans son unité de corps et d'âme, la capacité de sauvegarder ce qui est nécessaire - la pureté de l'air, de l'eau, de la nourriture, de nos coeurs et de nos relations -

Celui là recevra l'Empreinte d'un Frère, sous forme de marque sur sa nuque, et il se verra gratifié à jamais des pouvoirs de l'Univers. Ainsi il réussira là où nous avons échoué. Ainsi il sauvera ce que nous avons détruit.

Un ricanement franc retentit dans la salle.

- C'est carrément n'importe quoi !

- Quelqu'un a un commentaire à faire ? Rétorqua Monsieur Scorsso.

- Oui, moi !

- Cela m'aurait étonné ! Levez-vous jeune homme et éclairez-nous de vos lumières. D'un revers de main agacé, le Professeur l'invita à prendre la parole.

- Je m'appelle Branel Ourl, Oujda, Enfant de Qoohata et....

- Ca va ! Tout le monde sait qui t'es !!! Beugla Soël.

Branel reprit sans se soucier de lui.

- Et à la fin des Grandes Neiges, en Mars, j'intégrerai L'Enceinte des Quatre Lignées. Je suis Oujda de père en fils et vous insinuez que les Empreintes de ma famille sont une sorte de loterie ? Que ça n'a rien à voir avec la pureté de la race ?

- Il n'est en rien une question de loterie Monsieur Ourl. Ce que je dis c'est que la Transcendance voit en chaque nourrisson les bienfaits qu'il peut apporter à notre civilisation et qu'il est choisi pour sa pérennisation.

Chaque année Monsieur Scorsso se heurtait à de jeunes Oujdas impétueux et il ne s'en offusquait même plus.

- Je vais tous vous sauver !!! Même vous Professeur, je suis la supériorité de l'espèce. Branel était monté sur sa table et tournait lentement sur lui même en agitant les bras.

- Asseyez-vous !!! Hurla Monsieur Scorsso. Je ne suis peut-être pas un Oujda mais des jeunes prétentieux dans votre genre, j'en ai connu des dizaines; et mes grands pieds d'Anàfi peuvent encore vous botter le cul !

Un silence de plomb envahit la grande salle. On aurait pu entendre le vent qui venait de s'engouffrer dans le couloir. Jamais personne n'avait vu le professeur se mettre dans une colère pareille.

- Et je vous signale au passage, Monsieur le Sauveur, que nombre de vos camarades nés Oujda, tout comme vous, ont des parents Anàfis. Ils n'en sont pas moins digne que vous.

Sa voix avait repris une tonalité normale mais le ton employé n'en était pas moins sec. Bien qu'il soit descendu de sa table, l'arrogance de Branel ne s'arrêta pas là:

- Hey, on parle de toi Tête de Lard !

- Je m'appelle Tetlarre !!! Répondit timidement un élève potelé à moitié rouge de honte.

- Ouai, franchement c'est pareil. A ce qu'on m'a dit sous cette couche de gras tu as une Empreinte ? Un Enfant de Phloge ? Il y a dû avoir une erreur à la naissance. Deux parents Anàfis, fermiers, qui passent leur journée dans la merde de bouc et qui donnent naissance à un Oujda ! Ahaha ! Il y a une étincelle qui a raté dans cette transcendance, non ?!

La moitié de la classe se mit à rire. C'en était trop pour Akhela. Même si elle ne connaissait pas Tetlarre personnellement, elle ne supportait pas qu'on se moque de quelqu'un sur son physique.

- Fiche lui la paix ! Et toi tu n'es pas une erreur, Branel ? A ce qu'on m'a dit, ta mère aussi était une Anàfi ? De vous deux, Tetlarre est le plus digne d'être un Oujda.

Branel tourna la tête vers Akhela :

- Je t'interdis de parler de ma mère ! Elle était peut être une Anàfi mais mon père descend d'une longue lignée de purs Oujdas ! Dis moi Akhela, si ton père avait été un Oujda, il aurait peut être pu faire quelque chose pour cette immonde cicatrice que tu as là ! Malheureusement, quand on ne fait pas partie de l'élite...

Il approcha lentement son doigt et lui effleura l'épaule

en la fixant droit dans les yeux. Akhela sentit la rage monter de son estomac et alors qu'elle allait lui sauter au visage pour lui arracher les yeux d'avoir insulté son père, Branel ressentit une douleur vive à la poitrine et tomba à genoux. Monsieur Scorsso bondit de sa chaise.

- Un sort d'attaque ?! Dans ma classe ? Qui a fait ça ? Aucun Oujda n'a l'autorisation d'utiliser son Essence avant d'avoir intégré l'Enceinte. Que le coupable se dénonce sur le champ !

Le professeur d'Histoire ne plaisantait pas avec les Codes, et c'était pour lui intolérable qu'un élève viole les Écrits Sacrés durant ses cours. Alors qu'il passait de table en table pour démasquer le coupable et remettre sur pied Branel Ourl, ils furent tous interrompus par l'entrée d'un garde du Quartier d'Arabette. Et comme chaque année, ils écoutèrent son cérémonial :

Article 4 du Code des Oujdas

Chaque année et jusqu'à éradication des Traîtres, des contrôles aléatoires auront lieu pour débusquer d'éventuels Enfants de Senttoni. Si l'Empreinte est détectée, le porteur se verra immédiatement vidé de son Essence. S'il survit, il pourra rejoindre la civilisation en tant qu'Anàfi.

Une fois le texte sacré débité, il reprit :

Ceci n'est pas un contrôle aléatoire ordinaire, je suis ici par délation. Hier soir, un habitant de la Rue du Bois Bouton nous a rapporté qu'un fermier achetait régulièrement pour le compte d'un Oujda de l'Anthyllide Vulnéraire et de la Dumortiérite.

- On est censé savoir de quoi il parle ? Murmura Akhela à l'oreille de Soël.

- J'en ai déjà entendu parler. Ce sont des ingrédients nécessaires à la préparation de....

- A la préparation d'un filtre puissant de dissimulation. Merci Monsieur Shimmel répondit froidement le garde d'Arabette. *Soël était surpris qu'un Garde connaisse sa modeste existence.* Et il se trouve que lorsqu'on donne ces éléments à des personnes peu recommandables, on obtient un élixir capable d'effacer une Empreinte de manière temporaire. Alors il faut souvent recommencer. N'est ce pas Monsieur Rutrich   Norsin ?!

- Je.... Je... Je ne vois pas de quoi vous parlez Monsieur. Je suis un Anàfi et je....

La voix de Rutrich tremblait tellement qu'elle trahissait une faute plus grande que le crime duquel il était accusé.

- Et bien dans ce cas, vous n'aurez aucun problème à boire cette fiole.

Le garde tendit à Rutrich un petit flacon rempli aux trois-quarts d'un liquide orangé, presque doré. Les yeux du jeune homme se révulsèrent presque à la vue de ce contenant.

Monsieur Shimmel, reprit-il, vous qui semblez connaitre beaucoup de chose sur les potions interdites, savez-vous ce que je tiens dans la main?

Soël était rouge de honte et répondit, en baissant la tête :

- Non Monsieur, je ne sais pas, je n'en avais jamais vu ni entendu parler jusqu'à aujourd'hui.

- Cette fiole, mes enfants, contient de l'élixir de Chiastolite. Elle lève le voile de l'illusion à celui qui la boit, elle démasque les tricheurs de leur perfidie. Rutrich Norsin, vous êtes accusé d'avoir effacé votre Empreinte d'Enfant de Senttoni par envoûtement, d'avoir soudoyé des Anàfis et des Bannis pour réaliser votre artifice. Soit vous buvez maintenant ce que je vous tends, soit je vous l'enfonce moi même dans le gosier. Si vous êtes innocent des crimes dont je vous accuse, vous n'avez rien à craindre.

Rutrich était piégé, tous les regards posés sur lui pesaient jusqu'à l'écraser. Il ne pouvait pas fuire, rien ne pouvait le sauver. Il prit la fiole des mains du garde et l'avala d'une traite, comme s'il voulait en finir au plus vite. A peine ingurgité que le poison fit son effet dans le corps frêle du jeune homme. Debout faisant dos à la classe, il attendait son sort. L'assemblée restait immobile, à la fois fascinée et terrorisée par ce qui était en train de se produire. Dans un râle d'une immense douleur, les élèvent eurent à peine le temps d'apercevoir ce qu'il lui arrivait. La peau du cou qui craquèle, les chairs qui se déchirent, le sang dégoulinant sur les omoplates de Rutrich. Et une marque naissante, une sorte de fer à cheval inversée, se dessinant dans sa nuque. Aucun d'entre eux n'en avait jamais vu auparavant : L'Empreinte des Enfants de Senttoni.

Rutrich, humilié et complètement dépassé par la situation, se mit à genoux en pleurs devant le garde :

- Je vous en supplie, comprenez-moi. Il y a quelques mois encore j'ignorais tout de ma condition.

- Menteur ! Coupa le garde.

Rutrich continua sa défense :

- Je vous dis la vérité ! Mon père a perdu la vie pendant l'Insurrection des Enfants de Senttoni. Ma mère s'est retrouvée seule pour m'élever, et sur son lit de mort, il y a peu, elle m'a confessé que depuis ma naissance, elle me faisait prendre à mon insu, dans le plus grand secret, l'elixir d'Anthyllide. Je... je ne savais pas quoi faire d'autre.

- Votre histoire, si tant est qu'elle soit vraie, est très touchante. Mais la loi est la loi et vous devez me suivre. Monsieur Rutrich Norsin, vous êtes condamné à être vidé de votre Essence dans les Quartiers de la Prison d'Arabette. Si vous survivez, vous reprendrez votre place au sein de la Grande Vallée.

Aucun élève n'osait bouger, pétrifié par la situation, pour le sort de leur camarade avec qui ils avaient grandi, partagé des goûters, des secrets. Monsieur Scorsso tapota deux fois sur l'épaule de Rutrich avant que le garde ne l'amène, pour lui souhaiter tout le courage nécessaire. Une fois la porte refermée, il regarda incertain ses élèves :

- Votre ami est fort. S'il a réussi à tromper la loi depuis sa naissance, il survivra ! Veuillez m'excuser mais je n'ai pas le coeur de poursuivre. Le cours est terminé, vous pouvez rentrer chez vous.

Dans le silence le plus total, les élèves reprirent leurs affaires et se dirigèrent vers la sortie. Akhela et Soël ne s'adressèrent la parole qu'à mi-chemin, perdus dans leurs pensées respectives.

- Il va s'en sortir. Lâcha d'un coup Akhela.

- Tu as entendu Monsieur Scorsso, il en a vu d'autres, il a sûrement raison, lui répondit Soël. Comme s'il cherchait à se convaincre lui même. Mais je trouve que cette loi est stupide, Rutrich n'a jamais rien fait de mal.

- Jusqu'au jour où….

-Comment peux-tu dire ça ? il est notre ami depuis toujours. Soël était choqué par les propos d'Akhela. Je ne te savais pas aussi vindicative !

- Je ne suis pas vindicative, je suis pragmatique. Et l'Insurrection des Enfants de Senttoni, tu as oublié peut être ? Des centaines d'amis qui nous ont tous trahi. Des amis qui ont tué ma mère. Les Enfants de Senttoni sont dangereux, ils doivent être stoppés. Et puis tu l'as dit toi même, Rutrich va s'en sortir. Moi aussi je l'aime bien, je ne souhaite pas sa mort, tu me prends pour un monstre ?

- Je n'ai pas dit ça ! Mais quand même... Soël n'eut pas le temps de finir sa phrase qu'Akhela reprit :

- Je veux autant que toi qu'il revienne parmi nous. Mais en tant qu'Anàfi. C'est ce qu'il y a de mieux pour tout le monde.

Sans lui prêter un regard, Akhela poussa le portail de sa maison et s'engouffra dans le petit chemin qui menait jusqu'à son palier. Son ami de toujours hocha la tête en signe de désolation et continua quelques mètres pour arriver chez lui. Il la connaissait par coeur. Elle pouvait être dure parfois dans ses propos. Sa froideur à l'égard de leur ami cachait quelque chose de plus profond et Soël savait très bien de quoi il s'agissait. Demain était le jour de son anniversaire. Jour sombre et non festif de l'Insurrection des Enfants de Senttoni. Jour de la mort de sa mère. Pour en rajouter sur ce souvenir douloureux, une grande parade était organisée chaque année à cette date anniversaire. On commémorait les morts, on répudiait les traîtres. Les enfants se déguisaient et suivaient le Char de Feu. C'était une immense statue de paille décorée tout au long de l'année. On la promenait dans la Vallée, de sentiers en sentiers, pour finir sur la Boucle du Bugle Rampant. Elle était finalement déposée devant l'entrée de l'Enceinte des Quatre Lignées. On allumait un grand feu et chaque habitant pouvait contempler l'effigie des Traîtres se consumer. Akhela n'aimait pas la parade. *Rien de beau à fêter* disait-elle chaque année. Alors elle et son père avaient créé leur propre tradition. La veille de cette journée, Aral se mettait au fourneau et préparait un festin un peu particulier pour eux deux. Il ne gagnait pas grand chose mais rien n'était plus important que sa fille unique. Il donnerait sa vie pour elle. Alors en guise de cadeau il cuisinait son péché mignon : des beignets aux fleurs d'Osmanthus. Ces fleurs étaient rares donc chères. Aral économisait toute l'année pour acheter un bouquet de vingt pousses et l'odeur enivrante de sa pâte à beignets se propageait à travers le quartier.

Avant d'ouvrir la porte de la maison, Akhela marqua un temps d'arrêt. La main sur la poignée elle remarqua qu'il manquait quelque chose. Pas d'odeur. Son père ne pouvait pas avoir oublié. Impossible. A peine entrée, elle aperçut son père au fond de la pièce. La cuisine bien rangée, le four éteint. Elle le fixa d'un air interrogateur. Il lui sourit en disant :

- Le troisième samedi de septembre est organisé le bal de fin d'études. Et cette année, ça tombe demain, le jour de ton anniversaire, le jour de la grande parade. Ca fait beaucoup à encaisser tu ne crois pas ?

Akhela baissa les yeux, lassée, déçue, agacée. Elle ne savait même plus ce qu'elle ressentait à cet instant précis, juste que le journée avait été éprouvante et qu'elle ne souhaitait pas se disputer avec son père, une fois de plus. Elle finit dans un soupir par lui répondre :

- Alors pas de beignets ?

- Mieux que ça, dit-il d'un air plein de secrets qu'il s'apprêtait à lui révéler. Regarde par toi même.

Derrière lui, sur son fauteuil de velour rouge était posée une robe. Pas n'importe laquelle. Pas une robe qu'on pouvait trouver dans n'importe quel commerce du Quartier du Pied-d'Alouette. Akhela reconnu tout de suite la griffe du vêtement : Tigridd Bess !

- Mais, comment ? Pourquoi, je.... Ses yeux, qui ne comprenaient pas ce qu'ils voyaient, ne pouvaient se détourner de cette beauté.

Aral prit les mains d'Akhela dans les siennes.

- Ecoute-moi bien. Tu es ma fille unique, l'Amour de ma vie. Et je ne supporte pas de me disputer avec toi. J'ai bien réfléchi et j'ai compris que tu es presque une adulte maintenant. Je ne peux plus passer mon temps à vouloir te protéger. Tu as le droit d'aller au bal, de créer tes propres souvenirs, des souvenirs radieux.

Émue d'entendre ce qu'elle espérait depuis toujours, une larme coula sur sa joue. D'une voix tremblante elle lui dit :

- Alors pas de beignets ?

- Pas de beignets ! Aral se mit à rire, qu'elle suivit à son tour. Essaye-la ! Je sais que je m'y prend à la dernière minute mais tu penses que tu auras le temps de trouver un cavalier ?

- Papa ! J'ai un cavalier depuis le jour où j'ai appris à marcher ! Akhela ne regardait même plus son père. Elle avait saisi délicatement la robe qu'elle faisait tournoyer devant elle.

- Ce pauvre Soël, je le plains parfois, dit-il en faisant un clin d'oeil à sa fille.

Ce soir là, Akhela et Aral mangèrent dans le plus grand silence. Un silence tranquille et bienveillant. Tous deux les yeux rivés sur cette magnifique robe.

- Je m'imaginais porter une robe bleue. Mais celle que tu as choisie, elle est sublime. Merci d'avoir changé d'avis.

- Ce n'est pas moi qui l'ai choisie. La vendeuse m'a demandé de te décrire et étrangement elle semblait savoir qui tu étais. Elle a tout de suite amené la robe et m'a assuré que c'était celle-ci qui était faite pour toi.

- Elle a eu raison. Tu as toujours refusé de me dire comment s'était passé ton bal ? Comment était habillé Maman ? Akhela tentait une énième fois mais elle redoutait de briser ce moment de plénitude.

- Je ne connaissais pas encore ta mère à cette époque et pour le bal... Et bien... je n'y suis pas allé. J'ai passé la soirée à faire les quatre cents coups avec mon meilleur ami.

- Tu ne m'as jamais parlé de lui, comment il s'appelait ?

Akhela vit dans le regard de son père qu'il hésitait à lui répondre. Elle le fixait pendue à ses lèvres; Aral sentit alors qu'il se devait de lui donner plus d'informations; que sa fille n'allait pas se contenter de cela.

- Silvute Draite ! Bon sang, ça faisait des années que je n'avais pas repensé à lui. Je me demande ce qu'il est devenu.

Le jour J était arrivé et Soël trépignait dans le salon d'Aral en attendant qu'Akhela daigne enfin se montrer. Il était élégant dans son costume gris. Aral avait pris soin de lui offrir son noeud papillon, d'un vert olive puissant pour être assorti à la tenue de sa fille. Elle finit par descendre les escaliers qui menaient aux chambres à coucher. Elle était d'une beauté éblouissante, si bien que son père et Soël restèrent bouche bée à la contempler. Sa robe était vert émeraude brillante comme du satin. Le pourtour des épaules brodé de dentelle que Tigridd Bess avait mêlé de chlorophylle. Ce qui émanait une odeur mentholée à chaque pas que faisait Akhela. Le bas de la jupe ample orné de volants d'organza et de sequins donnait l'impression qu'elle flottait grâcieusement sur le sol. Pour la première fois, elle avait relevé ses cheveux, laissant retomber deci-delà quelques fines boucles rousses. Sa cicatrice à la vue de tous. Aral, nerveux, s'approcha d'Akhela en lui tendant la main pour l'aider à descendre la dernière marche. Tigridd Bess lui avait fourni une longue étole, en mousseline de soie aux pigments vert-de-gris, que son père lui déposa sur ses épaules nues.

- Prends soin de ma fille, et amusez-vous bien.

- Bien sûr Monsieur Drachar, bonne soirée à vous aussi.

Sur le chemin menant au lycée, les étudiants en habits de cérémonie se mêlaient aux gens venus assister à la parade. Les sentiers étaient bondés, des cris de joie, de la musique rythmaient leurs pas pressés. Les maisons étaient vides, toute la Vallée déambulait au départ du Quartier de l'Herbe-Aux-Chats. Le Char de Feu attendait devant la Grande Ferme que les plus forts viennent le tracter. S'en suivait la célébration, Anàfis et Oujdas marchant et dansant derrière au rythme des tambours. Soël et Akhela avaient croisé la Statue de Paille, d'une hauteur de quinze pieds, au croisement de l'Avenue du Raisin d'Ours et du Sentier de Barbe de Bouc. D'ordinaire Akhela aurait préféré couper par les quartiers d'habitations mais ce soir elle se laissa emporter par l'euphorie collective. Arrivés au lycée, le couple fut accueilli par des parents venus chaperonner tous ces jeunes surexcités. La décoration était majestueuse, faite de lierre et de bois flottés. L'odeur naturelle de la mousse de pin resplendissait et se mêlait aux teintes boisées. Des satins d'herbes et des feuilles roussies émanaient des sucs de lichens, de fleurs fraîchement coupées et d'étoiles lumineuses. Avec sa robe vert forêt, Akhela ne pouvait être plus dans son élément. Alors qu'elle et son cavalier admiraient chaque détail de leur école transformée en salle de gala; ils furent interrompu par leurs amis.

- Akhela ?! Je ne t'avais pas reconnue. Tu es magnifique !

- Merci Hysrelle. Tu es très jolie toi aussi.

- Et moi, je n'ai pas le droit à une compliment ? Demanda Soël faisant mine d'être vexé.

- Laisse tomber, tu ne leur arrives pas à la cheville ! Lui

rétorqua Nopp Chague en lui tapant amicalement dans le dos.

Hysrelle Gocate et Nopp Chague formaient un couple ravissant. Ils étaient très bien assortis, ce soir et dans la vie de tous les jours, amoureux depuis le jardin d'enfants. Elle était une Oujda, Enfant de Worsano, lui un Anàfi et rien ne pouvait ébranler leur amour l'un pour l'autre.

La fête battait son plein, les jeunes dansaient, riaient. Ils relâchaient la pression et commençaient leurs projets d'avenir.

- Je ne boirais pas ça si j'étais toi. Murmura Nopp à l'oreille d'Akhela.

- Pourquoi ? J'adore le jus de Cornouille.

- Mon petit doigt m'a dit qu'il est coupé avec de l'agave cuite... Un seul verre de ce breuvage et je peux t'assurer que ton oeil gauche deviendra bien plus bleu que le droit.

Nopp était fier de son entourloupette.

Bien qu'elle adorait son ami, ses farces ne la faisaient pas toujours rire et Akhela lui lança un regard furieux. Alors qu'elle allait lui demander d'arrêter d'enivrer ses camarades à leur insu, Soël l'invita à danser. Sans attendre sa réponse, il prit sa main, la tira doucement vers lui pour la serrer tout contre son corps. Nopp en profita pour s'éclipser discrètement et alla retrouver

Hysrelle, qui riait à gorge déployée avec ses amies.

- Est-ce que tu passes une bonne soirée ? Soël ne lui avait jamais paru aussi solennel.

- Elle ne pourrait pas être plus parfaite.

Il la faisait tourner délicatement, les mains posées sur ses hanches.

- Tu es très galant dis-moi ! Un léger ton moqueur dans la voix. Je me sens bien avec toi.

Akhela s'attendait à une réplique cinglante de sa part. Sans dire un mot, il entoura son doux visage avec ses mains, la fixa tendrement et se pencha pour l'embrasser. Ils s'étaient déjà embrassé auparavant. Les joues, les mains et même les pieds dans leurs jeux d'enfants. Mais jamais de cette manière. Jamais sans prévenir l'autre. Encore moins par sentiment amoureux. Retirant d'un coup ses mains de son visage, elle fit un pas en arrière, le fixant, incrédule.

- Qu'est-ce qui te prend ? On est ami, on s'aime, enfin pas comme ça, je veux dire que...

- Que quoi Akhela ? C'est si horrible que ça de m'embrasser ? Soël était furieux et blessé de cette réaction violente.

- Non, bien sûr que non mais tu es mon frère et jamais...

- Jamais tu ne t'es imaginé à quel point je peux t'aimer ?

Akhela resta plantée un instant à le regarder, comme si elle ne le connaissait pas. Son confident, son ami de toujours, son complice bienveillant. Lui qui savait tout d'elle. Lui qui l'aimait en secret. Sans un mot, elle souleva sa robe pour ne pas marcher dessus et quitta la pièce d'un pas décidé. Les questions se bousculaient dans sa tête. Avait-il prémédité de l'embrasser ce soir ? Depuis quand éprouvait-il ces sentiments ? Pourquoi ne lui en avoir jamais parlé ? Alors qu'elle venait de sortir du lycée pour sentir l'air frais lui envahir les poumons, Soël la rattrapa.

- Akhela attends ! Ne pars pas comme ça, s'il te plait. On se connait depuis toujours et je t'ai...

- Ne dis rien. Je t'en prie. Je suis fatiguée et là, tout de suite, je voudrais rentrer chez moi. Est-ce qu'on peut en parler plus tard ?

- Oui, bien sûr , mais laisse-moi te raccompagner, il est tard. Sans lui laisser le temps de refuser il ajouta :

Je te promets de ne pas t'embrasser, d'ailleurs j'ai détesté ! Ta dentelle à la chlorophylle m'a littéralement brûlée les yeux !

Après un temps d'arrêt Akhela éclata de rire. Elle retrouvait le jeune homme qu'elle connaissait si bien.

- Dis plutôt que tu es ému par ma beauté !

- Oh là, pas si vite ! Je ne suis pas un homme facile gente dame !

Ils se chamaillaient tous deux en parcourant les quelques pâtés de maisons qui leur restaient à faire. A l'intersection de l'Avenue du Faux Sorgho et du Sentier des Garancias, un bruit les fit presque sursauter. Pour le moins ils se retournèrent. Orten Cravi et sa bande de suiveurs les talonnaient de près. Oujda de deuxième cycle, il était réputé pour ses frasques de bas étage, souvent rappelé à l'ordre par le nouveau Protecteur de l'Enceinte.

- Hey !!! Mais c'est la rouquine brûlée dont tout le monde me parle ! C'est quoi ton nom ?

Akhela allait s'en doute lui expliquer, dans quelques termes élogieux, qu'elle préférait qu'ils passent leur chemin. Soël ne lui en laissa pas l'opportunité et se dressa entre eux deux.

- Laisse-la tranquille Orten. Fais demi-tour, je suis sûr qu'il reste des gobelets de bochet au miel à la Taverne de Barbe de Bouc.

- Mais c'est qu'il est effrayant ! Anàfi je présume ?! Dit Orten continuant de fixer Akhela.

- Mon nom est Soël Shimmel et je ne vous laisserai pas...

- On s'en fiche de ton nom. Lança un de ses moutons.

D'un revers de la main, Orten écarta Soël de son passage. C'est qu'il était beaucoup plus charpenté que lui.

- En plus d'une chevelure flamboyante, tes yeux sont surprenants. Je n'avais jamais rien vu de tel.

- Approche toi encore plus près et c'est la dernière chose que tu verras.

Akhela n'avait pas peur de lui et le défiait du regard. Amusé par son aplomb, Orten se mit à rire.

- Et en plus elle mord, c'est encore plus excitant. Montre moi cette cicatrice, je vais peut-être pouvoir la soigner.

Soël tenta de s'interposer mais sans le voir arriver, un des acolyte d'Orten lui balança son poing en pleine figure. Désorienté et le nez en sang, il eut du mal à reprendre ses esprits. Akhela avait beau être une jeune fille pleine d'assurance, son petit corps menu ne faisait pas le poids contre ces quatre hommes robustes. Tandis qu'Orten lui caressait le visage, un de ses sbires avait bloqué ses bras dans son dos et la tenait fermement. Impuissante, elle se débattait comme elle pouvait pendant qu'il descendait sa main vers son sein.

La musique retentissait toujours à travers les sentiers et personne ne prêtait attention à ce qu'il se passait par ici. Soël se battait à présent avec les deux autres. Il encaissait autant les coups qu'il en donnait. Son coeur allait sortir de sa poitrine. Sa rage le dominait, incapable de pouvoir défendre son amie. Ce Oujda sans honneur la caressait, alors qu'elle le suppliait de le relâcher.

- Je vais t'apprendre à obéir aux Oujdas !

Orten s'avança pour l'embrasser et alors que ses lèvres touchaient les siennes, Akhela le mordit à sang.

- Salope ! Tu vas me le payer. Hurla-t-il essuyant sa bouche ensanglantée avec son pouce.

Soël, à terre, luttait tant bien que mal contre ses ravisseurs qui le frappaient dans les côtes à tour de rôle. Complètement désarmé, il leva les yeux dans l'obscurité naissante et aperçut des lumières s'allumer devant lui.

- Aral !!! A l'aide !!!

Le pauvre jeune homme meurtri puisait dans ses dernières forces. Au même moment Orten venait de déchirer le bustier d'Akhela, laissant entrevoir un début de poitrine généreuse. Aral ouvrit la porte de sa maison intrigué par les appels alentours. Fronçant les yeux pour mieux voir, il reconnut les boucles fauves et défaites de sa fille. Sans réfléchir il fonça par dessus le portillon sans se donner le temps de l'ouvrir. La force décuplée par la fureur, il empoigna le geôlier d'Akhela et le projeta de l'autre côté du sentier. Surpris, les tortionnaires de Soël reculèrent d'un pas. En même temps, Orten avait ramassé une jarre d'argile sûrement abandonnée pendant les festivités. Il était sur le point de la lancer sur Aral.

- Aral attention !!! Brailla Soël.

Cherchant à se baisser pour éviter le projectile, Aral fit vaciller Akhela pour la protéger. Une pierre heurta sa tête en retombant, la laissant inconsciente sur le sol du sentier. Le sang de son père ne fit qu'un tour. Il bouillonnait de férocité. Lui vivant, personne ne ferait de mal à sa petite fille. Il allait se venger, quoi que cela lui en coûte. Aral leva ses avant-bras devant lui. Son regard était noir. Sa main gauche, paume vers le ciel à hauteur de son menton. Doucement, il la retourna vers le sol, plia le coude droit comme pour le faire passer sous ses côtes opposées. On aurait dit une chorégraphie étrange. Soël était passé derrière lui pour prendre soin d'Akhela, toujours inconsciente. Les quatre garçons, plutôt que de se protéger ou de fuir, regardaient la scène sans comprendre. Aral faisait danser ses bras de façon très méthodique, il avait fermé les yeux comme si il cherchait à se souvenir du moindre détail. Ses lèvres bougeaient, il marmonnait quelque chose. De plus en plus audible. De plus en plus fort.

- Ingéniosité, Humilité, Témérité, Sagesse !!!

De la chaleur et de la lumière se dégagèrent de ses mains. Lorsqu'il ouvrit les yeux, il avança lentement ses bras, hurlant une dernière fois la devise des Quatre Frères Oujdas. Dans un brasier ardent, ses mains déversèrent sur les quatre garçons des flammes aveuglantes. On les entendait hurler de douleur. Le plus proche brûlé au visage, celui d'à côté le bras carbonisé. Les deux derniers en profitèrent pour s'enfuirent en appelant à l'aide. Les cris, la chaleur et la lumière ramenèrent vaguement Akhela parmi eux. Mais ils avaient aussi attiré le voisinage, les fêtards qui rentraient chez eux. Apeurés, ils criaient tous, à tour de rôle puis en même temps, dans une cacophonie assourdissante :

Traître ! Traître ! Enfant de Senttoni !

Reprenant ses esprits, Aral regrettait d'avoir perdu son sang froid et les conséquences que son acte allait engendrer. Il eut à peine le temps de réagir qu'il entendit les gardes approcher. La tête d'Akhela posée sur ses genoux, Soël avait les yeux bloqués sur ceux qui tentaient d'éteindre leur habits enflammés. Aral était comme un père pour lui. Il l'avait toujours accueilli dans sa demeure avec plaisir.

- Soël ! Soël ! Aral se précipitait vers lui. Ils vont m'arrêter, je t'en supplie, emmène Akhela loin de toute cette horreur, je ne veux pas qu'elle me voit comme ça.

- Monsieur Drachar, je ne comprend pas. Vous êtes.. vous êtes un Enfant de Senttoni ?

- Les gardes arrivent, ils vont m'emmener, fais sortir ma fille des Quartiers, je ne peux plus la protéger, prends soin d'elle je t'en prie.

Aral embrassa le front de sa fille, comme s'il la voyait pour la dernière fois. Soël se releva terrifié. Il passa le bras d'Akhela à demi consciente sur ses épaules et l'aida à avancer le plus loin possible de toute cette agitation. Entre les blessés conduits au Centre de Soin et l'arrestation imminente d'Aral, personne ne prêta attention aux deux fugueurs. Ils finirent leur fuite pour s'allonger au pieds d'une butte, au delà du Sentier du Trolle, collés aux remparts de la forêt. Même hors de portée de l'affolement, Soël entendaient les cris retentissant des habitants.

Akhela ouvrit enfin les yeux à l'Aube, son ami assit en face d'elle, prostré, le visage enfoui entre ses genoux.

-Qu'est-ce qu'on fait là ? Qu'est-ce qu'il s'est passé ?

- De quoi te souviens-tu ? Dit-il les yeux à peine levés vers elle.

- On a été agressé et je... mon père...il les a ...

Au fur et à mesure qu'elle tentait de parler, la mémoire lui revenait. Aussi nette que si la scène se déroulait là, sous ses yeux.

- Qu'ont-ils fait à mon père ? Je dois le retrouver. Je dois l'aider.

Akhela se releva d'un bond, regardant partout autour d'elle comme si scruter les environs allait lui amener la solution. Soël lui empoigna le bras avec fermeté et conviction. Jamais il n'avait usé de la force avec elle.

- Ton père est un Enfant de Senttoni ! C'est un Traître, et tu as vu ce qu'il a fait à Orten et ses amis ! Tu ne peux pas l'aider. Le mieux que tu puisses faire c'est de ne pas t'en mêler. Pense à toi, à ton avenir.

- Lâche-moi le bras Soël ! C'est mon père, ma famille ! Jamais je ne l'abandonnerai.

Sans savoir ce qu'elle comptait faire par la suite, Akhela remonta la butte tant bien que mal et se mit à courir, le plus vite possible. Soël avait beau être le plus grand et le plus vigoureux des deux, elle était plus habile et plus rapide que lui.

- Attends ! Ne pars pas comme ça ! Tu comptes faire quoi ? Reviens s'il te plaît.

Akhela était déjà loin et même si elle l'entendait beugler à travers les arbres, elle n'avait que faire de ses conseils et supplications. Arrivée sur le Sentier des Garancias, elle arrêta d'un coup sa course. Les pavés noirs de suie, une chaussure presque en cendres. Et des traînées de sang. Elle s'approcha doucement, meurtrie, devant ce tableau funeste et ramassa ce qui restait de son étole, si belle et si douce seulement quelques heures auparavant. Avançant lentement vers le portillon de sa maison, elle vit quelque chose sur l'herbe piétinée. Elle se pencha pour voir plus clairement. La bague de son père. Un anneau épais fait en élinvar serti d'une septaria marron et jaune. Jamais son père ne l'avait retiré de son doigt. Il avait dû le perdre pendant qu'il s'en prenait à ses agresseurs. Akhela le posa au creux de sa main, refermant dessus son poing qu'elle colla tout contre sa poitrine. La porte de sa maison était ouverte. Le salon et la cuisine sens dessus dessous. Les meubles renversés. La vaisselle cassée. Le fauteuil qui avait supporté la veille sa robe délicate; éventré.

- Ce sont sûrement les gardes qui ont fait ça ! Se dit-elle à elle même.

Elle monta avec hâte dans la chambre de son père. Pour se sentir proche de lui, pour avoir la sensation qu'il était toujours là. Grimpant sur son lit, elle attrapa son oreiller pour en respirer ses effluves. Les yeux à demi-clos, elle pouvait presque imaginer sa présence. La tête penchée sur le côté, elle contemplait le cadre accroché au mur. Aussi loin qu'elle se souvienne, sa place avait toujours été là. Un portrait d'eux. Son premier pique-nique dans les jardins des Plantations. Elle, assise sur l'herbe, un sourire immense aux lèvres; son père lui tendant une baie de cornouille rouge sombre et bien juteuse. Elle s'en rappelait comme si c'était hier. Son plus vieux souvenir dans sa mémoire et de loin le plus heureux. Le cadre était de travers. Certainement à cause du raz-de-marée qui s'était déroulé dans la nuit. Akhela se leva pour le redresser. La main posée dessus, elle sentit une encoche sur le côté droit du bois. Son index en faisait les contours. Plutôt ovale, peu profond. Ces dimensions lui semblaient familières. Son doigt avait déjà effectué cette chorégraphie quand elle était enfant. L'image lui sauta au visage. Sur les genoux de son père, les soirs de grand froid, elle posait ses petits doigts sur son anneau et les laissait faire des cercles sur la pierre lisse et ronde. Sans réfléchir à ce que cela pouvait signifier, elle ouvrit sa main, enfonça l'anneau dans l'encoche puis le tourna légèrement comme s'il s'agissait d'une clé. Un petit clic la fit sursauter et le bois s'ouvrit en deux. Depuis tout ce temps elle ignorait que ce cadre n'en était pas un, mais plutôt une sorte d'armoire dissimulée. A l'intérieur un portrait, terni par les années. Rien d'autre. Le portrait d'un homme. Elle reconnut son père à ses yeux couleur ambre, il faisait si jeune. Pas plus de seize ou dix-sept ans. De dos au trois-quarts, le visage tourné vers son interlocuteur. Dans sa main se tenait fièrement une canne ou un fin et long morceau de bois. Le pommeau clair avec de petites épines décimées çà et là, le reste couleur ébène. Mais ce n'est pas ce qui surprit le plus Akhela. Sur la nuque de son père, l'Empreinte des Enfants de Senttoni. Elle l'avait vu auparavant dans ses livres d'Histoire ou sur leur tour de l'Enceinte. Ce fer à cheval inversé. Mais jamais sur un homme. Jamais sur son père. Comment avait-il fait pour la dissimuler pendant seize ans ?! S'il avait prit régulièrement de l'élixir à base d'anthyllide vulnéraire et de Dumortiérite, comme Rutrich Norsin, elle l'aurait vu. Les questions se bousculaient dans sa tête, elle ne savait même pas si elle devait être en colère ou inquiète. Si son père était un Oujda, sa mère l'était peut être aussi. L'arrivée de Soël, essoufflé, les joues rouges et chaudes, la tira hors de ses pensées. Sans même lui parler, il baissa les yeux sur le portrait et lui prit des mains.

- C'est qui ? C'est ton père ? Tu as trouvé ça où ?

- Elle était caché dans le cadre.

- Et toi tu le savais ? Tu es revenue exprès pour te débarrasser de ça ?

- Mais qu'est-ce que tu vas imaginer ? T'es malade? ! Akhela était furieuse que son ami puisse la croire complice.

- Je ne sais pas moi. J'arrive, tout est par terre dans la maison et je te trouve, toi, avec ça dans les mains. Dis-moi ce qu'il s'est passé ! Soël voulait des réponses, tout autant qu'elle.

- Je pense que les gardes voulait trouver quelque chose pour prouver sa filiation. Peut-être des potions, des livres venant de l'Enceinte. Je n'en sais pas plus que toi Soël.

Il s'avança encore plus près d'elle, incrédule, et lui attrapa les avants-bras sans se rendre compte de la force qu'il y mettait.

- C'est pas possible! Tu étais forcément au courant. Tu vivais avec lui. On se connait depuis qu'on est né et tu m'as caché ça. Tu nous as mis en danger mais si tu m'avais parlé...

Les larmes coulaient le long des joues d'Akhela mais ce n'était pas par tristesse. Elle sentait bouillir son sang, de rage, de colère. La souffrance qu'elle avait en elle devait sortir, c'en était trop. Alors qu'elle s'apprêtait à hurler sur Soël, à se détacher de son emprise physique, son pouls s'accéléra; l'entendant résonner jusque sur ses tempes. Elle n'entendait plus les plaintes de Soël, juste les battements de son coeur. D'un coup, il lâcha ses bras. Le regard vide elle le vit vaciller avant de s'effondrer totalement sur le plancher. Akhela se jeta sur lui.

- Soël ! Qu'est-ce que tu as ? Réponds-moi ! Elle le gifla de toutes ses forces mais aucune réaction. Complètement affolée, elle regardait tout autour d'elle sans savoir quoi faire. L'oreille collée sur son torse, elle cherchait à entendre son coeur. Aucun son, pas le moindre rythme.

- Tu ne peux pas mourir, tu m'entends ?!! Tu n'as pas le droit !

Elle lui hurlait dessus tout en essayant de le faire revenir à lui. Elle massait son thorax, lui insufflait de l'air dans la bouche. Mais rien ne se passait. Elle tenta de lui donner un coup de poing droit sur le coeur. Soël était parti, devant elle, foudroyé par un arrêt cardiaque. Il gisait sur le sol de la chambre à coucher d'Aral. A cet endroit même où il lui avait offert une fleur de Garance pour la toute première fois. La tête couchée sur le corps inanimé de son meilleur ami, ses larmes inondaient sa chemise lui avouant à voix basse qu'elle l'aimait, elle aussi. Alors qu'elle aurait voulu rester là, mourir auprès de lui, un tintamarre parvint jusqu'à la fenêtre de la chambre. Complètement meurtrie, elle descendit les escaliers, errant telle une âme brisée jusqu'au dehors de la maison. Elle observait les passants se diriger avec hâte. Le regard vide, plus rien ne l'habitait. Dans le brouhaha général, quelques mots arrivèrent intacts à ses oreilles :

A mort le Senttoni !

L'espoir envahit son être tout entier. Elle redressa les épaules et s'intéressa de plus prêt à leurs conversations malgré la détresse et le déchirement naissant dans ses entrailles.

- Ils l'ont amené sur la Boucle du Bugle Rampant. J'ai entendu dire que les gardes avait retiré les restes de la Statue de Paille du Char pour que s'y tienne son procès.

Akhela connaissait cet homme, ils habitaient le même quartier et avaient partagé de nombreux repas ensemble.

- Son procès ? Répondit son comparse. Pas de procès pour les Traîtres, il doit mourir !

Se faufilant dans la foule, elle avançait, tétanisée de retrouver son père jugé par les habitants de la Grande Vallée. Ils ne le connaissaient pas, ils ne savaient pas à quel point il était bon, aimant. Plus elle s'approchait de l'estrade, moins elle parvenait à voir ce qu'il se passait. Une foule de plus en plus dense, énervée et agitée. Soudain le silence prit le dessus. Le garde en charge du procès avait rejoint Aral. Elle finit par l'apercevoir, debout, les mains devant lui attachées par une corde de Chamoix. Elle avait été créée et mise au point par les Enfants de Qoohata et empêchait quiconque la portait de se servir de son Essence. Il était là, devant tous, la tête basse.

- Aral Drachar, votre félonie a été dévoilée aux yeux de tous. Vous avez violé l'article 3 du Code de la Civilisation des Quatre lignées en masquant votre Empreinte. Vous avez violé l'article 2b en vous servant de votre maîtrise du feu. Et vous avez violé l'article 8 en vous servant de votre Essence dans un autre but que de " Sauvegarder ce qui est nécessaire - la pureté de l'air, de l'eau, de la nourriture, de nos coeurs et de nos relation -". Cependant, nous, Gardes Oujdas, sommes justes et équitables. Nous savons que votre attaque était motivée par une agression gratuite de la part de plusieurs Frères Oujdas. Ainsi nous vous laissons le choix.

L'assemblée restait sans voix, le souffle coupé, dans l'attente du verdict. Akhela avait cessé de respirer quand le garde reprit :

Vous pouvez choisir entre l'extraction complète de votre Essence, si vous survivez, vous serez emprisonné à vie à la Prison d'Arabette. Et entre la mort immédiate.

Aral releva la tête et scruta les visages emplis de haine qui lui faisaient face. Derrière eux, une tête rousse, aux yeux vairons. Ils se dévisageaient. Akhela aurait voulu entrer dans son âme pour savoir ce qu'elle disait. Son regard ne trahissait aucune émotion et sans lâcher des yeux sa fille, il dit, haut et fort pour que tout le monde l'entende :

- Je choisis la mort immédiate.

Alors que la Grande Vallée levait les poings en signe d'approbation, Akhela se plia en deux, hurlant.

- Nooooon ! Papa, ne fais pas ça !

Elle poussait désormais tous ceux qui lui barrait la route jusqu'à l'estrade. Il ne lui restait que quelques mètres à franchir pour l'atteindre quand un homme l'attrapa par les épaules. Stoppée dans son élan, elle se retourna pour voir qui l'empêchait d'avancer. Elle ne l'avait jamais vu. Un homme grand et brun, propre sur lui, les cheveux épais et bien coiffés, paré d'un long manteau noir qui atteignait ses chevilles. Il la fit reculer de quelques pas.

- Tu ne peux plus rien pour lui. Lui dit-il en continuant de la tenir par l'épaule. Viens avec moi, je peux t'aider.

Qu'aurait-il pu faire ? Se disait-elle. Elle le fixait sans

comprendre. Face à son regard interrogateur rempli de douleur il poursuivit :

Je m'appelle Erame Tenoyd. Ton père et moi sommes des amis de longue date et je...

- Je ne vous connais pas !

- Peut-être me connais-tu sous un autre nom ? Silvute Draite.

- Son meilleur ami ?! Mon père, pourquoi a-t-il choisi la mort, je dois...

- Je te le répète, tu ne peux plus rien pour lui, mais toi; il faut que je te mette à l'abri le temps d'éclaircir cette situation.

Alors qu'il la tirait doucement vers lui pour l'extirper de la foule, on entendit des pas résonner sur l'estrade. Aral allait recevoir sa sentence. Un seul garde Oujda avait cette fonction. il était surnommé "le Bourreau des Coeurs" parce qu'il absorbait l'énergie des substances électriques et pouvait la projeter comme il le souhaitait. Il s'approcha d'Aral et lui posa sa main sur le dessus de la tête. D'une rapidité fulgurante, un courant meurtrier traversa le corps d'Aral. Son coeur cessa de battre dans la seconde qui suivit. Erame Tenoyd avait enfoui le visage d'Akhela dans son grand manteau pour qu'elle n'assiste pas à cette scène macabre. Et avant que la foule ne se disperse et ne retourne à ses banales occupations, il la prit par la main et l'amena, sans contrainte, jusqu'à chez lui.

Assise autour de la table de son salon, Erame l'avait emmitouflée dans une couverture et lui avait servi une infusion fumante d'hibiscus. Les mains entourant la tasse, le regard d'Akhela était vide, bouffi par les larmes. Son ami, son père, sa vie n'était que mensonge. En l'espace d'une nuit elle avait tout perdu et se retrouvait chez un étranger, un homme dont elle ignorait tout mais qui avait peut-être des réponses à lui donner.

- Comment avez-vous connu mon père ? Dit-elle sans le regarder en sirotant son breuvage.

- Je ne sais même pas par où commencer.

- Commencez par le début, j'ai tout mon temps.

Erame se tenait debout devant elle, tapotant ses doigts sur le bord de la table. Il venait d'accueillir cette fille chez lui et devait lui dire la vérité. Il cherchait ses mots pour ne pas la brusquer. L'impatience d'Akhela se fit ressentir.

- Crachez le morceau ! Vous étiez au courant pour mon père, n'est ce pas ?

- Quand nous étions jeunes, ton père et moi avons tout partagé. Nous étions comme les deux doigts d'une main. On en a vécu des aventures. Un petit sourire songeur se dessinait sur ses lèvres.

- Ce n'est pas ce que j'ai envie d'entendre. Encore hier je ne savais même pas que vous existiez, je veux des réponses claires.

Sans se soucier de ses remarques, Erame continua son récit en se promenant lentement dans la pièce, les mains derrières les dos. Il s'arrêta devant la fenêtre.

- Nous avions l'habitude de sécher les cours les jours de beau temps. On descendait jusqu'à la Taverne de Barbe de Bouc et on refaisait le monde autour d'un godet ou deux. On s'était même choisit des noms d'emprunt en cas de délation. J'étais Silvute Draite et ton père, Aral Drachar. Je n'avais plus entendu parler de lui depuis qu'il avait intégré l'Enceinte. Imagine ma surprise quand ce soir, ce nom était scandé partout dans la Vallée.

Il tourna la tête pour voir la réaction d'Akhela. Elle le fixait sans bouger, l'air incrédule.

- SON nom vous voulez dire ! Mon nom !

- Comme je viens de te le dire, Aral Drachar était le nom qu'il s'était inventé. Il était Oujda, Enfant de Senttoni mais refusait sa condition. Il adorait travailler le bois et l'étain et passer ses journées enfermé à assister à des cours de développement d'Essence ne l'enchantait guère. Mais la loi est la loi. Il n'avait pas d'autre choix que de s'y conformer. Ton père s'appelle... s'appelait Ereirdal Volf.

- Ereir... C'est quoi ces conneries !! Akhela venait de se lever d'un bond, faisant chavirer la chaise sur le sol. La couverture avait glissé de son dos et laissait apparaître sa robe à moitié déchirée, pleine de boue séchée et de chardons accrochés au tulle.

- Il va falloir qu'on te trouve des vêtements. Je vis seul

ici, je n'ai rien à te prêter. Je vais demander à mon neveu de t'accompagner en ville.

Gênée, Akhela remis sur elle la couverture pour masquer sa poitrine à moitié dénudée. Son ton s'était radouci.

- Je ne comprends toujours pas. Pourquoi se faisait-il passer pour un autre ? Pourquoi avait-il changé d'identité ?

- Ca je l'ignore. Tout ce que je peux te dire, c'est que même si nos chemins se sont séparés, nous nous sommes jurés de toujours être là l'un pour l'autre, quoiqu'il advienne. Par respect pour lui, je prendrai soin de toi, tu as ma parole.

- Je vous remercie mais, il y a une heure encore vous ignoriez que j'existais et j'ai une maison, je ne suis pas sûre de...

- Tu as besoin d'aide et tu es jeune. Je ne te laisserai pas seule livrée à toi même. J'ai promis à Ereirdal d'être là pour lui et malheureusement je n'ai rien pu faire malgré mon statut.

- Votre statut ? Que voulez-vous dire ? Vous êtes Anàfi non ?

- Oui je suis Anàfi. Mais pendant que ton père apprenait à maîtriser ses pouvoirs, moi, j'ai continué à travailler dur et aujourd'hui, je suis le troisième logographe de la Vallée.

Le visage d'Akhela ne pouvait dissimuler son admiration. Elle s'était toujours imaginé atteindre cette position mais son père était réticent à l'idée qu'elle intègre le Quartier Juridique. A demi-mot elle murmura : "Akhela Volf".

- Non ! Coupa net Erame. Ne t'avise jamais d'utiliser ce nom. Je ne sais pas pourquoi ton père a décidé d'abandonner son ancienne vie, sa propre Lignée mais il avait sûrement une bonne raison.

- Il est mort ! Je veux savoir ce qui l'a poussé à choisir cette sentence, il avait le choix et il a choisi la mort ! il aurait pu rester en vie, il m'a laissé seule.

Akhela pleurait de nouveau, elle n'arrivait plus à s'arrêter. Erame la prit dans ses bras même s'il savait qu'il lui serait impossible de la consoler. Il lui releva le menton entre son pouce et son index.

- Écoute attentivement. Ca fait beaucoup à encaisser en si peu de temps. Je ne peux pas te dire que je sais ce que tu ressens. Mais je suis sûr d'une chose. Ton père, qu'il se nomme Aral ou Ereirdal était un homme bon, et jamais il n'aurait choisi de te faire souffrir. S'il l'a fait c'est pour une bonne raison. Sa vie, comme la tienne, devait certainement être menacée. Abandonner son nom ainsi que sa famille n'est pas chose anodine. Reste Akhela Drachar, c'est pour ta sécurité.

Epuisée, elle acquiesça de la tête sans dire un mot. Erame empila des oreillers garnis de plumes de canards et un gros plaid en laine sur son vieux sofa.

- Je suis navré je n'ai pas de deuxième lit. J'espère que cela te convient, nous verrons demain pour y remédier.

- C'est parfait, merci Erame.

Akhela se faufila sous la couette épaisse et s'endormit presque dans l'instant. Le cerveau sur pause durant quelques heures, son corps finit par se décontracter, ses membres par se réchauffer. En fermant les yeux, elle espérait que tout ceci ne fût qu'un horrible cauchemar et qu'à son réveil, elle retrouverait son père dans la cuisine, entrain de lui faire griller de la brioche sur le dessus des flammes de la cheminée.

Akhela fut réveillée par l'odeur d'oeufs de canne brouillés et de lard grillé. Elle n'avait rien avalé depuis le bal et son estomac se réjouissait par ce qu'il humait. La tête encore dans le brouillard, les évènements de la veille lui revenaient peu à peu. Erame lui sourit poliment et l'invita de la main à venir s'asseoir à table. Elle n'avait jamais vu pareil festin pour un petit déjeuner. En plus des oeufs et de la viande se trouvaient des figues fraîches, du raisin, du fromage de brebis et une énorme miche de pain de seigle. Elle regardait toute cette nourriture à foison sans savoir par quoi commencer.

- Sers toi, tu dois avoir faim. Je travaille beaucoup la journée et le soir je suis souvent trop fatigué pour me préparer à dîner. Alors le matin, je prend des forces.

Cette justification trop précise pour être honnête révélait surtout la gourmandise de son hôte. Sans se faire prier, elle se jeta sur le fromage qu'elle tartina d'une épaisse couche sur un bout de pain. Elle continuait de goûter et de dévorer tout ce qu'il y avait devant elle quand quelqu'un frappa à la porte.

- Ca doit être Silèm. Entre je t'en prie, dit-il en entrebâillant la porte. Akhela, je te présente Silèm Tenoyd, mon neveu. Il vient d'intégrer le Quartier Juridique depuis quelques mois. C'est encore un novice en la matière mais je suis sûr qu'il ira loin. Du moins il sera capable de veiller sur toi pendant mon absence.

Silèm Tenoyd était un peu plus âgé qu'Akhela. Il était grand et bien bâti, une carrure plus imposante que celle de son oncle, les cheveux blonds mi longs et des yeux noirs comme la nuit. Son manteau ressemblait beaucoup à celui d'Erame, de couleur bleue marine, lui tombant juste au dessus des genoux. Le col échancré laissait apparaître une chemise en lin beige qui se refermait avec une cordelette de chaque côté. On voyait à son apparence qu'il venait d'une famille aisée, qu'il avait appris les bonnes manières. Il s'avança nonchalamment pour lui baiser la main. Akhela le laissa faire, bien qu'au fond d'elle, une irrépressible envie de rire lui remonta jusqu'à la gorge.

- Ravie de faire ta connaissance ! Mon oncle m'a informé de la situation hier soir, après que tu te sois endormie. Je t'ai rapporté quelques vêtements afin que tu puisses te changer. Quand tu seras prête, je t'accompagnerai jusqu'à ta maison pour prendre le reste de tes affaires.

- Je.... te remercie. Akhela prit le pull en grosse maille et le pantalon que lui tendait Silèm. Elle restait sans voix. Il l'avait vu dormir ? Pendant que sa vie se démantelait morceau par morceau, ces deux hommes, dont elle ignorait à peu près tout, s'étaient entrevus sur son sort, alors qu'elle dormait à quelques pas d'eux à demi-nue.

- Ne t'en fais pas, je suis un homme galant, je ne me serais jamais permis de contempler ton corps sans ton consentement.

Silèm semblait tellement sincère dans ses paroles que cela avait le don de l'agacer. Mais quelle arrogance, pensait-elle. Comme si il pouvait espérer en voir plus !

- Bien ! Maintenant que les présentations sont faites, je vous laisse. Ne traînez pas. Dès que tu as récupéré ce dont tu as besoin, vous rentrez aussitôt. Vous avez bien compris ?

Quand Erame donnait un ordre, sa voix était douce mais ferme. Sa posture droite et sûre d'elle. Personne n'aurait voulu le contester.

- Ne t'en fais pas, je veille sur elle. Silèm venait de refermer la porte derrière son oncle.

Akhela leva les yeux au ciel. Elle le connaissait à peine qu'il l'agaçait déjà.

- C'est très gentil de ta part de vouloir m'accompagner mais je suis une grande fille, je peux me défendre toute seule.

- Tu en es sûre ? Et si les gardes t'arrêtent, que feras-tu ?

- Pourquoi les gardes voudraient m'arrêter, je n'ai rien fait ! Elle sentait que la situation lui échappait.

- Qu'est-ce que tu crois ?! Pour t'interroger. Ton père a passé ses seize dernières années à cacher sa véritable identité. Il est mort en tant qu'Aral Drachar. De ce côté là, son secret est bien gardé, mais ne crois-tu pas qu'ils vont venir pour te parler ? Et que leur diras-tu ?

- La vérité ! Je ne savais rien de tout ça. Elle était en colère, mais il avait raison. Jamais elle n'avait eu affaire aux gardes, peut-être était-il plus prudent d'être escortée par Silèm.

Sur le chemin Akhela resta muette. Elle n'avait pas besoin de parler, Silèm se chargeait très bien de faire la conversation pour deux. Il lui racontait comment il avait obtenu sa place au Quartier Juridique. Il entendait des jaloux, selon lui, qui chuchotaient que son attribution était dûe à son oncle et grâce à ses parents, une mère Oujda, Enfant de Qoohata. Elle était la Responsable du Centre de Soins. Un poste que beaucoup lui enviait. Son père, Anàfi, gérait l'administratif et sa bonne tenue. Caché derrière son bureau, il n'en sortait que très rarement et malgré l'affection qu'ils avaient l'un pour l'autre, ils étaient devenus, au fil du temps, des étrangers. Silèm était un Anàfi, né sans Empreinte, mais avait grandi au sein de personnes influentes. Grâce à son entourage, il avait pu accéder à des informations que peu de gens connaissaient. Plus Silèm parlait, plus son mépris envers lui grandissait. Pour qui se prenait-il ? Sous prétexte d'être bien né, il se croyait supérieur et sa suffisance l'agaçait au plus haut point. Mais elle ne répliqua pas et le laissa se vanter sur son intelligence hors du commun.

Arrivés devant chez elle, sa poitrine se serra.

- Soël ! Murmura Akhela.

- Qu'as-tu dis ?

- Non, non, rien, dépêchons-nous, je n'ai pas envie de m'attarder.

Silèm emboîta le pas derrière elle. La peur au ventre et la gorge nouée, elle n'avait prévenu personne de la mort de son ami. Terrorisée à l'idée de le voir étendu sur le plancher de la chambre de son père, Akhela monta les escaliers marche après marche s'aidant de la rambarde comme si un énorme poids l'empêchait d'avancer plus vite. Silèm fit fi de ne rien remarquer. Passant nerveusement la tête dans l'embrasure de la porte, elle s'arrêta net. Pas de Soël ! Où pouvait-il bien être ? Peut-être que ne le voyant pas rentrer, ses parents se doutaient qu'ils le trouveraient ici, et face à son cadavre, auraient-ils fait le nécessaire ? La culpabilité de l'avoir abandonné lâchement lui sauta à la figure. Mais il était trop tard pour son ami, elle devait penser à elle maintenant. Akhela entra dans sa chambre et resta planté un instant devant son lit. Tant de bons souvenirs, d'odeurs lointaines qui lui embaumaient le coeur. Même ses disputes incessantes avec son père avaient un goût de douceur. Lui qui vivait continuellement dans la peur du passé, craignant un avenir incertain. Elle refusait de vivre de cette façon. Reprenant ses esprits, elle attrapa un gros fourre-tout et entassa ses affaires. Pas matérialiste pour autant, elle emporta la photo de son père trouvée dans son coffre et mis l'anneau sur une chaîne qu'elle referma sur son cou. Voilà tout ce qui importait pour elle. Silèm visitait les lieux en attendant et la suivit vers l'extérieur quand il sembla qu'elle eut fini. En homme galant qu'il était, il porta son lourd sac et fit mine de ne pas en ressentir le poids. A peine descendus sur l'Avenue du Faux Sorgho qu'ils se retrouvèrent face à la foule. Chacun vacant à ses occupations. On reconnaissait les travailleurs du Quartier Financier qui avançaient avec hâte, leur mallette en cuir à la main. Les mères au foyer qui se rendaient au marché et qui flânaient le long des vitrines en quête d'un beau tissu ou d'une nouvelle épice. Les jeunes en retard pour l'école qui couraient en bousculant tout le monde sans même s'excuser. La vie semblait avoir reprit son cours, comme si rien ne s'était passé la veille. Akhela les détestait. Tous ceux-là, qui, le poing levé, avaient approuvé la mort de son père. Des étudiants arrivaient à présent à leur hauteur, face à eux. Ils paraissaient la connaître, du moins ils la dévisageaient. Akhela leur rendit la pareille sans baisser les yeux.

- Hey, toi ?! Tu ne serais pas la fille du Traître par hasard ?

- Ne réponds pas. Lui chuchota Silèm à l'oreille.

Les étudiants leur bloquaient maintenant le passage. Son garde du corps avait beau avoir des muscles saillants, il était loin d'être un bagarreur né et s'arrêta pour analyser la situation.

- Alors tu ne réponds rien ? Tu dois te sentir soulagée qu'on t'ai débarrassé de ce monstre. Mais du coup je me demande si tu n'en est pas un toi aussi. Et si tu nous montrais ta jolie nuque ?! Il leva la main afin de lui soulever sa chevelure.

- Bas les pattes, connard ! Pose ta main sur moi et tu vas voir ce que le monstre va te faire.

- Oh mais c'est qu'elle me faire peur !

Ils riaient, plaisantaient entre eux, leur barrant toujours le passage. Akhela était figée telle une statut. Les bras le long du corps elle resserrait ses poings de plus en plus fort, ses dents grinçaient sur sa mâchoire serrée. Leur sauter à la gorge, leur arracher la langue. Son imagination grandissait autant que sa haine.

- Ca suffit ! Vous vous croyez drôle ? Si vous le souhaitez nous pouvons appeler la Garde ensemble. Je leur dirai comment des étudiants, qui devraient d'ailleurs être en cours, ont besoin d'être cinq pour s'en prendre à une jeune fille sans défense et bien plus petite qu'eux. Quel courage Messieurs !!!

- On voulait juste plaisanter un peu. C'est bon, on s'arrache ! Il fit signe de la tête à ses amis de s'écarter pour les laisser passer. Akhela rongeait son frein. Petite ou pas, elle les aurait éventrés comme des cochons si Silèm n'avait pas été là. Faisant deux pas vers l'avant, elle arriva à la hauteur de celui qui l'avait insulté. Sans même lui lancer un regard, elle lui donna un grand coup d'épaule afin de pouvoir passer et pour lui montrer sa force et sa haine. Il ressenti une douleur vive bien qu'éphémère dans tout le bras. Une sensation de brûlure venait de parcourir sa main, ses doigts. Il se retourna et lui hurla dessus.

- Tu ne paies rien pour attendre, orpheline !

Silèm mit sa main dans le dos d'Akhela pour la faire avancer plus vite. Elle le suivit à contre coeur mais elle savait bien qu'il n'en valait pas la peine. Pourtant il avait raison sur un point. Elle était bel et bien orpheline à présent.

Erame venait de rentrer, il les attendait. Mais il n'était pas seul. Les gardes aussi attendaient qu'elle arrive. Ils voulaient probablement la questionner. Ils étaient désormais tous réunis dans le grand salon.

- Akhela Drachar, votre père a été reconnu coupable de plusieurs accusations et a été exécuté. Commença le garde.

- Oui, merci, j'étais présente quand le Bourreau des Coeurs a accompli la sale besogne pour laquelle il est grassement rémunéré !

En les provoquant de la sorte, elle cherchait à leur montrer qu'ils ne l'impressionnaient pas.

- Article 9 du Code de la Civilisation des Quatre Lignées : Aucun ascendant ni descendant ne peut être accusé des crimes des ses Pères. Dit Silèm leur faisant front pour la défendre, prêt à intervenir en sa faveur.

Erame fronça les sourcils dans leur direction à tous deux en hochant négativement de la tête. Le garde laissa passer leur agressivité. Certes il représentait la loi mais il n'en était pas moins humain.

- Nous ne sommes pas ici pour vous accuser, ni pour ajouter à votre peine, Mademoiselle. Mais nous devons nous assurer que votre père ne vous a pas transmis l'Essence des Enfants de Senttoni et que vous n'êtes pas une menace.

- Je suis une Anàfi ! Depuis toujours. Regardez par vous même !

Akhela allait relever ses longs cheveux épais pour leur montrer sa nuque, quand le garde la stoppa de la main.

- Ce n'est pas nécessaire, Mademoiselle. La seule chose que nous vous demandons, c'est d'avaler cet élixir de chiastolite. Ainsi nous serons fixés.

- Avec plaisir ! Répondit-elle sur un ton des plus sarcastiques en lui arrachant la fiole des mains.

La buvant d'une seule traite, les yeux de cette petite assemblée étaient rivés sur elle. Le garde s'avança et balaya d'une main ses cheveux. Elle ressentait un picotement vers le bas de son crâne. Sa cicatrice passait par endroit du rose au blanc sur sa peau de porcelaine. Doucement, on apercevait des vaisseaux sanguins se dessiner. On pouvait voir le flux se déplacer lentement tel le filet d'eau d'un robinet à peine ouvert. Une marque en ébauche. Une moitié de huit horizontal.

- Une Enfant de Worsano ! Souffla Silèm estomaqué.

Akhela se retourna brusquement face à eux, la main posée sur sa nuque endolorie.

- C'est impossible ! Je n'ai jamais eu d'Empreinte. C'est une erreur. Je... Vous... Non...

Elle bredouillait sans savoir quoi dire. Sans savoir quoi penser. Erame lui tendit un miroir pour qu'elle constate par elle même. L'Empreinte était bien présente, nichée au centre de sa cicatrice, comme si elle avait toujours été là. Elle n'en croyait pas ses yeux. Sa brûlure, elle la connaissait par coeur, jamais elle n'avait remarqué ne serait-ce qu'un semblant d'Empreinte.

- Incroyable ! Dit le garde. Je n'avais jamais rien vu de tel. C'est la première fois que nous sommes confrontés à pareil cas. Monsieur Tenoyd, vous qui avez étudié plus précisément l'histoire des Oujdas, une idée ?

- Et bien, il y a forcément une explication logique. L'Empreinte était forcément présente dès sa naissance. Mais elle a dû se fondre dans sa blessure. Peut être que la perte brutale de son père ainsi que l'élixir ont fini de dévoiler son Essence véritable.

- Certainement. Acquiesça le garde ne trouvant pas d'autre réponse plausible à donner. Quoiqu'il en soit, vous êtes désormais une Oujda et vous devrez intégrer l'Enceinte des Quatre Lignées dès le premier Mars.

Remerciant Erame de son accueil bienveillant, il prit congé suivi des autres membres de la Garde. Akhela restait sous le choc. Comment était-ce possible ? Toutes ces années sans connaître une once de vérité sur sa propre existence. Un père Enfant de Senttoni, elle, une Enfant de Worsano. C'en était trop, elle allait finir par exploser.

- Je refuse d'y aller. Je ne peux pas. Je ne suis pas comme eux. Personne ne m'a inculqué les traditions et les valeurs des Oujdas. Je suis une Anàfi dans l'âme. Et puis j'ai des amis....

- Comme ton meilleur ami victime d'une crise cardiaque inexpliquée à l'âge de seize ans ? Coupa Silèm franchement, lui avouant être au courant de ce qu'il s'était passé dans la chambre de son père.

- Comment le sais-tu ? Comment l'avez-vous appris ? C'est quoi ces accusations, je n'y suis pour rien. Il était mon meilleur ami, le seul frère que j'ai jamais eu. Comment pouvez-vous penser une seule seconde que...

- Calme-toi et assieds-toi. Erame approcha un siège jusque sous ses genoux. Akhela se laissa choir sans réagir. Comme je te l'ai déjà dit hier, lorsque j'ai entendu le nom d'emprunt de ton père tôt dans la matinée, je me suis renseigné pour savoir où il vivait. J'allais m'y rendre lorsque je t'ai aperçue sortant de la maison en pleurs, dans ta robe déchirée. J'ai tout de suite compris qui tu étais. La fille d'Ereirdal Volf. Tu lui ressembles tellement. Avant de te suivre pour voir ce que tu comptais faire, je suis entré dans la maison où j'ai trouvé ton ami. Je n'ai pas tout de suite compris mais dans le doute j'ai appelé Silèm pour qu'il m'aide à déplacer son corps.

- Qu'avez-vous fait de lui ? Demanda-t-elle inquiète.

- Nous l'avons déposé en contrebas du Sentier du Trolle, facilement retrouvable par les habitants du quartier. Sa mort passera pour un accident. Il aura glissé au delà de la butte et ne se sera jamais relevé. Répondit Erame.

- Mais c'était un accident. Enfin je veux dire, il est mort, d'un coup, sans raison.

- Crois-tu ? Tu ne trouves pas ça étrange ?

- Si bien sûr mais...

- Tu es une Enfant de Worsano. Depuis toujours. Hors ton Essence a été comme enfermée pendant toutes ses années. Le choc de la véritable nature de ton père l'a délivrée. Malheureusement tu ne sais pas la contenir et...

- Et je l'ai tué ?!!! Coupa-t-elle.

- Je pense que oui. Que faisiez-vous lorsque cela s'est produit ?

- Il me tenait par les bras. J'étais en colère contre lui. Soël m'accusait de connaître la vérité sur mon père et moi, j'ai senti mon sang bouillir. Il est tombé juste après ça. Oh mon Dieu, qu'est ce que j'ai fais ?! Akhela venait de se recroqueviller sur elle-même. Elle hurlait, se lamentait. Je suis une monstre, j'ai tué mon meilleur ami. Il était gentil, il avait la vie devant lui. Comment je vais pouvoir dire ça à ses parents ?!

- Tu ne vas rien dire du tout. Erame lui attrapa le menton pour la forcer à le regarder. Anéantie, elle le regardait, perdue. C'était un accident. Il est tombé de la butte et ne s'est pas relevé, tu m'entends ?! Rien n'est de ta faute, tu ignorais que tu avais ça en toi. Tu vas intégrer l'Enceinte et apprendre à maîtriser ton Essence.

Akhela se jeta dans ses bras et pleura des heures entières sans s'arrêter. Erame resta immobile, l'entourant de ses bras. Elle finit par s'endormir dans cette position, éreintée par la fatigue, le dégoût qu'elle avait d'elle-même et la peur de ce qui l'attendait prochainement.

A son réveil, Erame était parti travailler. Il ne restait que Silèm qui avait accepté de rester pour veiller sur elle. Il était nerveux à l'idée qu'elle ne se remette à pleurer, ignorant comment la consoler. La nuit portant conseil, elle savait exactement ce qu'elle souhaitait faire de cette journée.

- Bonjour jolie rouquine, tu as bien dormi ? Tenta Silèm hésitant.

- Pas le temps pour les bavardages futiles, j'ai besoin de ton aide.

- Oui, tout ce que tu voudras. Tu as besoin que je t'amènes quelques part, ou alors que..

- C'est ça, je veux que tu m'amènes là où ma mère est enterrée.

- Quoi, heu, mais je ne sais pas qui était ta mère et je ne suis pas sûr que ce soit une bonne idée. Silèm redoutait sa réaction.

Elle avait beau être petite, Akhela lui avait déjà prouvé

qu'elle ne manquait pas de tempérament.

- Tu penses que ce n'est pas une bonne idée que je sache d'où je viens ? Mon père me ment depuis ma naissance. Peut-être que ma mère aussi était une Oujda finalement.

- Bon très bien je t'aiderai mais il va me falloir plus de renseignements.

- Elle est morte la nuit de l'Insurrection des Enfants de Senttoni. Je ne sais pas grand chose, mon père refusait d'en parler. Il m'a simplement dit qu'ils vivaient en aval de l'Enceinte et que leur maison a été la proie des flammes.

- Ok. Au moins on sait où chercher. Les victimes de l'Insurrection ont été placées dans le jardin annexe au cimetière. Ca nous fera gagner du temps.

- C'est gentil à toi de m'aider.

Pour la première fois, Silèm aperçu le regard empli de douceur d'Akhela et en fut troublé.

Le cimetière était vaste et non entretenu. Il n'était pas coutume de célébrer la mort en elle-même c'est pourquoi il était interdit de couper l'herbe, de tailler les arbres. Pour les habitants de la Grande Vallée, une fois un être cher disparu, son âme rejoignait les Quatre Frères et abandonnait son corps pour nourrir la terre. Les tombes n'étaient donc pas répertoriées. On trouvait devant chaque allée un haut monument fait de marbre avec le nom de chaque disparu. La tradition voulait que les membres de la famille du défunt viennent chaque année. Ils y déposaient à son pied une branche de sureau fraîchement coupée afin de les remercier de faire fructifier le sol depuis l'au-delà. Une fois le bois sec, on considérait l'offrande acceptée et on brûlait la branche en famille, autour d'un grand festin en guise de commémoration. Akhela n'avait jamais pris part à tout cela. Son père détestait cette tradition. Ainsi elle ne s'était jamais rendue à cet endroit et le découvrait pour la première fois.

Le portail gigantesque en fer blanc était imposant et lourd; ils ne furent pas trop de deux pour l'entrouvrir. Son grincement brisa le silence de plomb qui régnait sur la place verte envahie par les fougères et la naissance de quelques ronces. Il était difficile de s'aventurer à travers les allées mais tel était le bon vouloir de Dame Nature et personne n'aurait osé lui arracher son oeuvre. Ayant enjambés les hautes herbes, ils se retrouvèrent face à l'étendue du cimetière, des mausolées devant chaque allées avec des centaines de noms inscrits, à perte de vue.

- Suis-moi, c'est par là. Silèm l'invita à le suivre d'un mouvement de la tête.

- Tu es déjà venu ici ? Répondit Akhela en le talonnant de près de peur de trébucher sur des racines dissimulées par les feuilles mortes.

- Oui plusieurs fois. Mon premier travail quand je suis arrivé au Quartier Juridique consistait à répertorier certains défunts.

- Comment ça ? Il y a des morts qui comptent plus que d'autres ?

- Tu n'as pas idée !

Silèm lui fit un clin d'oeil sans en dire davantage. Alors qu'elle ouvrait grand la bouche pour lui signifier que sa réponse était loin de la satisfaire, il stoppa d'un coup sa marche sportive, si bien qu'Akhela lui fonça droit dessus. Il leva l'index devant lui :

- Tu vois la petite clôture en bois de noisetier ? C'est le jardin des disparus de l'Insurrection.

- Alors allons-y, il est grand temps que je sache.

Sans lui laisser le temps d'avancer, Akhela passa devant Silèm et se faufila tant bien que mal jusqu'à la palissade. Cinq monuments de marbres devant eux, des centaines de noms.

- Ca va nous prendre des jours, souffla-t-elle, inquiète.

- Je prends à gauche et toi à droite, on ira plus vite comme ça.

Il s'approcha du premier mausolée et parcourut des yeux tous les noms inscrits. Akhela fit de même de son côté. Il y en avait tellement. Des noms avec chacun une date de naissance mais la même date de fin. Elle reconnaissait certains noms de famille. Des amis qui avaient perdu un proche ce soir là. Cela faisait plusieurs heures que leurs yeux dansaient de gauche à droite, passant d'un monument à l'autre. Silèm pouvait sentir l'angoisse d'Akhela dans son dos.

- Je ne comprends pas ! Ca fait des heures qu'on cherche et il n'y a rien. Tu as bien cherché à Gariane Volf et pas à Drachar ?

- Tu me prends pour un abruti ? Elle l'avait offensé.

- Excuse-moi. Ca me rends nerveuse d'être là, si près du but et de passer à côté. Attends, regarde. Le nom de mon père : Ereirdal Volf ! C'est impossible !

- Pas tant que ça. Je veux dire, s'il avait choisi de changer d'identité, rien de plus normal que de se faire passer pour mort.

- D'accord mais le nom de ma mère devrait être à côté alors, non ?

- J'imagine. Continue de chercher, je reviens !

Akhela n'eut pas le temps de lui demander où il comptait aller et pourquoi il l'abandonnait au milieu des morts; qu'il avait déjà disparu derrière la clôture. Un peu vexée de se retrouver seule, elle continua malgré tout à avaler tous ces noms inconnus. Un vent glacial venait de se lever lui gelant les os. Elle remonta le col de son manteau de laine jusqu'à ses oreilles. Cela faisait longtemps que Silèm était parti, mais où était-il passé ? La main droite tenant l'encolure pour se protéger du froid, elle pivotait sur elle même pour se réchauffer et dans l'espoir de l'apercevoir.

- Akhela !!! Par ici !!

Elle voyait au loin, par delà la clôture une main s'agiter. Silèm lui faisait signe de le rejoindre. Sans attendre elle se dirigea vers les doigts tendus qui la guidaient.

- Tu as trouvé quelque chose ? Demanda-t-elle pleine d'attentes.

- Je crois mais je ne sais pas ce que j'ai trouvé.

Ils étaient de retour dans le cimetière devant un mausolée ancien, fissuré de part et d'autre, les noms à moitié effacés par le temps. Silèm avait posé son doigt engourdi par le froid sur un nom en particulier. Le coeur d'Akhela s'était resserré et battait la chamade. Elle leva lentement les yeux, de peur de découvrir une autre vérité : *Gariane Volf*

- C'est quoi ce bordel ? Je suis complètement perdue ! Si on en croit ce qu'il y a d'inscrit, cette Gariane Volf serait née il y a environ soixante ans ? Et décédée il y a vingt-cinq ans ? Tu y comprends quelque chose toi ?

Akhela avait les yeux rivés sur Silèm attendant alerte de savoir ce qu'il en pensait. Il restait statique, comme figé, devant le mausolée.

- Alors ?! Poursuivit-elle impatiente.

- Alors je réfléchis. Peut être que...oui cela me semble logique. Ce pourrait-il que cette femme soit ta grand mère ?

- Ma grand mère ? Je n'en sais rien, mon père ne me parlait jamais du passé. Il n'y avait que nous deux et le reste ne nous importait guère. En tout cas, il m'a élevé comme ça et j'ai fini par ne plus poser de question.

- Elle serait alors ta grand mère paternel vu qu'elle porte le même nom que lui.

- Et tu ne trouves pas ça étrange que ma grand mère paternel ait le même prénom que ma mère ? Toute cette histoire n'a aucun sens ! Je suis fatiguée. Combien de secrets allons-nous encore déterrer ?!

- Pour aujourd'hui je crois que ça suffit. Allez viens, on va aller se réchauffer à la Taverne de Barbe de Bouc, on va se payer une boisson chaude, on l'a bien mérité.

Silèm l'entoura de ses grands bras et ils se dirigèrent en dehors du cimetière. Ils ne prononcèrent aucun mot jusqu'à arriver à destination. Akhela semblait anéantie. Elle qui avait tant d'espoir ce matin, sa tête était à présent remplie de questions qui ne trouvaient pas de réponse. Ils poussèrent la porte en bois ajourée de la Taverne et allèrent s'installer dans un coin à l'abri des regards, pas loin de la cheminée. C'était la première fois qu'elle y mettait les pieds. Son père n'avait jamais eu besoin de lui interdire l'accès. L'enivrement ne lui provoquait aucun désir et les énergumènes qui trainaient par ici n' inspiraient pas confiance. Pourtant, elle fut agréablement surprise par les effluves qui émanaient de ce endroit étriqué et sombre. Les seules sources de lumières présentes venaient de la cheminée centrale et de quelques lampes à huile dispersées stratégiquement ça et là sur diverses tables. Sur le comptoir s'alignaient d'énormes godets et des assiettes de gibiers tout juste grillés au feu de bois. L'odeur dominante restait celle d'une soupe de légumes. Impossible d'en distinguer clairement sa composition mais Akhela avait reconnu celle du cerfeuil tubéreux. Son goût prononcé de châtaigne l'avait mise en appétit. Alors qu'elle se délectait de ce parfum, Silèm tendit le bras et commanda deux godets de posset au tavernier en lui montrant ses pièces d'étain.

- Du posset ? Je ne crois pas que j'ai le droit de...

- Avec une journée pareille, tu peux bien en boire un peu, et puis ca va te réchauffer.

Silèm lui adressa un clin d'oeil. Le posset ne coûtait qu'une pièce d'étain ce qui rendait ce breuvage populaire auprès des jeunes. Du lait caillé sucré et chaud mélangé à de la bière Sherry. La douceur du lait mêlée à l'alcool faisait rapidement tourner la tête, surtout quand on n'avait pas l'habitude d'en boire. Akhela en avait grand besoin. Elle attrapa sa choppe et avala une grosse gorgée, s'étouffant à moitié. Silèm se mit à rire.

- Voilà, tu es des nôtres maintenant, ça va mieux ?

- Oui, je ne me serais jamais doutée à quel point j'en avais besoin.

Tous les deux avachis sur leur banc, ils parlaient à voix basses essayant d'y voir plus clair. Remise de ses émotions, Akhela tenta de remettre ses idées en place :

- Donc on a découvert que mon père s'est fait passé pour mort afin de prendre une nouvelle identité. Il a sûrement dû se faire aider tu ne crois pas ?

- Certainement, ce sont les Calendaires qui inscrivent le nom des morts. Il y a forcément quelqu'un qui leur a affirmé que c'était bien lui.

- Si je veux en savoir plus je dois retrouver le Calendaire en charge des morts de l'Insurrection alors ! Ensuite, on a ma "grand mère" si c'est bien elle, qui a le même prénom que ma mère. Quelque chose n'est pas logique la dedans.

- Peut être que ton père t'a menti là dessus.

- Pourquoi il aurait fait ça !

Silèm sentit qu'il l'avait offensée.

- Je ne voulais pas te vexer, j'en suis navré mais admets quand même que ton père t'a menti depuis que tu es née. Réfléchis, pourquoi il t'aurais dit la vérité sur ce coup là ?

Akhela se calmait quand ils remarquèrent qu'un homme assis deux tables plus loin semblait intéressé par leur conversation.

- On devrait être plus prudent ! Repris Silèm en chuchotant. Ton père ne voulait peut-être pas que tu cherches la tombe de ta mère alors il lui a donné le nom de sa propre mère pour que tu échoues.

- Je ne vois pas ce qu'il y a de mal à vouloir savoir qui est sa mère ! Elle était à présent triste que son père ne lui ai pas fait plus confiance.

- Il n'y a rien de mal ! Tu as raison de vouloir connaître ton passé mais il y a tellement de choses que nous ignorons. Et si ta mère était une femme mariée ? Alors il aurait eu tout intérêt à ne pas dévoiler son identité.

- Beaucoup d'hypothèses, mais celle là, franchement...

Silèm esquissa un sourire qu'elle lui rendit.

- On ne devrait pas traîner trop longtemps par ici, apparemment, on intéresse les curieux.

En sortant de la Taverne, l'homme qui épiait leur conversation les talonnait de près. Il finit par les rattraper et empoigna discrètement le bras de Silèm pour lui susurrer :

- Je vous ai entendu parler et je peux vous aider. J'ai connu Gariane Volf, enfin pas moi personnellement mais je connais quelqu'un qui...

Son haleine empestait l'alcool de mauvais goût. Silèm se détacha de son emprise et lui répondit froidement :

- Merci mais nous n'avons pas besoin de vos services, et malgré le fait que la Taverne soit un lieu confiné, les conversations de ses hôtes sont privées.

Alors qu'ils allaient passer leur chemin sans se retourner, l'homme éméché reprit :

- Je ne la connaissais pas, mais je connais sa fille. Je sais où elle vit.

Akhela stoppa net. Sans se retourner, elle fixa Silèm d'un air des plus sérieux qu'il ne lui connaissait pas.

- Sa fille ? Ma mère, ma tante ? C'est une piste qu'on doit suivre !

- C'est dangereux, et puis, tu ne vois pas qu'il ment ? Il nous a entendu parler et il cherche juste à gagner quelques pièces d'étain. Il inventerait n'importe quoi pour se payer un godet.

Il tentait de la dissuader mais elle était plus têtue que lui.

- Et après ? C'est la seule piste que nous avons. Je veux en savoir plus.

- Bon écoute, j'ai dit que je t'aiderais alors je vais le faire. Mais pas comme ça. Il commence à se faire tard et Erame va poser des questions. Voilà ce qu'on va faire : Tu vas rentrer et lui dire qu'on n'a rien trouvé de probant. Je vais tâcher d'en savoir plus au Quartier Juridique en fouinant du côté des archives. Il faudra être patiente, ce que je m'apprête à faire est sanctionnable, cela pourra prendre du temps.

Une fois rentrée, Akhela appliqua le plan de Silèm et répéta ce qu'il lui avait dit de dire. Erame n'insista pas mais sa façon de la regarder l'a mis mal à l'aise. Elle prétexta être fatiguée et partit se coucher sans manger pour éviter tout interrogatoire.

Plusieurs semaines étaient passés sans qu'elle ait de nouvelles de Silèm. L'accès aux archives était bien gardé et les jeunes recrues n'étaient pas autorisées à y pénétrer. A l'approche de la rentrée de l'Enceinte des Quatre Lignées, les logographes mettaient les bouchées doubles afin de fournir tous les manuscrits nécessaires. Des plans, des règles à suivre, de nouveaux manuels... Tous s'affairaient pour être prêts le jour J. Silèm profita de l'effervescence pour se faufiler jusqu'aux archives. Il y avait déjà été, accompagné de son oncle et de plusieurs magistrats pour découvrir les lieux. Il savait donc où chercher et en quelques minutes, il s'empara du manuscrit de recensement des défunts. Pour ne pas éveiller de soupçons, il ne prit que les feuilles qui listaient ceux de l'Insurrection et les cacha dans son sac en toile de jute. Alors qu'il allait ressortir d'un pas furtif, une voix familière de l'autre côté du couloir lui fit tendre l'oreille. Il s'approcha doucement de la porte entrouverte et reconnu son oncle. De dos il parlait gravement à un homme assis devant lui. Pas assez d'espace pour lui permettre de voir à qui il s'adressait. Silèm se colla contre le mur afin de ne pas se faire repérer.

- Il n'est pas prêt ! Son oncle était formel.

- Je le sais Erame mais avons nous d'autres choix ? Tu aurais dû le préparer depuis longtemps. Nous savions que tôt ou tard ce jour allait arriver. L'homme parlait calmement mais avec une assurance certaine.

- Elle pose beaucoup de questions. Elle nous met tous

en danger !

- Nous sommes en danger depuis le jour où elle est née et je pense que...

Comprenant que son oncle et cet inconnu parlait de lui et d'Akhela, le souffle coupé de Silèm retentit dans le couloir. Il déguerpit au plus vite au moment où Erame ouvrit la porte.

- Il n'y a personne ! Nous ferions mieux d'être prudent. C'est la dernière fois que nous abordons ce sujet au Quartier Juridique.

Erame sortit de la pièce en refermant la porte et retourna à son poste comme si cette conversation n'avait jamais eu lieu. Silèm était abasourdi par ce qu'il venait d'entendre. Il n'était pas prêt, mais pour quoi faire ? Son oncle lui jouait la comédie depuis le début et il en savait plus qu'il ne voulait bien leur dire. Puisqu'il ne voulait pas être honnête, il allait aider Akhela sans son aide. Assis à la Taverne, il lisait les manuscrits dérobés pour trouver quelque chose d'utile. En bas de la page des *défunts de l'Insurrection,* une signature : Plicome Lacène. Serait-ce l'homme avec lequel son oncle s'entretenait ? A peine le temps de se pencher sur la question que son informateur se tenait devant lui.

- C'est toi qui a rencontré mon cousin ?

- Je ne sais pas, tout dépend de qui vous êtes ? Silèm était prudent, il était dangereux de fricoter avec ce genre de personnages.

- Dix pièces d'étain et tu auras ton information !

Il savait au fond de lui qu'il faisait une énorme erreur puis la conversation de son oncle lui sauta au visage. Puisque tout le monde leur mettait des bâtons dans les roues, ils allaient découvrir seuls la vérité. Et tant pis si cela impliquait d'être imprudent. Une fois l'échange terminé, Silèm alla chercher Akhela. Sur le trajet, il se demandait s'il devait lui faire part de ce qu'il avait découvert plus tôt. Il hésitait, perdu dans ses pensées quand il la vit arriver au loin. Elle était tellement impatiente, énergique et déterminée qu'il laissa cette information de côté; du moins pour le moment.

- Alors, qu'as-tu appris ?? Cela fait des semaines que j'attends sans savoir ! Tu as pu trouver quelque chose aux archives ? Tu as découvert qui a aidé mon père ? Est-ce-que...

- Doucement la rouquine !!! Bonjour déjà !

Akhela se mit à rougir, ce qui lui laissa quelques secondes de répit.

- J'ai retrouvé l'homme qui disait connaître la fille de Gariane Volf et il m'a indiqué où la trouver. Je te préviens que cela risque d'être dangereux et si tu veux refuser je..

- C'est d'accord on y va ! Par où allons-nous ?

- On doit se rendre dans la forêt.

- Dans la forêt ? Mais c'est interdit, surtout pendant les

Grandes Neiges ! Je veux dire, je me fiche que ce soit interdit mais pourquoi un membre de ma famille vivrait là-bas ? Ce sont les bannis qui s'y trouvent.

- Justement ! Tu vas peut-être avoir des réponses. Les Trappeurs font une dernière expédition aujourd'hui. Le Grand Portail vers la forêt sera ouvert durant deux heures. Cela nous laisse le temps de nous éclipser discrètement et d'être revenus avant la fermeture sans que personne ne s'en aperçoive. Toujours partante ?

- Plutôt deux fois qu'une !

Les Trappeurs de la forêt ouvrirent le Grand Portail tirant des charrettes pleines d'outils divers, des sac en toiles vides, suivis par des chiens renifleurs. Ils leur fut aisé de se faufiler derrière leurs chargements sans se faire remarquer. Une fois dans la forêt, Silèm paraissait beaucoup moins sûr de lui. Pour tous les deux cette escapade était une première. Depuis leur plus jeune âge, les anciens leur contaient des histoires effrayantes au sujet de la forêt et de ses habitants. Des êtres malsains et déformés par la haine, des monstres à trois têtes prêts à les dévorer sur place. Les seuls Hommes suffisamment courageux pour s'y aventurer étaient les Trappeurs. Leur profession leur permettait de pénétrer par delà la Vallée pour y rapporter de la viande fraîche qu'on n'élevait pas entre les murs tel du sanglier sauvage. Chaque mois, les soigneurs leur remettaient une liste de plantes particulières pour la confection de baumes de guérison et autres remèdes miraculeux. Ils étudiaient l'avancée des plantations et l'amélioration de la terre. La fonction de Trappeur était noble. Elle était le rempart bienveillant entre la Vallée et les Ténèbres. Silèm et Akhela se sentaient perdus et minuscules dans cet immense place qu'ils n'avaient vu que dans leurs cauchemars d'enfants. Les Trappeurs étaient déjà loin, les deux novices entendaient à peine le cliqueti des roues des charrettes sur la terre enneigée. Un chemin se dessinait face à eux, caché derrière les broussailles blanches.

- C'est par là. Dit Silèm en le montrant du doigt. Fais attention où tu marches. Je ne sais pas sur quoi on pourrait tomber.

Akhela acquiesça de la tête et s'engouffra derrière lui à travers le chemin. Silèm suivit à la lettre les indications données par son informateur peu scrupuleux. Tourner à gauche au grand érable gelé. Avancer sur l'allée des chênes. Descendre le petit ravin surmonté de rondins de bois rongés par les mites. Enjamber les bosquets givrés. Plus ils s'enfonçaient dans la forêt, moins le bruit de la civilisation arrivait jusqu'à eux. Cela faisait un bon moment qu'ils marchaient, leurs jambes écorchées par les ronces et transies de froid par le givre. La palissade franchie, leur traversée prenait fin. Akhela regarda derrière elle et se mit à penser qu'elle serait incapable de retrouver son chemin seule. Une angoisse lui monta du ventre jusque dans la gorge. Son compagnon de voyage ressentait la même chose mais continuait de marcher la tête haute pour que sa peur ne le trahisse pas. Devant eux une vieille maison en bois. Elle ressemblait plus à un petit hangar désaffecté qu'à un lieu d'habitation, aussi modeste soit-il. Une femme, courbée et certainement abîmée par sa dure vie était là. Elle ignora complètement Silèm pour s'avancer devant Akhela. Son visage ne présageait rien de bon. Des cicatrices se fondaient à des rides survenues trop tôt. Des cheveux grisâtres, ayant rarement croisés un peigne, dissimulés sous un foulard couleur marine brodé de motifs floraux.

Erame Tenoyd se tenait sur son pas de porte et s'apprêtait à rentrer chez lui. Fin gourmet qu'il était, il avait fait un détour à la sortie du travail pour se rendre à la ferme. Là, son panier l'attendait comme chaque semaine, renfermant des bûchettes de chèvre frais aux baies d'amélanchier. Plicome Lacène était assis sur son petit banc de pierre dissimulé derrière un immense églantier.

- Cela fait plusieurs heures que je te cherche Erame !

- Qu'y-a-t-il de si important qui ne puisse attendre demain ? Erame regarda furtivement autour de lui pour voir si personne ne rôdait autour et l'invita à entrer en vitesse.

- Sais-tu où est ton neveu ?

- Silèm ? La dernière fois que je l'ai vu c'était cet après midi, au Quartier Juridique pourquoi ?

- Et Akhela ?

- Je ne sais pas, je ne suis pas son père, où veux-tu en venir ?

- Je reviens de la Taverne et j'ai croisé un habitué qui se vantait d'avoir subtilisé dix pièces d'étain à un jeune homme de bonne famille.

- Et après ? Ce ne serait pas la première fois qu'un inconscient fricote avec ces hommes avinés.

- Il parlait de ton neveu !!! Il ne s'agissait pas d'un mendiant en mal de liqueur mais d'un rabatteur ! J'ai dû dépenser le double pour que cette vermine m'en dise plus !

- Mais quel imbécile ! Erame faisait les cent pas, la colère montant de son estomac.

- Il a amené Akhela avec lui, ils sont dans la forêt, soit disant à la rencontre d'un membre de sa famille.

- Une Volsens ? Demanda-t-il inquiet.

Le Calendaire acquiesça. Sans le remercier ni même lui faire prendre congé, Erame partit avec hâte les retrouver. Il lui était déjà arrivé, il y a maintenant plusieurs années, d'accompagner une excursion de Trappeurs afin de rappeler la loi aux bannis qui tentaient de forcer le passage vers la Vallée. La forêt ne l'effrayait guère, pas plus que les créatures qui y avaient élues domicile.

- Tu dois être Akhela ?! Cela fait longtemps que je t'attends. Ta mère était ma soeur, je suis...

- Ma tante !

Akhela était émue par cette rencontre. Elle avait tant de questions à lui poser. Comment était sa mère ? Pourquoi tous ces secrets autour d'elle ? Et comment sa tante avait pu finir ici, dans cet état ? Alors qu'elle allait la suivre dans ce taudis qui lui servait de maison, Silèm s'interposa, sceptique.

- Comment pouvons-nous être sûr que ce que vous nous dites est la pure vérité ?

- Silèm, soit aimable, s'il te plait !

- Es-tu sérieuse ? Tu veux des réponses, je le conçois, et la joie de retrouver ta tante, je peux le comprendre. Mais depuis quand es-tu devenue aussi stupide ?

Akhela était furieuse mais la vieille bannie ne leur laissa pas la possibilité de se disputer et les coupa dans leur élan.

- Vous êtes méfiants, c'est normal. Je vous livre des vérités sans vous donner la moindre raison de me croire. J'ai plusieurs choses chez moi qui prouvent ce que j'avance.

- Comme quoi ? Lui balança Silèm d'un ton agressif.

- J'ai un portrait de ta mère et moi quand nous étions plus jeunes et j'ai gardé le billet qu'elle m'avait fait parvenir pour annoncer ta naissance.

La bannie répondait uniquement à Akhela, ce qui avait le don de mettre Silèm en rogne. Elle ne se donnait même pas la peine de le regarder lorsqu'il lui posait une question. Agacé par la situation, il prit son amie à part pour lui parler. Elle recula d'un pas pour l'écouter sans lâcher du regard cette femme qui avait tant à lui dire.

- Franchement tu la crois ? Moi je ne la sens pas.

- Je ne sais pas Silèm, mais on a fait tout ce chemin et elle affirme être ma tante. Elle a une lettre de ma mère, je veux voir ça ! Et si elle ment et bien tu auras perdu dix pièces d'étain et on rentrera.

Akhela ne lui laissa pas la possibilité de la convaincre et alla de nouveau à la rencontre de la bannie. Celle-ci tendit sa main afin d'attrapper la sienne pour l'amener jusqu'à chez elle. Au moment où elles allaient se toucher, on entendit quelqu'un hurler, tout proche.

- Eloigne-toi d'elle !!!

Erame venait de les trouver et se tenait droit devant eux. Il avançait le plus vite possible pour les délivrer de l'emprise de cette escroc. Son plan allait échouer, il fallait faire vite et elle attrapa d'une extrême violence Akhela par le bras. Dans un cri de douleur qui déchira le silence de la forêt, la bannie lâcha brutalement sa prise et tomba dans la neige. Silèm et Erame se précipitèrent vers Akhela tandis que la femme gisait sur le sol, recroquevillée sur elle-même les yeux révulsés.

- Démon ! Démon ! Tu n'es que destruction, tu ne devrais pas vivre !! Elle hurlait de toutes ses forces, terrorisée par la jeune fille. Elle avait vu en elle, ressenti une puissance qui la terrifiait. Erame s'avança jusqu'à son corps meurtrie et lui dit en la pointant du doigt :

- Article dix du Code de la Civilisation des Quatres Lignées : *Les Volsens sont bannis de la Grande Vallée et la pratique de l'échange d'Essence contre la Clairvoyance est prohibée.* Si jamais vous vous approchez d'elle, vous ou vos rabatteurs, une fois encore, je vous ferai tous brûler vifs de mes propres mains !

Silèm n'avait jamais vu son oncle dans cet état de colère noire, lui qui était toujours maître de ses émotions et qui pesait chaque mot qu'il prononçait.

- Quant à vous deux ! Vous êtes d'une stupidité sans nom ! C'est la dernière fois que je vole à votre secours. Maintenant rentrons, je crois qu'une discussion s'impose.

Honteux d'avoir été aussi bêtes et crédules, les deux adolescents suivirent Erame en hâte sans dire un mot. Ils passèrent tous les trois le Grand Portail d'une extrême vigilance. Une fois sur l'Avenue du Raisin d'Ours, ils marchaient lentement, faisant mine de rentrer de balade, cherchant à paraître le moins suspect possible. Ne leur adressant pas la parole, Erame ouvrit la porte de sa maison avec force, ce qui la fit claquer brutalement contre le mur. D'un geste peu amical, il leur fit signe d'avancer. Un regard rapide dans son salon; Plicome avait quitté les lieux. Akhela s'assit penaude devant la grande table pendant que Silèm, toujours silencieux, s'approchait de la cheminée pour allumer un feu. Il pouvait sentir dans son dos, le regard pesant de son oncle. Quand il eut terminé, il alla se placer derrière Akhela, les mains posées sur le dossier de sa chaise, tête baissée. Ils attendaient le couperet avec crainte.

- Mais qu'est-ce qui vous a pris, bon sang ? Vous voulez vous faire arrêter ? Ou pire vous faire tuer ? Je croyais avoir été clair pourtant ???

Erame était furieux et parlait fort. Akhela pouvait voir ses tempes battre et la veine de son front gonfler de là où elle était assise.

- Cette femme....dit-elle frissonnant encore de tout son être.

- Cette femme est une Volsens.

- Je croyais que les Volsens étaient un mythe ? Lui coupa Silèm.

- Ils sont aussi réels que vous et moi. C'est pour ça que la forêt est interdite, surtout pour des idiots de votre espèce ! Ces personnes ont le don de clairvoyance mais ils ne peuvent voir que dans un avenir très proche. Leur particularité réside dans le fait qu'ils volent de l'Essence de Oujda par un simple contact physique. Et c'est cela même qui les maintient en vie. C'est pour ça que tu te sens toute chose Akhela, mais sois sans crainte, elle n'a pas touché ta peau directement. Quelque chose en toi l'a effrayée, elle aurait pu découvrir qui tu es vraiment. Voilà pourquoi je vous avais demandé de vous tenir à carreau et de ne pas faire de vague, mais non vous avez décidé de n'en faire qu'à votre tête !

- Et toi tu n'es qu'un sale hypocrite ! Silèm s'avançait vers lui d'un pas sûr.

- Je te demande pardon ?

- Je t'ai entendu au Quartier Juridique ! Tu nous mens depuis le début !

- Mais de quoi parles-tu Silèm ! C'est vous qui avez désobéi et vous êtes mis en danger ! La voix d'Erame devenait d'un coup beaucoup plus douce.

- J'étais dans le couloir pendant ta discussion passionnante avec Plicome Lacène. Tu nous caches la vérité et tu oses nous faire la morale ? Nous, tout ce qu'on a fait, c'est d'essayer d'en savoir plus, vu que toi, tu nous manipules.

- Quelle conversation ? de quoi parles-tu Silèm ?

Akhela les regardait à tour de rôle, sans comprendre de quoi il s'agissait. Alors que Silèm était sur le point de tout lui révéler, Erame lui fit signe de la main de ne rien faire.

- Asseyez-vous tous les deux, je vais tout vous expliquer. C'est vrai j'ai menti mais pas pour les raisons que tu penses Silèm. Voilà, la nuit de l'Insurrection des Enfants de Senttoni, les habitants ont eu l'ordre de s'enfermer chez eux et de ne pas en sortir. Je me suis exécuté, comme tous les quartiers alentours. Le calme commençait à revenir quand quelqu'un tambourina à ma porte. Je lui ai prié de s'en aller et c'est là que j'ai reconnu la voix de ton père. Je n'ai pas menti sur le fait que je ne l'avais pas revu depuis son entrée dans l'Enceinte. Je n'ai pas hésité un seul instant, je lui ai ouvert.

Tous deux buvaient ses paroles pour ne pas en perdre une miette. Ils avaient enfin un début de réponse et attendaient la suite avec impatience. Erame s'arrêta quelques instants pour se remémorer cette nuit là et reprit en s'adressant à Akhela :

- Ton père était en piteux état. Il semblait s'être battu férocement. Je savais ce qu'il se passait dehors, les échos étaient parvenus jusqu'à nous. J'accueillais dans ma demeure un Enfant de Senttoni, qui venait de mettre à feu et à sang l'Enceinte des Quatre Lignées. La terreur se lisait dans ses yeux et je savais au fond de moi que ce qu'on entendait dehors n'était qu'une version. Qu'il y en avait peut être une autre.

- Tu ne vas pas me dire que tu réfutes l'existence de l'Insurrection quand même ? Silèm était perplexe.

- Bien sûr que non ! Je dis simplement que pour une même histoire, il y a toujours deux versions.

- Et mon père vous a donné la sienne ?

- Pas exactement. Il m'a tendu ce qu'il tenait entre ses bras. Un nouveau-né, toi. Complètement brûlé. Je voyais dans les yeux de ton père tout l'amour qu'il te portait et jamais il n'aurait pu te faire subir ça. Alors j'ai décidé de l'aider.

- Comment ça ? Lui demanda Akhela complètement bouleversée par ces révélations.

- Je l'ai caché chez moi cette nuit là et je me suis occupé de toi. Je t'ai nourri de lait de brebis qui chauffait sur le feu de la cheminée. Le lendemain j'ai fait appel à Plicome Lacène, la seule personne en qui j'ai une confiance aveugle. Il a accepté d'inscrire le nom d'Ereirdal Volf dans la liste des défunts. Quelques jours plus tard, ton père était parti en t'emmenant, avec une autre identité, pour une nouvelle vie.

- Et c'est tout ? Il ne vous a rien dit d'autre ? Il ne vous a pas parlé de ma mère ? La déception se lisait dans le regard de la jeune fille. Elle pensait en apprendre d'avantage.

- Non, je suis désolé. C'est tout ce qu'il m'a dit. Il m'a fait jurer de ne jamais révéler qui il était vraiment . Il te disait en danger de mort sans dire pourquoi. Il voulait que je veille sur toi si un jour il était démasqué. Ce que je tente de faire et ce n'est pas chose aisée vraisemblablement.

- Et moi dans tout ça ?

Erame regarda Silèm d'un air interrogateur.

- Quoi, toi ?

- N'oublies pas que je t'ai entendu parler avec Plicome. Tu lui disais que je n'étais pas prêt ?

- En effet. Tu venais d'entrer à l'école à cette époque et tu venais d'apprendre à lire. Plicome et moi avons convenu à cet instant que le jour où Ereirdal serait démasqué, tu deviendrais une sorte d'ange gardien pour d'Akhela.

- Je n'ai pas besoin qu'on me protège !

Tandis qu'Akhela revendiquait son droit d'être considérée comme une adulte responsable, Silèm la dévisageait sans trop savoir quoi penser.

- Bien sûr que si ! Mais ni Le Calendaire ni moi n'avions prévu que ce jour arriverait si tôt. Nous pensions que tu aurais quelques années de plus, que tu serais une adulte.

- Mon père vous a dit que j'étais une Oujda ? J'imagine que lors de ma naissance, il a vu mon Empreinte, avant que je ne sois brûlée.

- C'est fort probable, mais même s'il était au courant, il s'est bien gardé de me le dire. J'aimais ton père profondément et il est mort avec un terrible secret. Ce même secret qui pourrait mettre ta vie en danger et la notre avec. Sois extrêmement prudente, d'accord ?

- C'est promis répondit Akhela en hochant la tête.

- Quant à toi Silèm, bien que tu ne puisses pas entrer dans l'Enceinte je compte sur toi pour veiller sur elle. Ouvre grand tes yeux et tes oreilles et tiens moi informé du moindre détail qui te paraît suspect.

Silèm s'approcha de son oncle et lui serra la main. Dès

cet instant il lui jura de se comporter en homme et de faire tout son possible pour la protéger.

- Tu es sûre que tu ne veux pas que je vienne avec toi ?

- C'est bon Silèm, ne t'inquiète pas. C'est mon premier jour dans l'Enceinte et personne ne me connaît. Je peux y aller toute seule.

Akhela était nerveuse mais tentait de ne pas lui montrer. Ces dernières semaines, elle et Silèm s'étaient rapprochés et avaient partagé de nombreux moments. Il lui avait conté son enfance, l'éducation qu'une mère Oujda et un père Anàfi lui avaient donné. Il n'avait jamais manqué de rien, sauf d'amis peut-être. Il ne connaissait que trop bien la solitude, entouré constamment d'adultes qui ne faisaient guère attention à ses états d'âme. Elle avait été touchée par son honnêteté, elle qui, contrairement à lui, ne possédait pas grand chose, mais connaissait le prix de l'amitié. Figée devant l'Enceinte des Quatre Lignées, Akhela la contemplait comme jamais elle ne l'avait fait auparavant. Sa double porte en bois était imposante. Pour voir au delà, il aurait fallu reculer par delà la Grande Vallée. Sa devise gravée au marteau prenait toute la place, en lettres majuscules :

INGÉNIOSITÉ   HUMILITÉ

TEMERITE   SAGESSE

Au dessus, une plaque en pierre naturelle arquée qui allait de part et d'autre de la Grande Porte. Elle n'avait jamais prêté attention à ce qu'il y avait d'inscrit :

Enceinte des Quatres Lignées

Notre Essence est la Votre

Elle regardait cet imposant bâtiment carré, une haute tour en toiture d'ardoise avec le symbole d'un Frère Oujda à chaque angle. Sur sa gauche celle des Enfants de Senttoni. Sa marque qui ressemblait fort à un fer à cheval inversé avait été recouvert par un long drap noir complètement défraîchi par les années, le soleil et les intempéries. A sa droite, la Tour des Enfants de Worsano, une énorme moitié de huit horizontal gravée en son centre. Derrière elle, la tour des Enfants de Phloge. Sa marque : deux triangles se faisant front, leur pointe respective opposée. L'une pointant vers le ciel et l'autre vers la terre. Et la dernière tour, dans le coin gauche arrière, celle des Enfants de Qoohata. Une marque plus sommaire les définissait: deux droites verticales et parallèles. Cette forteresse devait certainement cacher de vieux et lourds secrets; Akhela en était persuadée et elle allait se pencher sur ceux qui l'intéressaient. Elle regrettait que son père ne soit pas là, à ses côtés, pour vivre cet instant unique. Elle imaginait également les railleries de Soël quand il aurait découvert sa vraie nature. Il lui manquait terriblement. Ils lui manquaient tous les deux. Alors qu'elle se perdait dans ses pensées, trois sons de cloches retentirent si près d'elle que ses oreilles bourdonnèrent. C'était le signal de l'ouverture de la Grande Porte. Tous les étudiants de l'Enceinte se mêlaient les uns aux autres. Pour certains la joie de retrouver leurs camarades et leur narrer leur hiver froid; pour d'autres l'inquiétude de cette nouvelle année. Akhela faisait partie de la seconde catégorie. Les plus proches s'engouffraient déjà dans le jardin somptueux. Elle leur emboitait timidement le pas quand une jeune fille la percuta en pleurs. Elle allait lui demander de faire plus attention quand son comportement la fit s'interroger. La fille s'était recroquevillée derrière une haie, entre l'Avenue du Raisin d'Ours et son quartier d'habitations. Qu'est-ce qui pouvait bien la mettre dans cet état ? Venait-elle de se faire agresser ? Cette possibilité glaça le sang d'Akhela. Jamais elle ne supporterait revivre cette brutalité, que ce soit elle ou non la victime. Elle se précipita vers elle.

- Est-ce que ça va ? Mais tu saignes ! Qui t'as fait ça ?

La jeune fille était tétanisée, la tête cachée entre ses jambes, que ses bras renfermaient. Tremblante, elle ne lui répondit pas.

- Je peux t'aider tu sais ! Je ne vais pas te laisser seule comme ça.

Même si c'était la première fois de sa vie qu'elle voyait cette adolescente, Akhela se sentit investie d'une mission : la protéger de ses agresseurs. Avec un mouchoir en tissu qu'elle conservait dans sa poche, elle lui essuya les gouttes de sang qui perlaient de son front, sans se rendre qu'on la regardait.

- C'est bon on s'en occupe, tu peux t'en aller !

Un homme légèrement plus âgé qu'elle et trois filles se tenaient derrière à l'observer.

- Heu, oui, vous êtes ses amis ? Vous avez vu qui lui a fait ça ? Sans cesser de soigner sa protégée, elle lui demanda : Tu les connais ? Tu veux que je te laisse avec eux ?

Mais elle ne répondait toujours pas. Une adulte arriva sur ces entre-faits. Très bien habillée, les cheveux tirés élégamment en un superbe chignon. Des talons hauts qui piquaient le sol à chacun de ses pas. Et une longue capeline noire avec un col à fourrure. Elle était splendide. Akhela avait toujours rêvé d'en avoir une de la sorte. La beauté et la féminité de cette femme n'étaient cependant pas en adéquation avec son amabilité.

- Je suis sa mère, pars maintenant !

Hésitante et perplexe, Akhela se tourna une dernière fois vers la fille terrifiée.

- C'est bien ta mère ? Je peux te laisser ?

Toujours muette, elle hocha la tête pour lui signifier que oui. Les trois filles, le jeune homme et la mère se ruèrent dès lors sur elle pour la relever.

Plus personne devant la Boucle du Bugle Rampant. Tous les élèves étaient à présents à l'intérieur de l'Enceinte. Elle hâtait le pas avant que les portes ne se referme quand un cri sourd lui fit tourner la tête. C'était elle, coincée entre sa mère et le jeune homme, qui la faisaient avancer. Son attitude et sa démarche ne présageaient rien de bon. Elle semblait obligée de les suivre. Au même moment, un adolescent observait la scène en continuant d'avancer. Leurs regards anxieux se croisèrent. Les portes se refermaient. Ils eurent à peine le temps d'examiner la situation qu'ils avaient pénétré dans l'Enceinte.

- Tu la connais ? Lui lança le garçon, désinvolte.

- Non, mais c'est bizarre. Je ne crois pas qu'elle les suivait de son plein gré. Elle était blessée et...

- Merde, on est en retard, il n'y a plus personne !

La veste ouverte, son sac sur l'épaule, il ne se souciait déjà plus de ce qu'il venait de voir. Akhela inquiète de se faire remarquer dès le premier jour le talonna de près. Une imposante fontaine prenait place au milieu du jardin. Un parvi de fleurs sauvages l'entourait, le sol recouvert de petits cailloux sablonneux. Le calme régnait, pas un bruit, pas un murmure. Au fond du jardin une grande grille en fer forgé donnait sur l'arrière cour. Akhela se souvint que c'est là que le feu s'était déclenché la nuit de l'Insurrection. Elle la voyait en vrai, pour la première fois. L'idée que son père ait foulé ce sol avant elle la fit frémir. A gauche comme à droite des préaux surmontés de pierres calcaires, de grès et de shales noires carbonatés. Derrière eux plusieurs portes imposantes toutes fermées. Ils cherchaient par où entrer. Il n'y avait plus personne pour les diriger quand ils aperçurent un pied se faufiler discrètement par un passage étroit.

- Regarde, c'est ouvert, viens.

Le jeune homme s'avança sans se soucier de savoir si

Akhela le suivait. Entrer par cet accès sombre et lugubre ne l'enchantait pas mais l'idée de se retrouver seule l'angoissait beaucoup plus. Il rattrapa d'une main la porte. Une seule issue se présentait devant eux. Des escaliers en pierre qui menaient à un étage inférieur, une torche accrochée au mur en guise d'éclairage. Des gémissements lointains semblaient provenir du sous-sol. La boule au ventre Akhela descendit deux marches en se tenant au mur en colimaçon. Alors que son pied s'apprêtait à toucher une troisième marche, une sensation étrange s'empara de sa main. L'approchant de son visage pour mieux voir dans la pénombre, elle frotta machinalement ses doigts entre eux. Du sang ! Tremblante de peur et d'effroi, ses yeux cherchaient à suivre d'où il pouvait provenir. Son regard se posa au sol. Une petite mare de sang pas plus grande que sa main. Elle allait reculer quand quelque chose attira son attention. Au milieu de ce plasma frais se trouvait un petit objet métallique. La curiosité l'emporta et tenant encore son mouchoir dans la main, elle s'en servit pour l'attraper. Emprisonné dans le bout de tissu, Akhela le fit rouler entre ses doigts, et lorsqu'elle les rouvrit pour voir de quoi il s'agissait, son coeur rata un battement. Le badge de Rutrich Norsin ! Il l'avait gagné lors d'un concours d'orthographe et ne s'en était jamais séparé depuis. Que faisait-il là ? Pourquoi Rutrich Norsin serait-il dans l'Enceinte ? Etait-ce son sang qui coulait dans cet escalier ? Akhela avait beau être courageuse et téméraire, s'en était trop pour elle. Le garçon continuait de descendre lentement marche après marche et finit par disparaître de son champ de vision. Sans réfléchir à ce qui pourrait lui arriver, Akhela remonta en hâte les escaliers pour se retrouver de nouveau dans le jardin. Elle reprenait son souffle en essayant de rassembler ses pensées quand quelqu'un surgit derrière elle.

- Qu'est-ce que vous faites là, Mademoiselle ?

- Je... j'étais en train de chercher...

Elle était sur le point de lui montrer la porte maudite du doigt. Disparue. Juste un mur comme les autres. Pas même une poignée. Les yeux ronds comme des billes, les questions se bousculaient dans sa tête.

- Vous êtes en retard, et vous n'avez pas à traîner dans le jardin. Je vais vous ramener à la réunion de bienvenue des Oujdas de premier cycle.

L'Intendant mis sa main dans le dos d'Akhela pour la guider jusqu'à sa destination. Perturbée par ce qu'elle venait de voir, elle le suivit sans broncher. Au moment où il ouvrait la porte tout au fond du bâtiment Est, deux professeurs déboulèrent comme des furies dans le jardin.

- Il s'enfuit !!! Hurlait le plus grand des deux en pointant du doigt celui qu'ils pourchassaient.

- Rattrapez-le !!!! Continuait l'autre.

Akhela avait les yeux rivés sur la scène. Son accompagnateur s'avança vers ses collègues pour en apprendre davantage sur la situation.

- Que se passe-t-il ? Demanda-t-il curieux.

- Ce gamin s'est introduit dans une des salles interdites.

- Et à deux vous n'arrivez pas à mettre la main sur un gamin de premier cycle ? Répliqua l'Intendant amusé. En tout cas, il a l'air de savoir maîtriser son Essence mieux que vous.

Pendant qu'ils discutaient, le jeune étudiant s'était hissé jusqu'en haut des parapets. D'un rire moqueur l'Intendant reprit :

- Il s'est joué de vous ! En attendant, ce n'est pas aujourd'hui que vous lui mettrez la main dessus. Allez toi, dépêches-toi ! Cria-t-il à Akhela.

Elle regardait les deux professeurs repartirent énervés se faisant des messes basses l'un l'autre. Qu'avait vu le garçon là-bas pour s'enfuir de la sorte ? Elle s'inquiétait à présent pour cet inconnu qu'elle avait lâchement abandonné à son sort.

- Bonjour à tous ! Je suis Drévor Ourl, le nouveau Protecteur de L'enceinte des Quatre Lignées et je vous souhaite la bienvenue dans notre école !

- Le père de Branel ? Super, ça commence bien !

Akhela avait lâché cette bombe si fort que l'assemblée entière se retourna.

- Oui Branel Ourl est mon fils, et j'espère qu'il ne souffrira pas d'avoir un père à la tête de cet établissement. Il s'adressait au fond de la salle, sans savoir qui exactement avait osé dire ça. Au cours de cette année, vous aborderez les quatre grands thèmes principaux pour devenir des Oujdas dignes de ce nom:

* L'initiation à la préparation d'élixirs

* Histoire, protocoles, et éthiques des Oujdas

* La découverte et le développement de l'Essence

* Les cours pratiques de pouvoirs passifs

Ce soir, une cérémonie aura lieu dans le jardin où vous recevrez la broche de votre Empreinte. Vous l'épinglerez sur le col de votre vêtement, côté gauche. Maintenant que les présentations sont faites, je vous invite à rejoindre Madame Uccille Vochoie pour votre premier cours pratique de pouvoirs passifs.

Tous les élèves empruntèrent les escaliers qui se trouvaient à l'entrée droite de la salle. Au deuxième étage, leur professeur les attendait.

- Entrez, entrez, ne soyez pas timides ! Vous êtes nombreux aujourd'hui pour ce premier jour mais rassurez-vous, des groupes d'élèves seront formés dès demain, après la cérémonie. Je me présente Uccille Vochoie, votre professeur de pouvoirs passifs. Je suis une Enfant de Worsano et j'ai commencé à enseigner dès la fin de mon troisième cycle. Alors dites-moi, qui d'entre vous peut me dire combien de sorte de pouvoirs existe-t-il?

- Trois ! Les pouvoirs d'attaque, de défense et passifs.

Akhela reconnut sa voix : Hysrelle Gocate. Enfin un nom familier et rassurant. Elle se glissa jusqu'à son amie ravie de ses retrouvailles.

- Excellent Mademoiselle ! Mais cette année vous verrez surtout les passifs. Vous devez d'abord apprendre à maîtriser votre Essence, à la ressentir au plus profond de vous, avant de vous lancer dans le reste.

Des soupirs de déception parvinrent aux oreilles du professeur.

- Ne vous inquiétez pas, je vous promet que vous n'allez pas vous ennuyer. Il existe différents types de pouvoirs passifs que nous allons voir ensemble, en connaissez vous ?

- La télélocalisation !

- Le Morphing !

- La projection astrale ?

- Oui, oui, bravo à tous, je vois que vous êtes déjà bien renseigné. Il en manque encore trois qui sont : la prémonition, la détection de mensonges et l'empathie. Je veux que pour le prochain cours vous en choisissiez un, que vous me disiez tout ce qu'il y a à savoir dessus et comment vous comptez le maîtriser.

A la fin de la journée, tout le monde avait répondu présent pour assister à la cérémonie. Une estrade avait été montée derrière la fontaine où se tenaient les professeurs. Devant eux les premiers cycles, prêts à recevoir leur broche en platine. Les étudiants de deuxième et troisième cycle les entouraient, fiers de compter de nouvelles recrues dans leurs rangs.

- Vous vous apprêtez à réciter le serment sacré des Oujdas. Une fois prononcé, vous vouerez votre vie à protéger la Grande Vallée et tous les êtres qui y foulent son pied.

Drévor Ourl leva les bras face à l'assemblée pour les inviter à prendre la parole. Les nouveaux s'avancèrent fébriles et répétèrent en chœur :

Je suis un enfant qui est né pourvu, dans mon unité de corps et d'âme, de la capacité de sauvegarder ce qui est nécessaire - la pureté de l'air, de l'eau, de la nourriture, de nos coeurs et de nos relations-

J'ai reçu l'Empreinte d'un Frère, sous forme de marque sur ma nuque, et je me suis vu gratifié à jamais des pouvoirs de l'Univers. Ainsi je réussirai là où Ils ont échoué. Ainsi je sauverai ce qu'Ils ont détruit.

Les étudiants et les professeurs jetèrent des pétales de Dahlia pour célébrer l'évènement. Chacun d'entre eux s'avançait à présent pour recevoir sa broche en platine. Pas plus grosse qu'une pièce d'étain, elle symbolisait leur Empreinte respective. Ils l'épinglaient fièrement à tour de rôle sur leur col. Parmi eux, Akhela vit son acolyte de la matinée dans les rangs.

- Tu es revenu ?

- Pourquoi je ne serais pas là ? Je suis venu chercher ma broche, tout comme toi. Le jeune homme faisait mine de ne pas comprendre.

- Ils te recherchent tu le sais ?

- Moi aussi je t'ai cherché ce matin et quand je me suis retourné, tu avais disparu ! Je m'appelle Freyme Rorpe mais tu peux m'appeler Frey !

- Moi c'est Akhela Drachar. Ses joues roses trahissaient sa honte. Je me suis enfuis car j'ai trouvé le badge d'un de mes amis dans l'escalier. C'était un Enfant de Senttoni, il a été conduit à la prison d'Arabette pour être vidé de son Essence. Que faisait son badge ici ?

- Comment sais-tu qu'ils me recherchent ? Répondit-il en éludant sa question.

- En sortant du cours de pouvoirs passifs, je l'ai entendu dans les couloirs. Cinq élèves manquaient à l'appel ce matin dont deux filles. Ils suspectent donc les trois garçons et ont déjà questionné l'un d'entre eux en lui faisant boire de l'élixir de Dracéna. C'est un détecteur de mensonge.

- Il faut que je trouve une bonne excuse alors !

Freyme Rorpe faisait une tête de plus qu'elle. Ses cheveux châtains épais lui retombaient sur le front masquant par moment une partie de son visage. Ses yeux verts amande lui donnaient un air désinvolte, ce qui troublait Akhela.

- Tu as un regard renversant, je suppose qu'on te l'a déjà dit ? Il baissa les yeux sur sa broche. Une Enfant de Worsano, intéressant !

- Et toi Enfant de Phloge ! Son faux compliment ne l'atteignit pas. Tu as l'air de prendre ça à la légère !

- Drachar tu m'as dit n'est- ce pas ? Tu es la fille du Senttoni ?

- Oui ! Lâcha-t-elle fièrement.

- Je rencontre enfin quelqu'un d'intéressant. Et non je

ne prends pas ça à la légère. Tu comptes m'aider ?

- J'ai un ami qui m'attend à l'extérieur de l'Enceinte. Peut-être qu'il le pourra.

Silèm attendait Akhela avec impatience. Lui qui entendait parler de l'Enceinte depuis son enfance, il avait hâte d'en apprendre d'avantage. Elle n'était pas seule.

- J'ai besoin de ton aide. Il s'est passé quelque chose pour le moins étrange aujourd'hui et...

-Salut je suis Freyme Rorpe mais tu peux m'appeler Frey !

Il s'était rapproché pour lui serrer la main. Silèm la lui serra par pure courtoisie mais sans aucune conviction. Sans lui adresser le moindre regard, il questionna Akhela.

- C'est qui ça ?? Je suis censé te protéger toi et pas ta nouvelle amourette d'école !

- Quoi ? Non mais ? Tu deviens fou ?

Akhela en perdait ses mots ce qui fit sourire Freyme. Une tension nerveuse régnait autour d'eux, un duel de regards entre les deux jeunes garçons. Elle encaissa la remarque avant de poursuivre.

- Je pense qu'il est en danger et si c'est le cas, moi aussi. S'il te plait Silèm, tu vas nous aider oui ou non ?

- Je crois bien que je n'ai pas le choix. Bon suivez moi chez mon oncle, vous allez tout m'expliquer.

- Non il vaut mieux ne pas mêler Erame à tout ça. Tant qu'on ne sait pas de quoi il s'agit, on n'en parle à personne. Allons plutôt chez moi, on sera tranquille là-bas. Les grands yeux vairons d'Akhela les suppliaient d'accepter. Silèm se laissa charmer. Elle lui sourit en guise de remerciements et alors qu'ils se mettaient en route, Freyme se pencha et lui murmura à l'oreille :

- Ca fait longtemps qu'il est amoureux de toi ?

Akhela lui lança un regard plein d'animosité. Il n'attendait aucune réponse de sa part, sa question rhétorique avait pour seul but de la faire sortir de ses gonds et il avait réussi. Une fois sur place elle lui raconta toute l'histoire depuis le début. La jeune fille blessée, le sang, le badge de Rutrich, la porte qui avait disparu... Silèm se tenait debout, les bras croisés, un pied prenant appui sur le mur du salon. Il avait baissé la tête et fermé les yeux pour mieux assimiler les informations. Sa logorrhée verbale terminée, elle le fixa pour connaître ses impressions :

- Alors, qu'en penses-tu ?

- Effectivement il se passe quelque chose de pas clair là dedans. Le mieux à faire c'est de ne pas trop fouiner. Mais qu'est-ce que vous attendez de moi au juste ? Je vous rappelle que c'est vous les Oujdas. Je ne suis qu'un simple Anàfi, je ne vois pas en quoi je peux vous être utile.

- Tu es le garçon le plus intelligent que je connaisse. Et tu as grandi entouré de Oujdas. Je te demande juste de réfléchir. Je suis sûre qu'il y a quelque chose auquel on ne pense pas.

- On pourrait créer un filtre de persuasion ? Comme ça je persuaderai les professeurs que j'étais bien présent ce matin.

Freyme voulait montrer qu'il pouvait aussi avoir des idées. Silèm leva les yeux au ciel pour lui prouver à quel point il lui était inférieur.

- Leur Essence est beaucoup plus puissante que les votre réunis. Tu crois franchement que tu vas les berner avec un simple filtre ? Non, ils doivent s'attendre à ce que le coupable fasse ce genre d'erreur de débutant. Il faut quelque chose de plus subtile.

Un silence absolu envahit le salon. Silèm réfléchissait depuis un moment quand une idée lumineuse lui traversa l'esprit.

- Il faut qu'il boive l'élixir de Dracéna. Il doit avouer qu'il était bien dans une des salles interdites.

- Quoi ? Non Silèm tu ne te rends pas compte, il court un vrai danger, tu m'avais promis...

Akhela le suppliait de trouver autre chose. Un petit rire nerveux échappa à Freyme.

- Laisse tomber, je me doutais bien qu'il ne m'aiderait pas, enfin qu'il ferait semblant. Il allait quitter la maison quand Silèm le rattrapa avec poigne par le bras.

- J'ai dit que j'allais t'aider et c'est exactement ce que je suis en train de faire. La confiance règne, merci ! Tu ne peux pas leur échapper avec un simple artifice alors il faut rentrer dans leur jeu. Ce que vous ne savez peut être pas, c'est que l'élixir de détection de mensonge a ses limites. Enfin il en existe de très puissants. Mais je ne suis pas sûr qu'ils dépensent autant d'étain pour sa confection; uniquement pour te retrouver.

- Tu en es sûr ? Akhela tremblait d'inquiétude.

- A mon arrivée au Quartier Juridique, une de mes missions était de classer les manuscrits qui provenaient du Quartier Financier. Je suis tombé sur les dépenses de l'Enceinte. Curieux, je l'ai parcouru, pensant trouver des sommes ahurissantes. Mais contrairement à ce que je pensais, ils ont un budget plutôt restreint. Donc oui je suis sûr !

La tension était redescendue d'un cran. Freyme et Akhela avaient désormais toute son attention. Pas peu fier d'avoir réussi à capter son auditoire, il continua sur sa lancée :

- Comme je le disais, l'élixir de détection de mensonges a ses limites. Une fois ingurgitée, la personne pose sa question. Si tu mens, des boutons purulents apparaissent sur ton visage. Il parait que c'est assez horrible à voir et plutôt douloureux. Mais l'élixir ne peut détecter qu'un seul premier mensonge. Dans ton cas, on va te demander si c'est toi qui te trouvait dans une salle interdite. Tu vas répondre oui puisque c'est la vérité.

- Tu cherches à me faire tuer on dirait ? Le coupa Freyme, sceptique.

- Attends la suite ! Tu diras que tu étais bien présent mais que ce n'était pas ton corps.

- Je ne te suis plus là ! Akhela tu y comprends quelque chose toi ?

- J'imagine que tu as une explication logique, n'est-ce pas Silèm ?

Akhela espérait que son ami savait où il venait en venir. Les deux jeunes Oujdas attendaient qu'il développe.

- Tu leur diras que tu voulais faire ton malin pour ton premier cours et que tu as tenté la projection astrale. Ton esprit s'est retrouvé dans une salle interdite sans que tu ne le veuilles.

- Donc ce que tu me proposes, c'est de passer pour un crétin, c'est ça ? De plus, il y a une faille dans ton plan, car vois-tu, je ne maîtrise pas la projection astrale, je n'ai même jamais essayé.

- Il a raison Silèm, ton plan est risqué. Et s'ils lui demandent de faire une démonstration ? Il va se faire prendre c'est sûr.

La déception se lisait dans les yeux d'Akhela et de Freyme. Ils réfléchissaient tous deux à une alternative quand Silèm lâcha d'un coup :

- De la Fausse-Mort ! C'est de ça dont tu as besoin !

- Jamais entendu parlé ! Qu'est-ce que c'est que ça ? Tu ne cherches pas à m'empoisonner au moins ?

-Mais non ! Ma mère est la Responsable du Centre de Soins. Il arrive fréquemment qu'elle reçoive des Trappeurs grièvement blessés lors d'une expédition. Afin de stopper leur souffrance elle a créé la Fausse-Mort. C'est une poudre qui met dans un profond coma. La douleur disparait du corps et l'esprit peut alors se déplacer à sa guise. Ainsi ma mère peut questionner son patient afin de tout savoir sur son état. Une petite dose et tu pourras simuler une projection astrale.

- C'est risqué mais ça me parait jouable. De toute façon nous n'avons pas d'autre plan. Et comment je fais pour prendre de la Fausse-Mort sans me faire repérer ?

- Dès que tu seras convoqué dans le bureau du Protecteur, tu t'entailleras le bout du doigt. La poudre de Fausse-Mort sera dans ta poche. S'ils te demandent une démonstration, tu n'auras qu'à frotter ton doigt dedans. L'effet ne devrait pas durer plus d'une minute. Akhela, tu peux retourner chez Erame, et toi, Freyme, fais ce que tu veux. Je me charge de rapporter la Fausse-Mort. Vous l'aurez dans quelques jours. En attendant fais profil bas, c'est tout ce que je peux te conseiller.

Freyme faisait les cent pas devant l'Enceinte. Tous les étudiants venaient de rentrer et toujours pas d'Akhela. Il finit par la voir arriver au loin et aller à sa rencontre.

- Désolée pour le retard, j'ai dû faire un détour par chez moi. Dit-elle à bout de souffle. Ouvres ta poche que j'y verse la poudre.

Il s'exécuta sans sourciller et s'apprêtait à pénétrer la Grande Porte quand elle le rattrapa par la main pour lui glisser un petit canif ancien en bois avec une petite plaque de nacre.

- Attends ! Tiens c'est pour toi, il appartenait à mon père, je te l'offre. Il te sera utile le moment venu.

Freyme scruta avec attention l'objet et referma sa main dessus. C'était la première fois que quelqu'un lui faisait un aussi beau cadeau et il fût touché par ce geste amical. Il le rangea délicatement dans son sac.

- J'en prendrai soin ! Lui promit-il pour la remercier.

- Allons, allons, dépêchez-vous de vous installer ! Ouvrez vos manuels page 34, chapitre "De l' Histoire de l'Humanité à la Naissance des Oujdas". Vous avez certainement appris l'an dernier avec Monsieur Scorsso les prémices de la Transcendance, n'est-ce pas ?

Toute la classe acquiesça sauf quelques rebelles au fond de la salle qui n'avaient sûrement pas été attentifs à leurs cours d'Histoire. Mais tous se souvenaient de l'intervention de Branel Ourl. Ils lui lancèrent un regard peu amical qui lui fit comprendre de ne pas la ramener une fois de plus. Leur professeur d'Histoire, protocoles et éthique, Shorla Pépleux, les invita à dire ce qu'ils connaissaient sur la Transcendance.

- La Terre se mourrait, à cause des guerres, du dérèglement climatique, de la technologie. Les Quatre derniers Frères Oujdas ont décidé de transmettre leurs dons aux Hommes pour la sauver.

- C'est très bien résumé Mademoiselle Sugnon ! Mais encore ? Car voyez-vous, il n'y a pas eu que du positif dans cette passation de pouvoirs. Même si leurs intentions étaient bonnes, ils avaient aussi des défauts pour le moins humains : l'arrogance, la fierté, le sentiment de supériorité. Et ces imperfections ont malheureusement sali la Transcendance. Des adultes, qui ne devaient pas recevoir leurs dons, ont été touchés. Les pouvoirs reçus ont muté et ont modifié l'apparence même de leur corps. Certains sont morts sur le coup, foudroyés par cette puissante Essence. D'autres sont devenus fous. Connaissez-vous des Oujdas concernés par cette mutation ?

Les élèves se regardaient à tour de rôle, personne n'osait prendre la parole. Mademoiselle Pépleux attendait, debout devant eux, sentant un léger malaise s'installer. Elle coupa court ce silence prolongé :

- Ce n'est pas grave ! Il y a trois catégories de mutation chez les Oujdas. Les premiers vivent parmi nous. Ce sont les Aruspices. Vous en avez certainement déjà entendu parler, ou même croisés. Ils lisent l'avenir dans les entrailles. Le Grand Ordre de la Grande Vallée a choisi de les garder auprès de notre civilisation pour nous aider dans notre quête.

- Comment ça ? Que ce serait-il passé si le Grand Ordre avait choisi le contraire ? Demanda Ena Sugnon qui avait peur d'entendre la réponse.

- Le Grand Ordre a pour mission de prendre les grandes décisions, parfois dures, pour maintenir la paix et la sérénité dans la Grande Vallée. Il est composé d'un Oujda de chaque fraternité dont un Trappeur, d'un Anàfi de haute profession, d'un Anàfi du peuple et du Protecteur de l'Enceinte. Face à un problème, le Grand Ordre se réunit, vote et la majorité l'emporte. Ils ont donc le pouvoir de vie et de mort sur chacun d'entre nous. Reprit le Professeur. C'est d'ailleurs ce qui a été décidé pour la deuxième catégorie de mutation, à savoir les Volsens : ils ont été bannis. Ces Oujdas aussi ont le don de clairvoyance. Ils prédisent l'avenir d'une personne en la touchant.

- Alors pourquoi les bannir de la Grande Vallée s'ils

lisent l'avenir ? Hysrelle Gocate ne comprenait pas pourquoi certains avaient le droit de vivre parmi eux et d'autres non.

- Parce que les Volsens sont perfides ! Ils ne prédisent rien gratuitement. Dès l'instant où ils vous touchent, non seulement ils peuvent voir votre vie entière, passé, présent et futur, mais en plus, ils vous volent une petite partie de votre Essence. C'est cela même qui les maintient en vie.

Akhela releva la tête à la fois surprise et intéressée; et prit la parole sans y avoir été invitée :

- Je croyais que les Volsens ne pouvaient prédire que l'avenir ? J'ai trouvé des ouvrages dans la bibliothèque à leur sujet et je n'ai rien lu de la sorte.

- Pourquoi quelqu'un paierait de son Essence pour voir son passé ? Ca n'a aucun intérêt. Mais je suis agréablement surprise de voir que certains de mes élèves se cultivent sans y être contraint.

Akhela jeta un regard en coin à Freyme comme s'il pouvait lire dans ses pensées. Elle lui avait déjà parlé de son expérience dans la forêt et lui faisait part, sans dire un mot, de son envie d'y retourner. Mademoiselle Pépleux mit fin à leur conversation mentale en poursuivant son cours.

- Je vous ai dit qu'il y avait trois catégories de mutation. Il en reste donc une et pas des moindre. C'est la plus grande tragédie de notre histoire. Les derniers à avoir été touché ont non seulement muté mais ont été aussi défigurés. Leur corps arraché, les chairs mâchées comme des malheureux atteints de la lèpre. On les appelle les Ronge-Peau.

- C'est une légende ! Lâcha Branel. Des contes pour terrifier les enfants qui ne sont pas sages. Mon père me les racontait souvent quand j'étais petit mais de là à dire qu'ils ont existé...

- En effet Monsieur Ourl, nous en avons fait des contes macabres pour enfants. La Transcendance s'est passée il y a des centaines d'années, et aucun d'entre nous n'a pu y assister en chair et en os. Cependant, des manuscrits relatent ses faits, que vous y croyiez ou non.

- Et eux aussi ont été bannis ? Demanda Tetlarre.

- Je vais vous expliquer, si Monsieur Ourl est d'accord ?! Shorla Pépleux le défia du regard jusqu'à ce qu'il baisse les yeux. Face à leur corps mutilé, Les Oujdas les plus puissants tentèrent de les soigner mais le pire des dons les avait envahi. Toute personne qui osait les toucher se retrouvait dans le même état qu'eux. Ils ne pouvaient contrôler leur Essence. Les Ronge-Peau ont fait des centaines de morts sans le vouloir et la Grande Vallée ne pouvait plus rien pour eux. Devant la gravité de la situation, le Grand Ordre décida de les bannir au delà de la forêt, sur la Terre Stérile pour y mourir. C'est à ce moment que les Oujdas ont créé le champ de force de protection pour les empêcher de revenir.

- Ils les ont abandonné ? Avant de recevoir ces dons maudits, ils étaient Anàfis ! Des pères, des soeurs, des voisins ! Comment ont-ils pu faire cela ? Tetlarre était outré d'apprendre comment le Grand Ordre avait décimé des dizaines et des dizaines des leurs sans avoir cherché une autre solution. Le professeur allait intervenir quant à l'abomination que représentaient les Ronge-Peau quand la porte de la classe s'ouvrit brutalement.

- Excusez-moi pour le dérangement Mademoiselle Pépleux, Le Protecteur voudrait s'entretenir avec Monsieur Rorpe.

- Oui bien sûr. Freyme, tu peux y aller.

Akhela le regarda inquiète, le moment était venu. Il restait assis sans bouger, sachant par avance pourquoi il était convoqué. Freyme posa la main sur son sac pour en sortir discrètement le canif mais l'Intendant ne lui en laissa pas l'opportunité.

- Tu n'as pas besoin de ton sac, dépêche-toi, Monsieur Ourl t'attend !

Leur plan allait mal tourner s'il ne parvenait pas à s'entailler le doigt. Freyme regarda Akhela avec désolation, comme s'il s'excusait par avance d'avoir échoué. D'un bond, elle se leva de sa chaise pour se jeter sur lui. Elle le serra tout contre elle, ce qui déclencha l'hilarité de la classe entière. L'Intendant leva les yeux au ciel, navré d'avoir à faire à ces jeunes gens sentimentaux. Akhela mit la main de Frey sur son coeur et colla ses lèvres à son oreille faisant mine de l'embrasser.

- Ma broche ! Lui susurra-t-elle. Prends-la avec toi pour

te piquer le doigt dessus !

Freyme s'exécuta sans broncher et relâché leur étreinte. Ils se fixèrent un moment sans réussir à décrocher leur regard l'un de l'autre. Ils s'étaient rencontré il n'y avait que quelques semaines mais les deux jeunes avaient le sentiment de se connaître depuis toujours. Un lien pour le moins étrange et à la fois profond semblait les rapprocher. Témoin de cette idylle naissante, l'Intendant n'eût d'autre choix que de s'avancer et d'attraper le bras du jeune homme.

- Allez les amoureux, vous vous bécoterez plus tard !

Honteuse de l'image que cette scène avait provoquée chez ses camarades, Akhela retourna à sa place, les joues en feux, sans se retourner.

- Bonjour Monsieur Rorpe, je vous en prie, asseyez-vous ! Les nouvelles vont bon train dans l'Enceinte, j'imagine que vous connaissez le pourquoi de votre présence.

Drévor Ourl était un homme qui imposait par sa présence. Son côté robuste prenait le pas sur sa taille moyenne. Des cheveux noirs presque rasés accentuaient la vue de l'énorme cicatrice qui traversait sa paupière droite jusqu'au dessus de l'oeil. Ce physique abîmé laissait présager de sa force et de son courage lors de la bataille qu'il avait mené pendant l'Insurrection. Depuis ce jour, il gardait en permanence sa main droite sur le pommeau de son épée attachée à sa ceinture. L'air féroce qui émanait de sa personne était apparu il y a des années, lors de la naissance de son fils, lui enlevant sa femme. Elle était morte en couche. Drévor aimait profondément Branel mais chaque fois qu'il posait les yeux sur lui, il était partagé entre sa fierté à son égard et le dégoût des circonstances de sa venue au monde.

Le bureau du Protecteur était sombre, seulement deux torches accrochées derrière lui faisant office d'éclairage. Pour accentuer ce côté chaud et lugubre, des tentures de velours bordeaux garnissaient les murs. Au sol, des tapis noirs en peau de taureaux réchauffaient la pièce. Freyme, nerveux, ne laissait rien paraître et avait posé sa main sur sa poche, prêt à dégainer le moment venu. Il s'assit calmement comme lui avait ordonné gentiment le Protecteur. L'Intendant se tenant debout derrière lui, les mains dans le dos.

- Bon, on ne va pas tourner autour du pot mon garçon. Nous vous soupçonnons de vous être introduit dans une salle interdite et afin de connaître la vérité, je vous invite à boire cet élixir de Dracéna, vous connaissez certainement ses propriétés ?

- Non, je n'ai pas encore eu de cours d'Initiation à la préparation d'élixirs.

Assis sur sa chaise étroite et peu confortable, Freyme parcourait des yeux la pièce cherchant à éviter de croiser son regard. Monsieur Ourl devait se douter qu'il mentait. L'atmosphère qui y régnait ne présageait rien de bon et le jeune homme en venait à se demander si le Protecteur n'en savait pas plus qu'il ne le laissait paraître.

Sans lui donner plus d'explications, Drévor tendit le flacon à Freyme. Il avala d'une traite son contenu. Le jeune homme que rien n'ébranlait d'ordinaire était tendu. Il se fichait des conséquences de ses actes, ce qui lui avait valu plus d'une fois des déboires. Mais pas cette fois-ci. L'idée que les retombées puissent atteindre Akhela lui piquait le coeur. Il ne s'était jamais attaché à personne jusqu'à présent et ce qu'il ressentait maintenant le dérangeait. Une sensation étrange. Comme si elle avait toujours fait partie de sa vie, qu'elle le connaissait par coeur et qu'ils se comprenaient sans avoir besoin de parler. Un frisson parcourut le long de sa colonne à cette simple idée. L'Intendant le sortit de sa torpeur :

- Est-ce bien vous qui avez pénétré dans une salle interdite le matin même de la rentrée ?

- Oui je l'avoue, c'était moi. Mais pas exactement.

Le Protecteur et l'Intendant se lancèrent un regard à la fois interrogateur et amusé. Ils s'attendaient à une ruse, mais celle-ci, ils ne l'avaient pas vu venir. Freyme récita le plan mis en place avec ses comparses; non sans craintes :

- Je... Heu... J'ai voulu faire mon intéressant le jour de la rentrée. Je voulais impressionner...

- Une demoiselle ! Je les ai vu se câliner tout à l'heure.

L'Intendant donna un petit coup de coude suivi d'un clin d'oeil à Drévor Ourl. Il leva les yeux au ciel, navré d'être entouré par des adolescents en quête d'amour.

Freyme continua son récit, plus sûr de lui que jamais.

- Oui, et j'ai voulu faire une démonstration de projection astrale. La vérité c'est que je ne la maîtrise pas et mon esprit s'est... perdu. Je suis vraiment désolé, je n'aurais pas dû. Je vous promets que je ne recommencerai pas. J'accepte la punition que vous jugerez nécessaire.

Le Protecteur l'écoutait, sceptique. Il se leva et fit le tour de son bureau pour s'approcher. Freyme sauta sur l'occasion pour plonger sa main dans sa poche. Il se piqua avec la broche et frotta énergiquement son doigt contre les parois. Il réussit tant bien que mal à retenir une grimace de douleur. La poudre de Fausse-Mort, en contact avec sa plaie, lui donnait la désagréable sensation de se faire ronger la chair.

- La projection astrale ? Intéressant. Auriez-vous l'amabilité de nous faire une petite démonstration ?

A peine il eut fini sa phrase que Freyme tomba de sa chaise. Avant de perdre connaissance, il se réjouit que cela fonctionne. Son esprit allait sortir de son corps, devant eux, donnant toute la véracité à ses propos. Étendu sur le sol, Drévor Ourl s'était avancé, attendant de le voir apparaître. D'un coup, le corps du jeune homme se crispa et il se mit à convulser. L'Intendant se précipita pour le relever quand le Protecteur lui barra la route avec son bras. Il se passait quelque chose d'inhabituel. Les deux adultes restaient immobiles devant le corps recroquevillé de l'adolescent. Incrédules, ils virent Freyme se dématérialiser en quelques secondes dans un tourbillon d'orbes jaune et orangé. Il réapparut aussi vite qu'il avait disparu. La scène se répétait sans cesse sous les yeux écarquillés des deux spectateurs. Son corps s'effaçait dans un halo lumineux pour reprendre sa place sur le sol. Après une minute interminable, Freyme reprit connaissance. Il se recroquevilla apeuré dans un coin de la pièce.

- Fascinant !!! Lâcha Drévor. Un don de régénération ! Je n'en avais encore jamais vu. Et encore moins aussi puissant que le tien. Tu le maîtrises depuis longtemps ?

- Je ne le maîtrise pas, je le subis. Mais comme ça, jamais ! Je ne me sens pas très bien, je ne comprends pas...

- Depuis quand subis-tu ce don extraordinaire ?

Le Protecteur de l'Enceinte était émerveillé par ce qu'il avait sous les yeux. Le pouvoir de régénération était chose rare et cela faisait des décennies que personne ne le possédait plus. Freyme rassemblait ses esprits, sa respiration était rapide, son sang lui écrasait les tempes.

- Quand j'étais petit, je ne sais plus, quatre ou cinq ans, j'ai grimpé sur un vieil arbre des Plantations. Une branche a cédé sous mon poids et en retombant mon pieds était cassé, l'os de la cheville déboité. J'ai à peine eu le temps de me rendre compte de la douleur que je me suis dématérialisé. Quand je suis revenu à moi, je n'avais plus rien.

- Ton avenir est tout tracé mon garçon. Te rends-tu compte de l'importance que tu as ? Tu peux te guérir toi-même, de n'importe quels maux. Ton sang peut tout guérir.

- Oui je l'ai compris il y a longtemps mais jamais je ne m'étais dématérialisé de la sorte. C'était violent, je ....

- Bien évidemment, tu ne comprends toujours pas ? Tu viens de tenter la projection astrale. C'est incompatible avec le don de régénération. Tu ne peux pas disloquer ton esprit de ton corps, sans que ton être ne cherche à te guérir. Tu vas te sentir nauséeux quelques heures puis ça passera. Allez, va. Tu peux retourner en cours.

- Et pour la salle interdite ? Freyme se relevait fébrilement aidé par l'Intendant, toujours surpris par ce qu'il venait de voir.

- C'est oublié, n'en parlons plus !

Drévor Ourl lui fit signe de la main de prendre congé. Une fois la porte fermée, l'Intendant se retourna vers lui :

- Il ment, Monsieur, c'est évident !

- Bien sûr qu'il ment ! S'il avait vraiment tenté la projection astrale la dernière fois, il aurait été dans le même état et surtout il n'aurait pas été aussi surpris.

- Mais pourquoi le laisser repartir alors ? Il a vu quelque chose là-bas, j'en suis persuadé.

- Il y a des choses plus importantes. S'il avait vraiment vu quelque chose, il en aurait déjà parlé. Son don est inestimable, nous devons gagner sa confiance.

Surveille-le !

Le cours d'Histoire terminé, tous les élèves se bousculaient dans les couloirs pour sortir au plus vite de la salle. Akhela aperçut Freyme au milieu de la foule et se fraya un chemin jusqu'à lui.

- Comment ça s'est passé ? Le plan a fonctionné ? J'imagine que oui sinon tu ne serais pas revenu. Et je crois que...

- Doucement !!! Tu me donnes mal à la tête ! Je t'expliquerai un autre jour. Je ne me sens pas très bien, je vais rentrer chez moi.

Sans lui laisser la possibilité de le questionner davantage, Freyme se faufila au travers des étudiants pressés et disparut de son champ de vision. Il savait qu'il avait été maladroit avec elle mais ne souhaitait pas parler de ce qu'il venait de se passer. A chaque fois qu'une personne découvrait sa vraie nature, il ne devenait à ses yeux qu'une créature précieuse, un réservoir de sang miraculeux. Son être tout entier disparaissait devant ce don inestimable. L'idée qu'Akhela puisse le regarder de cette façon l'inquiétait. Il voyait en elle quelque chose de spécial. Une véritable amie. Et il refusait d'imaginer qu'elle pouvait être comme tous les autres.

Deux semaines s'étaient écoulées sans aucune nouvelle de Freyme. Devant l'inquiétude grandissante d'Akhela, Silèm avait accepté de se renseigner sur son état. Cela l'enchantait peu mais il aurait fait n'importe quoi pour la voir sourire de nouveau. Son oncle lui avait donc livré les informations nécessaires. Il connaissait, de nom, la mère de Freyme, qui gérait parmi d'autres Oujdas, les Plantations de la Grande Vallée. Son fils se portait bien. Cela lui arrivait parfois de disparaître, solitaire qu'il était, pour se recentrer sur lui même. Un événement l'avait perturbé, elle en était certaine, mais Freyme avait toujours mis un point d'honneur à gérer seul ses états d'âme, et sa mère avait fini par l'accepter. Il finirait par revenir, comme il l'avait toujours fait, lorsqu'il se sentirait prêt. Akhela était froissée d'être mise à l'écart. Elle pensait qu'ils étaient proches, qu'ils pouvaient tout se dire. Il y avait tant de choses qu'elle ignorait sur lui.

Au moins Silèm était présent, toujours là pour elle, en précieux confident. Il écoutait ses plaintes et ses angoisses, jalousant secrètement ce lien qui l'unissait à Freyme. Qu'avait-il de plus que lui ? Certainement pas le fait d'être un Oujda. Akhela se fichait de cette condition. Ce qui l'intéressait d'avantage, c'était la personne elle-même, sa vision du monde, un brin révolutionnaire avec des valeurs profondes. Elle est parfaite, songeait-il.

- Si tu tiens tant à m'accompagner tu ferais mieux de te dépêcher ! Je vais finir par être en retard.

Akhela lui attrapa le bras pour le conduire hors de la maison. Ce matin, le cours d'initiation à la préparation d'élixirs se déroulait au Centre de Soins. Le bâtiment carré avait fait peau neuve après l'Insurrection, prenant toute son importance après pareille situation. Oujdas et Anàfis s'étaient unis pour faire du Centre un endroit accueillant et rassurant. Quelques jours auparavant, les élèves avaient confectionnés des baumes de guérison et allaient, pour la première fois, les tester sur de vrais malades; sous la supervision de Pagio Teite leur professeur. Silèm était ravi de pouvoir présenter son amie à sa mère qui avait organisé ce cours dans son service.

Après s'être présentée aux étudiants, Miciane Tenoyd, la Responsable du Centre de Soins, les invita à découvrir son établissement. Tous les habitants de la Grande Vallée étaient fiers du bâtiment qui avait dû être entièrement reconstruit et reconfiguré après l'Insurrection des Enfants de Senttoni, mesurant toute l'importance qu'il fallait consacrer à pareil centre. La bâtisse carrée d'un blanc immaculé se voulait de plain-pied pour permettre l'accessibilité à quiconque réclamait des soins. On comptait des dizaines de portes d'accès et d'immenses fenêtres pour laisser un maximum de lumière naturelle pénétrer au travers. Un sentiment rassurant et de bien-être se dégageait du centre mêlé à l'odeur des plantes médicinales et des baumes de guérison. Rien de mauvais ne pouvait advenir ici, les Anàfis les plus dévoués et les Oujdas les plus compétents se dévouant corps et âme à leur cause. Miciane leur fit visiter toutes les Unités. Celle des blessures superficielles tenue par les Anàfis qui n'avaient pas besoin d'Essence pour soigner de petites plaies, l'Unité de repos pour les plus âgés ou ceux ayant subis une lourde intervention et celle des blessés graves en attente de diagnostic, surnommée "l'Unité des Trappeurs ". Ils représentaient la quasi totalité des patients au vue de leurs activités dangereuses. C'est dans ce service que la Responsable comptait former les jeunes Oujdas. Chacun d'entre eux avait préparé un baume, un élixir ou autre remède de son choix. Après examen des malades, ils devaient déterminer quel traitement conviendrait à quel patient et lui administrer.

- Bienvenue à l'Unité des Trappeurs. Aujourd'hui, vous allez avoir l'honneur de tester vos élixirs sur mes patients. Ne vous inquiétez pas, nous sommes là pour intervenir en cas de problème et soyez sûr que vous ne pourrez pas leur faire de mal.

Les élèves s'approchaient nerveux de la pièce chargée de lits pleins. Des dizaines de patients. Certains avec de graves blessures apparentes.

- Que leur est-il arrivé ? Demanda timidement Hysrelle.

- Ce sont tous des Trappeurs. Certains ont été blessés par des animaux sauvages, d'autres par des rabatteurs dangereux ou encore quelques Volsens mécontents pris en flagrant délit de vol d'Essence.

Tetlarre se dirigea au fond de la pièce, vers un lit presque isolé des autres malades. Un homme inconscient y était couché, de graves lésions sur l'ensemble du corps.

- Et cet homme là ? que lui est-il arrivé ? Demanda-t-il.

- Malheureusement nous l'ignorons. Il a été trouvé dans cet état il y a quelques semaines et personne n'a vu ce qui l'a attaqué. Même la Fausse-Mort ne fonctionne pas sur lui ce qui rend son traitement difficile.

Chaque élève s'approcha d'un patient en vue de tester sur lui les élixirs préparés la veille. Ils appliquaient leurs baumes avec soins, faisaient boire leurs décoctions tout en délicatesse. Tetlarre restait assis au chevet du Trappeur inconscient. Il le scrutait, mourant d'envie de connaître la raison de son état. Face à son impuissance, il lui prit la main par réelle compassion envers cet homme qu'il ne connaissait pas. Tetlarre avait toujours été proche des gens, d'une empathie rare envers ceux qui avaient moins que lui et son désir d'aider cet homme était profond et sincère. Au moment où il posa sa main sur son bras, il sentit une chaleur envahir sa tête qui commença à lui tourner. Il avait par le passé déjà vécu cette sensation, et, prenant peur, avait relâché la personne à qui il touchait la main. Il allait se retirer mais un sentiment bienveillant flottait dans la pièce. Entouré de ses camarades et de puissants Oujdas, il savait qu'il pouvait se laisser aller à sa vraie Nature. Il décrispa son corps tout entier alors tendu et, rassuré et serein, resserra plus fermement sa main sur le bras du Trappeur. A ce moment son esprit se retrouva à l'intérieur même du corps de l'étranger. Ce don présent en lui depuis toujours, qui ne demandait qu'à exploser lui procura un bien-être profond, comme s'il était né pour ça. Il n'était en rien effrayé. Au fond de lui, il savait qu'il avait cette capacité mais c'était la première fois qu'elle s'exprimait réellement. Devant lui se trouvait cet homme. Assis en tailleur dans une charrette, sans aucune blessure, reflétant son âme pure.

- Qui es-tu ? Que faisons-nous ici ?

- Je crois que je suis en vous. Il vous est arrivé quelque chose dans la forêt et Madame Tenoyd met tout en oeuvre pour vous soigner, sans succès pour le moment. Vous souvenez-vous ce qu'il s'est passé ?

- Je me souviens être parti en expédition avec d'autres Trappeurs pour collecter des plantes médicinales. Cela faisait plusieurs heures que nous marchions à travers les fougères et les ronces, j'avais faim. J'ai ramassé un fruit sur le sol, on aurait dit une mangue. Après cela, je ne me souviens de rien.

Tout le monde assistait à la scène. Le professeur, Miciane Tenoyd et les élèves fixaient Tetlarre, qui semblait en grande discussion. En lâchant le bras du Trappeur, il reprit ses esprits. Tous les yeux étaient rivés sur lui. Pagio Teite s'approcha avec fierté et admiration.

- Tu as le don de projection kinétique il semblerait ! Et tu as su l'utiliser dès que l'occasion s'est présentée. Je te félicite. Tu peux entrer dans l'esprit de n'importe qui et discuter avec, fais en bon usage.

Le professeur lui tapota l'épaule pour le gratuler de son exploit. Les élèves applaudirent leur camarade, le jalousant de sa spectaculaire réussite.

- Que t'a-t-il dit ? Demanda Miciane coupant court aux acclamations.

- Il a mangé un fruit... Une mangue plus précisément. Après quoi il ne se souvient de rien.

- Il n'y a pas de manguiers là où nous l'avons trouvé... à moins que... Bien sûr, il a mangé le fruit du Cerbera Odollam. Cela ressemble à s'y méprendre à une mangue. Seulement c'est extrêmement toxique, voire mortel. Grâce à toi, nous savons exactement ce qu'il a et nous allons pouvoir le guérir. Félicitations jeune homme !

Alors que l'assemblée encensait Tetlarre et lui posait mille questions sur son précieux don, Akhela fût attirée par une porte au fond du couloir. Sur la devanture un écriteau "interdit aux visiteurs". Que pouvait-il y avoir derrière cette porte ? Pourquoi les visiteurs n'y avaient pas accès ? Elle s'éclipsa discrètement pour voir de plus prêt. Une petite vitre opaque permettait de voir au travers. Piquée au vif par sa curiosité, elle colla son nez sur la fenêtre étroite pour en savoir plus. Une immense salle blanche, stérile, vide de mobilier. Un petit groupe d'individus déambulait l'air hagard. Sûrement des patients, pensa-t-elle, à la vue de leur blouse blanche nouée dans le dos. Ils semblaient tous absents, tournant en rond tel de pauvres âmes en peine et sans but précis. Alors qu'Akhela les regardait étonnée, une silhouette au fond de la pièce attira son attention. Sa démarche, cette carrure, elle la connaissait. Ses yeux ne pouvaient lâcher cet individu, elle le savait, elle l'avait déjà vu. Au moment où il se retourna et que son visage lui fit face, Akhela eut un mouvement de recul.

- Non ce n'est pas possible !!! Comment ?! Rutrich Norsin ?!

Son cri de surprise attira l'attention de Miciane qui avança jusqu'à elle.

- Ne reste pas là, tu n'as rien à faire ici !

- Mais, qui sont ces gens, pourquoi ils...

- On appelle cette pièce " l'Unité des Oubliés ". Il y a plusieurs cas différents. Des personnes fragiles qui ont perdu l'esprit ou qui ne sont plus en phase avec notre civilisation et il y a les quelques Enfants de Senttoni qui ont survécu lors de leur extraction d'Essence. Ils ont la chance, si on peut dire, d'être en vie mais ils ont complètement perdu la mémoire et sont comme " absents " de ce monde. On ne peut pas les soigner, ni les réhabiliter. La magie utilisée pour les vider de leurs dons est puissante et bien trop ancienne pour nous. Alors nous nous contentons de les garder ici, en sécurité.

- Je connais Rutrich, nous étions dans la même classe l'année dernière. Cela fait combien de temps qu'il est là ?

- Les gardes d'Arabette nous l'ont amené dès le lendemain de son extraction. Depuis ce jour, il est dans cet état et nous prenons soin de lui.

- J'aimerais lui parler, cela fait longtemps que plus personne n'a eu de ses nouvelles.

- Je regrette, c'est impossible. De plus, cela ne te servirait à rien vu son état catatonique.

- Mais qui l'a amené dans l'Enceinte alors, et dans quel but ?

- Je ne vois pas de quoi tu parles ?! Il n'est jamais sorti du Centre de Soins. Tu dois te tromper !

- Non , je sais ce que j'ai vu, j'ai trouvé son...

Silèm, qui avait reconnu la voix de son amie dans le couloir, vint interrompre leur conversation. Akhela était agitée, nerveuse, elle voulait des réponses à ses questions. Rutrich était son ami, elle se devait, pour lui, de savoir ce qu'il lui était arrivé.

- Silèm, ta mère vient de me dire que Rutrich n'était jamais sorti de l'établissement mais je t'ai raconté que...

- Oui je sais, je vous ai entendu dans le couloir. Silèm lui fit les gros yeux pour qu'elle cesse de parler. Elle ne devait pas oublier que Miciane Tenoyd était sa mère, et qu'il serait plus judicieux de ne pas faire d'histoire, pas ici, pas de cette façon, pas maintenant.

En sortant du Centre de Soins, Silèm ouvrit la marche, aux côtés de Pagio Teite. Il avait été autrefois le professeur de Miciane, et l'avait connue haute comme trois pommes. Il lui racontait comment elle était adolescente, une demoiselle sage et toujours attentive aux remarques constructives. Silèm reconnaissait bien là le portrait de sa mère. Akhela qui fermait la marche avec les derniers retardataires, hâta le pas pour arriver à hauteur de son ami. Alors qu'elle allait remettre cette conversation sur la table, Silèm baissa les yeux dans sa direction sans la regarder :

- Pas maintenant ! Lança-t-il sur un ton glacial. Le sujet était clos, du moins pour le moment. Akhela était froissée que Silèm lui parle de cette manière. Jamais il n'avait été aussi sec dans ses paroles, et surtout pas avec autant de froideur.

Une fois de retour à l'Enceinte, les élèves se dispersèrent chacun dans une direction afin de rentrer chez eux. Il ne restait que quelques étudiants devant la Grande Porte quand Akhela le vit. Il se tenait debout devant elle, comme s'il n'était jamais parti.

" Frey " dit-elle dans un murmure. Sans attendre une seconde de plus, elle se jeta sur lui et l'enlaça. Relâchant doucement son étreinte sans pour autant se défaire de ses bras, elle lui dit à quel point il lui avait manqué. Sa tête arrivait sur sa poitrine, elle sentait son coeur s'emballer. Se pouvait-il qu'il ressente quelque chose lui aussi ? Gênée, les joues en feu, elle recula de deux pas.

- Tu es jolie quand tu rougis ! Freyme prit délicatement une boucle rousse rebelle entre deux de ses doigts et alla la placer derrière l'oreille d'Akhela.

- Tu crois que tu vas t'en tirer comme ça ? Je me suis inquiétée ! Tu disparais sans donner de nouvelles, et tu reviens comme si de rien n'était !

- Je te demande pardon, sincèrement. J'avais besoin de m'éloigner quelques temps pour réfléchir.

Alors qu'elle allait lui demander plus d'explications, elle sentit que Silèm était à deux pas d'eux, qu'il les observait , sans pour autant s'approcher. Quand elle se retourna pour l'inviter à se joindre à eux, il détourna les talons et quitta la Boucle du Bugle Rampant sans se retourner.

- Je pense que tu devrais le rattraper, lui dit Freyme. Ne t'en fais pas, je te promets que dès demain, je t'expliquerai tout. Et oui, c'est promis, plus de disparition inopinée.

Akhela esquissa un large sourire et tenta, en vain, de rattraper Silèm. Arrivée devant chez Erame, elle le trouva assis sur une petite marche en pierre, les avants-bras posés sur ses genoux, le regard empli de lassitude. Ne lui adressant aucun regard, elle vint s'asseoir près de lui.

- Tu es parti sans dire un mot.

- A quoi bon, tu avais l'air en parfaite compagnie ?! Je n'ai pas eu l'impression que tu avais besoin de moi.

- Ne dis pas ça ! J'ai toujours besoin de toi, tu es mon ange gardien !

Silèm tourna la tête vers elle, la fixa en fronçant les sourcils, il était en colère ou peut-être vexé. Akhela ne parvenait pas à distinguer ce qu'il ressentait à cet instant précis. Devant son regard interrogatif, il se leva d'un bond et lui dit, lui faisant dos :

- Ton ange gardien !!! Alors c'est tout ce que je représente pour toi ?! Qu'est-ce que je peux être stupide ! Moi qui pensais que tu...

Akhela attrapa fermement sa main, ce qui le stoppa dans sa furieuse mélancolie.

- Freyme !

Silèm voulut retirer sa main de la sienne. Comment pouvait-elle prononcer son nom, alors qu'il était en train de se livrer. Il se sentait trahi et humilié. Akhela se rendit tout de suite compte qu'elle avait mal choisi son premier mot et reprit :

- Je veux dire, vous deux, vous êtes à l'opposé l'un de l'autre. Frey est impétueux, solitaire, il n'a besoin de personne, tu comprends ? Je me retrouve en lui. Mais toi ! Tu es si droit, généreux, tendre... Je me sens tellement bien à tes côtés. Tu m'apaises, me réconfortes. Je serais perdue sans toi.

Les larmes au bord des yeux, elle remarqua que Silèm se détendait petit à petit, balayant une fois pour toute sa colère. Elle emprisonna sa main avec tendresse et il finit par se rasseoir tout près d'elle. Akhela posa sa tête sur son épaule et lui dit tristement :

- Ca fait beaucoup à encaisser en si peu de temps. Mon père, Soël... Il est le premier à m'avoir aimé, le premier à m'avoir embrassé. Je ne suis pas sûre d'être prête...

Silèm était confus mais apaisé. Il n'allait pas la perdre, pas tout de suite. Il comprenait son ressenti, ce chaos émotionnel qui tourbillonnait en elle. Comment aurait-il pu lui en vouloir ? Etre présent, lui laisser du temps, c'est la chose qui comptait vraiment. Ils restèrent assis là pendant des heures sans dire un mot, admirant le soleil se coucher derrière d'épais nuages gris. La nuit avançait en amenant avec elle un vent léger qui rafraîchit subitement l'atmosphère. Dans les bras de son ami, Akhela ne bougea pas, mais il la sentit frissonner. Cet instant complice touchait à sa fin même si aucun des deux ne souhaitait qu'il ne prenne fin. Silèm donna un doux baiser sur son front et rentra chez lui. Elle le regarda s'éloigner. Lorsqu'il n'était plus qu'une ombre parmi les feuillages dansant dans le vent, Akhela se leva lentement et rentra à son tour.

Les élèves de premier cycle devaient se rendre dans l'arrière cour du jardin ce matin. Ils allaient assister à leur premier cours de développement d'Essence Interne dirigé par le professeur Vorri Paifle. Ce vieux Oujda avec sa courte barbe blanche inspirait la sagesse. Sa grande expérience apportait le respect de ses paires et il n'avait jamais eu besoin de reprendre le moindre élève, tous en admiration et déférence envers lui. Freyme faisait parti des premiers arrivés, ce qui soulagea Akhela dès qu'elle le vit. En silence, elle vint se placer à ses côtés, les élèves entourant leur professeur pour ne rien rater. Avant de commencer la pratique, il fit un bref topo sur l'Essence Interne. Tous les Oujdas reçurent les Dons des Quatre Frères mais chacun d'entre eux développait une caractéristique propre, intrinsèque. Cela n'était pas le cas de tous les Oujdas, une petite minorité en était dépourvu malgré leurs efforts pour l'atteindre, pour la faire apparaître. Comme l'Intendant de l'Enceinte des Quatre Lignées qui avait donc décidé d'être le bras droit du Protecteur, ses yeux et ses oreilles, pour veiller à la bonne tenue de son établissement et de ses pensionnaires. Il cita ensuite Tetlarre en exemple. Son remarquable exploit au Centre de soins était l'accomplissement même de l'Essence Interne et le professeur invitait désormais chaque jeune Oujda à faire de même. Alors que l'entraînement allait débuter, Vorri Paifle voulut faire une expérimentation sous leurs yeux. Rien de mieux qu'une démonstration physique, concrète, pour qu'ils se rendent compte de toute l'importance des pouvoirs internes. Il demanda à Freyme Rorpe d'approcher.

- Les nouvelles vont bon train Monsieur Rorpe dans l'Enceinte et j'ai besoin de vos talents pour montrer à tous ces jeunes de quoi il en retourne.

Freyme savait que ce jour arriverait et qu'il devrait montrer à la Grande Vallée l'étendue de ses pouvoirs. Au fond de lui, il se dit que ce n'était finalement pas si mal, et qu'une telle démonstration lui éviterait cette conversation tant redoutée avec Akhela. Il prit place aux côtés du professeur, tout le monde avait les yeux rivés sur lui, l'air interrogateur.

- Que voulez-vous que je fasse Monsieur ?

- Tu vois ce couteau ? Tu pourrais... Je ne sais pas, leur donner du spectaculaire ! Tu vois où je veux en venir ?

Ce n'était pas la première fois qu'on lui demandait ce genre de chose. A chaque fois qu'une personne était témoin de son don, il devenait une sorte d'attraction, un animal de foire qu'on exhibe pour les personnes en mal de sensationnel. Aujourd'hui, c'était pour la bonne cause, pour aider ses camarades à avancer dans leur développement personnel, et puis qu'aurait-il pu faire ? Dire non à son professeur ? Il prit le couteau de la main de Monsieur Paifle. Les spectateurs étaient pendus au moindre de ses mouvements. Pas un chuchotement dans l'air. D'un coup, il planta la petite dague en plein dans sa cuisse avec force. Des bruits de surprise, certains de terreur brisèrent le silence qui régnait jusqu'alors. Akhela se précipita sur lui, incrédule et abasourdi par ce qu'il venait de faire. Pourquoi venait-il de se mutiler ? Dans quel but et à quelle fin le professeur lui avait-il infligé ceci ? Vorri Paifle l'empêcha de s'avancer d'un bras ferme mais rassurant. Elle vit dans son regard toute la bienveillance qu'il avait à l'égard des ses étudiants. Alors qu'elle tentait toujours de comprendre ses motivations, elle aperçut du coin de l'oeil Freyme qui retirait le couteau encore planté dans sa cuisse. Ils allaient découvrir une énorme plaie, du sang giclant sur le sol, certainement des lésions internes invisibles à l'oeil nu. L'assemblée approchait lentement du jeune homme quand elle fut éblouie par une lumière jaune orangée qui semblait sortir de sa jambe. Des tourbillons colorés entouraient la blessure de Freyme. Lorsque la lumière s'éteignit doucement, sa déchirure avait disparu. Il avait à peine eut le temps de ressentir la douleur causée par le coup. Une cuisse intacte, sans lésion, une peau rosée à la place de la plaie. Le professeur le remercia pour sa performance et reprit la parole sous les acclamations et les applaudissements.

- Oui, oui ! La prouesse de votre ami est remarquable. Monsieur Rorpe a en lui un don rare et très précieux. Celui de régénération. Son sang le guérit à la moindre éraflure, la moindre affection qu'il subit.

- Il est immortel ? Demanda Hysrelle sous les moqueries de ses camarades.

- Non, Mademoiselle Gocate. Mais contrairement à des centaines de personnes, ce jeune homme, mourra de vieillesse et non de maladie. Son sang peut tout guérir. Les humains, les animaux, les plantes...

- Donc si on est blessé, il suffit qu'il nous touche pour

qu'on guérisse ? Branel Ourl semblait soudain très intéressé par quelqu'un d'autre que sa personne.

- Non ! Cela ne marche pas comme ça. Le porteur du don de régénération ne peut pas soigner en lui-même. C'est son sang qui le peut. Et sa quantité dépend du mal. Avez-vous des exemples à nous donner Monsieur Rorpe ?

- Et bien, pour une petite plaie bénigne, une seule goutte suffit. Un jour ma mère s'est cassé les os de la main dans les Plantations. Il a fallu une tasse pleine de mon sang pour qu'elle guérisse.

- Voilà qui répond à vos questions. Maintenant c'est à vous de chercher ce qui est caché au plus profond de votre être. Trouvez-le, développez-le et je vous apprendrais à le maîtriser.

Les élèves prenaient place, alignés les uns à côtés des autres, les yeux fermés. Concentration, méditation, toute forme de relaxation, de calme, étaient nécessaire pour se recentrer sur soi afin de faire ressurgir son moi profond. Maintenant qu'il avait dévoilé qui il était réellement, Freyme s'inquiétait qu'Akhela ne le regarde plus comme avant.

- La régénération ? Impressionnant ! Alors c'est comme ça que tu as réussi à amadouer le Protecteur ?! Promets-moi de ne plus jamais disparaître de la sorte, je me suis vraiment inquiétée !

- C'est tout ? Tu ne vas pas me poser d'autres

questions ?

- Que veux-tu que je te demande ? Le professeur nous a bien renseigné, tu ne souhaites quand même pas que je prosterne devant toi ? Oh grand guérisseur !

Freyme afficha un large sourire et lui bouscula amicalement l'épaule. Rien n'avait changé entre eux. Elle était bien celle qu'il pensait, il l'avait toujours su en fond de lui. Akhela en profita pour changer de sujet et pour l'informer de ce qui s'était passé la veille au Centre de Soins. La découverte de l'Unité des Oubliés, la présence de Rutrich Norsin en vie mais dans un sale état. Le lien étrange et suspect avec les Enfants de Senttoni et ce qui devait se tramer au sein même de l'Enceinte des Quatre Lignées. Il fallait qu'ils en sachent plus.

Le cours fut concluant pour quelques élèves qui découvrirent leur Essence interne. Ena Sugnon avait le don de matérialisation. Il suffisait qu'elle se concentre en pensant à un objet précis pour le faire apparaître devant elle. Elle était excitée à l'idée d'apprendre à maîtriser pareil pouvoir. Après quelques difficultés à se concentrer Branel ourl fut le prochain à y parvenir. Il possédait le don d'empathie. Ce qui fit rire la plupart de ses camarades de classe. Branel possédait des qualités visibles tel que la persévérance, la bravoure et une certaine loyauté; mais de l'empathie, personne n'y aurait songé. Ce don était complexe. Avec beaucoup de rigueur et de maîtrise, il serait bientôt capable de ressentir les émotions des autres, leurs désirs et leurs pensées les plus secrètes. Vorri Paifle le mit en garde sur le double tranchant de cette magie. Mal employée ou à mauvais escient, elle pouvait faire beaucoup de dégâts et la première chose à apprendre était l'interdiction de violer l'esprits des gens pour en subtiliser quelque information personnelle. Chaque année, le professeur savait qu'il devrait redoubler de vigilance et surveiller certains élèves plus que d'autres pour qu'ils apprennent à se contrôler. Hysrelle Gocate eut beau se concentrer de toutes ses forces, elle ne parvint pas, ce matin là, à faire ressurgir quoique ce soit, ce qui avait le don de la rendre particulièrement désagréable. Elle avait des projets bien définis et rêvait depuis son plus jeune âge de devenir une puissante Magistrate à la Cours Juridique et pourquoi pas, plus tard, intégrer le très fermé et sélectif Grand Ordre de la Grande Vallée.

Le Professeur alla se placer derrière Akhela.

- A vous Mademoiselle Drachar, concentrez-vous !

Elle ferma les yeux pour faire le vide dans son esprit, tentant de chasser toutes les pensées qui lui remplissaient le cerveau. Difficile de se recentrer sur elle même lorsqu'elle entendait dans son dos ses camarades jouer avec leurs nouveaux pouvoirs. Elle commençait à perdre patience quand elle ouvrit un oeil. Le droit, bleu comme le ciel au dessus de leur tête aujourd'hui. Il fût attiré par Ena Sugnon. Plus précisément par ce qu'elle venait de faire apparaître dans sa main : une cuillère en fer blanc. Son regard ne pouvait se détacher de ce petit objet métallique quand sa camarade de classe le lâcha d'un coup sec, le souffle coupé, le laissant retomber sur le sol. Vorri Paifle se pencha pour ramasser la cuillère et la présenta sous le nez d'Akhela. Les élèves se rassemblèrent autour d'eux pour contempler ce nouvel objet. Rougis par la chaleur et tordu de part et d'autre, la cuillère était torsadée sur toute sa longueur, rappelant les boucles rousses de la jeune fille. Sans lâcher des yeux la cuillère qui n'en était plus une, Akhela demanda au Professeur :

- Du magnétisme ? Pensez-vous que c'est mon pouvoir interne ?

- Hum ?! Je n'en suis pas certain. Si cela avait été purement et simplement du magnétisme, la cuillère aurait été attirée par vous comme un aimant. Et elle n'aurait pas chauffé de la sorte, ni ne serait autant déformée. Non ! Je pense, je veux dire, je suis sûr que vous avez en vous quelque chose de beaucoup plus puissant. Félicitations Mademoiselle Drachar, vous avez la capacité de créer des ondes de choc. Cette Essence est grande, avec cela, vous pourrez accomplir de grandes choses.

- Des ondes de choc ? En quoi cela consiste ? Et comment cela fonctionne ? Je n'ai pas l'impression de m'être particulièrement concentrée dessus pour arriver à un tel résultat.

- Et bien c'est un pouvoir assez complexe. On pourrait l'expliquer par une sorte de transition brutale. Lorsque vous vous concentrez sur un objet, ou que vous touchez quelque chose ou quelqu'un, vous avez la possibilité d'augmenter sa pression, de créer un choc de forte intensité. Cela se traduit par une chaleur élevée, qui peut même aller jusqu'à l'explosion. Rassurez-vous, vous n'en êtes pas encore là et je vais vous apprendre à le canaliser.

- Ca à l'air plutôt dangereux ?! Je ne sais pas si j'ai vraiment envie d'avoir ça en moi ! Ca me terrifie !

- Je comprend mais on ne choisit pas qui on est ! Vous pourriez aider des centaines de personnes grâce à votre Essence. Il y a tant de possibilités. Bien maîtrisée, vous pourriez faire renaître des plantes mourantes. Réchauffer des personnes malades en hypothermie....

Akhela n'écoutait presque plus la longue liste que Vorri Paifle était en train de réciter. L'excitation d'avoir dans sa classe un pouvoir aussi puissant le rendait particulièrement bavard et euphorique. Il dansait presque en parlant, tournant sur lui même et autour de ses élèves. Son point de vue était tout autre. A cet instant, elle comprenait beaucoup de choses et les événements du passé lui sautaient au visage. Le mal que Branel avait ressenti l'année passée pendant le cours d'histoire. La mort de Soël, entièrement de sa faute. Le choc électrique qu'elle avait donné en un coup d'épaule au Oujda alors qu'elle était accompagnée de Silèm. Tout ça, c'était de sa faute ! Elle avait ce don, cette malédiction en elle depuis le début. Freyme s'approcha et vint lui caresser le dos. Il voyait, au regard vague qu'elle portait sur son si beau visage, que la révélation de ses pouvoirs l'effrayait plus que tout.

- Ca va aller, ne t'en fais pas. Tu es bien entourée, et

puis tu m'as moi, et... Silèm.

Cela ne le réjouissait pas de prononcer le nom de son adversaire, mais pour le moment, Freyme décidait que le bien-être d'Akhela était le plus important et qu'il pouvait, l'espace d'un temps, mettre sa jalousie de côté. Voyant qu'elle ne réagissait pas, il reprit :

- Ne t'inquiète pas ! Tu vas apprendre à contrôler tout ça. Sinon tu ne serais pas là. Et Monsieur Paifle a raison. Tu peux accomplir de grandes choses. Des choses bénéfiques pour toute la Grande Vallée. Vois ça comme une seconde chance.

- Je me sens tellement coupable ! Mais tu as peut-être raison. Je ne peux pas continuer à ressasser le passé. Ce qui est fait est fait. Je vais passer le reste de ma vie à me racheter, à faire le bien pour améliorer notre civilisation. Et peut être qu'un jour, je me pardonnerai.

Durant les deux mois les plus chauds de l'année, les Oujdas de premier cycle étaient répartis par petits groupes en fonction de leurs pouvoirs internes. On les envoyait, avec l'accord du Protecteur de l'Enceinte dans différents coins de la Grande Vallée afin de développer leurs capacités. Ena Sugnon rejoint le clan des "créateurs" supervisé par des Oujdas, Enfants de Phloge, de troisième cycle. Ensemble, ils imaginaient des greffes de plants, de nouvelles espèces de courges et tout autre légume qu'ils pourraient planter. Ils les matérialisaient alors et les proposaient au Grand Ordre qui décidait ou non de les intégrer aux cultures. Branel Ourl passa son été entre la prison d'Arabette et le bâtiment des gardes. Il exerçait son pouvoir d'empathie pour débusquer les menteurs et tenir les vrais coupables. A sa grande surprise, il prit un réel plaisir à ressentir les émotions des autres. Tetlarre demanda à faire parti du groupe de soigneurs mais sa demande fut rejetée par Drévor Ourl. Avec son pouvoir de projection kinétique, le Protecteur souhaitait faire de lui un Magistrat dans la lutte contre les infractions et l'envoya, contre son gré, au Quartier Juridique afin d'étudier les lois de la Grande Vallée les plus anciennes. Pagio Teite, le professeur d'élixirs monta sa propre équipe afin de créer de nouvelles potions. Il choisit parmi d'autres Freyme, qui, grâce à son précieux sang, allait pouvoir augmenter la quantité de filtres de guérison. Malgré tous les efforts que Hysrelle Gocate mit en oeuvre pendant plusieurs mois, elle dût se rendre à l'évidence : elle faisait partie des Oujdas ne possédant pas de pouvoir interne. Cela la rendait furieuse. Tous ses espoirs d'avenir étaient désormais réduits à néant et pour accentuer le caractère humiliant de son infériorité, elle fut contrainte d'être la stagiaire de Pagio Teite qui l'envoyait régulièrement au commerce de Telop Mercale refaire le plein d'ingrédients magiques. Akhela, quant à elle, fut envoyée aux Plantations. Vorri Paifle ne souhaitait pas la brusquer et elle passa les beaux jours à redonner vie aux arbres fruitiers, à accélérer la pousse des légumes. Grâce au plan ingénieux de son professeur, la belle rousse reprit peu à peu confiance en elle. Et malgré la culpabilité qui continuait de la ronger, elle reprit le cours de ses pensées. Tant de choses se passaient au sein de l'Enceinte des Quatre Lignées. Il y avait un lien certain entre les Enfants de Senttoni et la présence de Rutrich sur les lieux quelques mois auparavant. Akhela voulait par tous les moyens découvrir ce qui se tramait et Freyme accepta de l'aider dans sa quête de vérité. Dès que l'occasion se présenterait, ils se cacheraient dans la salle des potions, que personne ne surveillait jamais, et attendraient que l'Enceinte ferme ses portes pour se faufiler là où ils ne devaient sous aucun prétexte mettre les pieds. Les jours étaient plus longs à cette époque de l'année et ils patientèrent plusieurs mois avant de pouvoir mettre leur plan à exécution.

Les cloches retentissantes marquèrent l'arrêt des cours. Après avoir attendu quelques minutes supplémentaires pour être sûr de ne pas se faire repérer, Akhela et Freyme sortirent de leur cachette et avancèrent à tâtons jusqu'à la porte de la tour des Enfants de Senttoni. Posant ses mains sur le mur, elle chuchota à son ami :

- Je sens bien les encoches de la porte, mais je ne la distingue pas. Il n'y a même pas de serrure. Je n'y comprend rien. C'est bien par là que nous sommes rentrés la première fois, non ?

- Oui c'est ici, mais souviens toi, elle était déjà entrouverte, je n'ai pas fais attention à ce détail. C'est malin, maintenant on est coincé dans l'Enceinte et on ne peut même pas entrer dans cette fichue tour.

Pendant que Freyme se lamentait sur leur plan qui se révélait bancal, Akhela continuait de scruter, de palper cette porte. Elle faisait glisser ses doigts dans les interstices minuscules à peine plus épais qu'un ongle. Leur concentration rivée sur leur objectif, ils ne virent pas la silhouette à quelques mètres d'eux qui se rapprochait de plus en plus.

- Qu'est-ce que vous faites là ?

Les deux détectives en herbe sursautèrent de frayeur. Ils n'auraient pas osé se retourner si la voix qui venait de les surprendre ne leur avait pas été aussi familière. Sans répondre à sa question, Freyme lui renvoya l'ascenseur :

- Et toi Tetlarre, qu'est-ce que tu fais là ?

- Je reviens de la bibliothèque. Le Protecteur m'a permi de rester aussi longtemps que je le souhaite. Il m'a convoqué cet été pour s'entretenir avec moi au sujet de mes dons. Monsieur Ourl pense que je serais un excellent Magistrat dans la lutte contre les infractions et il voudrait que je commence dès maintenant à m'imprégner des Codes et des Lois de la Grande Vallée. Grâce au trousseau de clés qu'il m'a remis, je peux aller et venir pendant la fermeture pour en apprendre le plus possible.

- Super ! Tu pourrais nous ouvrir cette porte s'il te plait ?

Akhela avait à peine écouté l'histoire passionnante de l'avenir de Tetlarre. La seule chose qui captait son attention se trouvait dans la main de son camarade de classe : de petites clés couleur bronze qui pouvaient tout ouvrir. Le Graal qu'elle souhaitait acquérir.

- Il n'en est pas question ! Monsieur Ourl me fait confiance. D'ailleurs vous ne m'avez toujours pas dit ce que vous faites ici, et je ne suis pas persuadé que vous ayez le droit, ni l'autorisation de vous trouver là.

Freyme s'était adossé au mur, une jambe repliée prenant appui, les bras croisés. Il regardait calmement la scène des négociations. Sans lâcher Tetlarre du regard, il pencha légèrement la tête vers Akhela, et lui dit à voix basse mais suffisamment fort pour que leur adversaire l'entende :

- Je peux lui prendre de force si tu veux.

- Ce ne sera pas nécessaire, pas besoin de violence, j'ai confiance en lui. Ecoute Tetlarre, tu te souviens de Rutrich Norsin ?

- Oui bien sûr, il a toujours été sympa avec moi.

- Et bien , il est en vie. Je l'ai vu au Centre de Soins mais il est dans un état épouvantable. On dirait que plus rien n'habite son esprit. Et le pire, c'est qu'il a été amené ici, je ne sais pour quelle raison. Regarde, j'ai trouvé son badge ensanglanté dans les escaliers de cette tour.

- Il a été vidé de son Essence, c'est peut-être un contre coup. Et pour le badge, ca ne prouve rien. Il est possible que quelqu'un l'ai trouvé, où qu'on lui ai volé.

- Peut-être, mais tu ne trouves pas ça louche ? Tu n'as pas envie de savoir ce qui lui est réellement arrivé ?

- Je ne sais pas Akhela ! C'est vrai que c'est étrange mais de là à imaginer que des membres de l'Enceinte complotent. Ou qu'il se passe quelque chose ! J'ai du mal à y croire.

- Laisse tomber, il ne nous aidera pas. On va se débrouiller sans lui.

Freyme allait rebrousser chemin en direction des portes de l'Enceinte quand Tetlarre l'arrêta en lui empoignant le bras.

- Et tu comptes sortir comment ? Je te signale que toutes les issues sont fermées à double tour. Bon c'est d'accord, je veux bien vous aider. Ne serait-ce que par amitié pour Rutrich. Pour cette porte, je ne peux rien faire, il n'y a même pas de serrure. Vous avez un plan ?

-Fais-nous sortir de là et après on t'explique !

Freyme en profita pour dégager son bras de son emprise. Tetlarre les amena devant la porte de service par laquelle il allait et venait grâce à son trousseau de clés. Ils se retrouvèrent tous les trois en dehors de l'Enceinte des Quatre Lignées qui avait fermé ses portes pour un long moment. La saison des Grandes Neiges approchait à grand pas et toute la Vallée se mobilisait pour affronter cette période difficile. La nuit avançait amenant avec elle un vent léger qui rafraîchissait l'atmosphère. Les trois comparses accéléraient leur marche pour arriver le plus vite possible chez Akhela où les attendait Silèm. Ils avaient pris l'habitude de se retrouver chaque soir dans cette maison vide, chargée de souvenirs, qui apaisait la jeune fille et lui donnait la sensation que son père était toujours présent, à ses côtés. Cette vieille bâtisse correctement entretenue pendant toutes ces années par Ereirdal était devenue leur quartier général; un point de ralliement serein où ils pouvaient discuter librement et sans crainte d'être entendu. Une odeur agréable se dégageait de la demeure. Arrivé plus tôt dans la soirée, Silèm en avait profité pour allumer un feu de cheminée et préparer une infusion de jasmin. Sitôt passés la porte, il s'arrêta, une casserole en fer d'eau bouillante à la main, en les dévisageant.

- Qui c'est lui ? Silèm n'aimait pas les surprises ni les étrangers et encore moins lorsque ceux-ci s'approchaient d'un peu trop près d'Akhela.

- Il s'appelle Tetlarre et Mademoiselle a insisté pour qu'il nous accompagne.

Dans son intonation, Freyme faisait rapidement comprendre à Silèm qu'il n'avait pas eu son mot à dire et qu'il ne servait à rien d'insister face au caractère obstiné de leur amie. Akhela le fusilla du regard et alla enlacer tendrement Silèm, ce qui lui fit oublier toute la nervosité qu'il ressentait à l'égard de ce nouveau compagnon. Freyme fit mine de ne pas remarquer cette accolade trop longue et trop romantique à son goût. Il empoigna la casserole encore fumante des mains de Silèm et servit quatre verres de tisane. Tetlarre se posa nerveux sur le fauteuil rouge d'Ereirdal. Il regardait partout sans rien dire, se demandant bien ce qu'il faisait là et pourquoi il avait accepté de prendre part à cette histoire. Akhela s'approcha, retourna une vieille chaise en bois dont les cordes usées râpaient les vêtements, et s'assit à califourchon en face de lui. Sans lui laisser le temps de douter ou de poser les questions auxquelles il attendait des réponses claires et précises; elle reprit depuis le début sans omettre le moindre détail. L'arrestation de Rutrich Norsin, la découverte de son badge ensanglanté dans la tour des Enfants de Senttoni. Le fait de l'avoir découvert au Centre de Soins, son esprit perdu et son âme éteinte. Et cette jeune fille, le jour de la rentrée qui avait été amenée de force par derrière l'Enceinte. Silèm et Freyme, en retrait, hochaient la tête en écoutant le récapitulatif qui confirmait que quelque chose de louche se tramait. Tetlarre fixait son verre chaud et tendait l'oreille pour prendre note de chaque détail.

- Il se passe effectivement quelque chose. Mais qu'est-ce que vous attendez de moi ? Je veux bien vous aider mais je ne suis personne. Je n'intéresse personne.

- Au contraire, ton pouvoir de projection kinétique va nous être utile. Et arrêtes de te sous estimer de la sorte ! Tu es une belle personne Tetlarre, avec un grand coeur et un don hors du commun. Ne doute jamais de tes capacités.

Tetlarre baissa la tête, gêné, pour ne pas que les autres le voient rougir mais même dans cette position, ils remarquèrent une esquisse de sourire se dessiner au coin de sa bouche. Il avait été ému et touché qu'Akhela le voit autrement; le voit réellement. Pendant leur conversation en tête à tête, Freyme en avait profité pour réfléchir à un plan qu'il partagea aussitôt pour couper court à l'atmosphère embarrassante qui commençait à s'installer.

- Voilà ce qu'on va faire. Silèm va présenter officiellement Tetlarre à sa mère.

- Comment ça officiellement ? Et qu'est-ce que ma mère vient faire là dedans ? Malgré qu'il ait promis à Akhela de rester courtois et poli avec Freyme, Silèm ne pouvait s'empêcher de ressentir une profonde haine dès qu'il ouvrait la bouche. Il savait au fond de lui que ce sentiment n'était rien d'autre que de la jalousie déguisée mais les efforts pour la contenir étaient parfois insuffisants. Akhela n'eut pas d'autre choix que d'intervenir. Elle se plaça entre eux deux et posa sa main sur le torse de Silèm afin de faire redescendre la pression. Ses beaux yeux vairons l'apaisèrent immédiatement. Tetlarre les regardait à tour de rôle, conscient d'être en sein d'un triangle amoureux. Il se demandait qui remporterait les faveurs de la belle rousse. Le garçon désinvolte et mystérieux ou le bel apollon qui transpirait la sécurité ? Et Akhela, lequel faisait chavirer son coeur ? Elle sortit Tetlarre de ses pensées en invitant Freyme à poursuivre.

- Le pouvoir de Tetlarre devrait intéresser la Responsable de Centre de Soins. Avec un don pareil, il pourrait aider à soigner des dizaines de malades. Silèm va lui dire qu'il souhaite intégrer son équipe dès la fin de son cycle et qu'il veut des informations sur la marche à suivre. Pendant que vous occuperez tous deux Madame Tenoyd, Akhela et moi on se chargera de faire sortir Rutrich. On vous attendra devant les portes de l'Enceinte et Tetlarre nous fera tous entrer avec son passe.

- Ca à l'air d'être un bon plan. Qu'est-ce que tu en penses Silèm ? Demanda Akhela.

- Je ne sais pas. pourquoi j'irais voir ma mère à une heure aussi tardive et puis ...

- Tu as une autre idée ? Coupa Freyme agacé, prêt à défendre son idée qu'il trouvait implacable.

Tetlarre prit les devants, ne voulant pas assister une fois de plus à un rapport de force inutile entre les deux jeune hommes.

- Je suis partant ! De toute façon, on n'a rien d'autre et il faut bien trouver une excuse pour pénétrer dans le Centre de Soins. Et puis, c'est Drévor Ourl qui veut faire de moi un Haut Magistrat. Si je pouvais choisir, je serai ravi de travailler avec ta mère, Silèm.

Le garçon fut agréablement surpris de constater que des jeunes Oujdas respectaient le travail colossal qu'exécutait chaque jour sa mère et finit par valider la proposition de Freyme. Ils attendirent une heure de plus avant de partir, heure à laquelle la dernière équipe finissait sa garde et rentrait chez elle. Il ne restait alors dans les locaux que Miciane Tenoyd qui faisait quelques rondes la nuit pour voir si tout allait bien, et son mari, toujours caché dans son bureau à finir les comptes et les bilans de la journée.

Arrivés devant le bâtiment blanc qui se reflétait dans la nuit noire, Silèm et Tetlarre entrèrent les premiers, accueillis quelques minutes plus tard par Madame Tenoyd. Akhela et Freyme restèrent derrières la porte, attendant pour ne pas se faire repérer.

- Silèm ? Qu'est-ce que tu fais ici ? Est-ce que tout va bien ?

Sa mère semblait plus inquiète que réjouie de voir son fils débarquer à une heure aussi tardive. Alors qu'il bredouillait ne trouvant pas les mots pour lancer leur plan d'attaque, Tetlarre s'avança, tendant la main vers

Miciane.

- Bonsoir Madame Tenoyd, je m'appelle Tetlarre. Je suis navré de venir vous déranger à cette heure mais je souhaiterais m'entretenir avec vous. Votre fils a gentiment accepter de me présenter à vous.

- Oui, vous êtes le jeune homme aux pouvoirs kinétiques. Grâce à vous, nous avons guéri le Trappeur, il devrait sortir d'ici quelques jours. Si vous souhaitez vous entretenir avec moi, vous auriez dû prendre un rendez-vous. Je suis désolée mais je n'ai pas de temps à vous consacrer maintenant.

Voyant leur chance de faire évader Rutrich diminuer à vive allure, Silèm se reprit et attrapa l'épaule de sa mère.

- S'il te plaît, Maman ! Si on est venu aussi tard, c'est qu'on n'avait pas le choix. Drévor Ourl veut faire de Tetlarre un Magistrat dans la lutte contre les infractions. Il lui demande déjà d'apprendre tous les Codes et va lui faire passer le premier test d'ici peu. Seulement ce n'est pas ce qu'il souhaite. Il voudrait intégrer ton Centre et travailler à tes côtés.

- En effet ! Je connais très bien la famille Ourl ! Ils s'imaginent qu'ils ont tous les droits car ils sont des Oujdas de père en fils depuis des générations entières. Ils prônent l'Essence Véritable mais ce sont des menteurs... Je ne devrais pas vous dire ça... Je...

- Nous ne dirons rien, mais je vous en prie, continuez. Si je dois un jour travailler comme Magistrat et être un bras droit du Grand Ordre, je veux tout savoir.

- Bien ! La famille Ourl se targue de son Essence Véritable. Chaque père Oujda donnant naissance à un fils Oujda. Mais c'est n'est que du baratin. Personne ne peut le prouver car ils sont suffisamments puissants et intelligents pour embellir la vérité mais je sais de source sûre que depuis plusieurs décennies, des enfants Ourl sont nés Anàfis. Etrangement, ces enfants ont tout simplement disparu. Déclarés morts-nés. Ne vous méprenez pas, je ne les accuse pas de meurtre, mais d'avoir fait adopter ces enfants par des familles Anàfis grassement rémunérées pour les élever sans entacher le précieux nom des Ourl. De plus, la femme de Drévor était une Anàfi. C'est pour dire l'hypocrisie ! Ne dites jamais à personne ce que je viens de vous révéler, vous iriez aux devants de sérieux problèmes. Je veux bien t'aider Tetlarre, tu seras un excellent soigneur. Suivez-moi tous les deux, je vais vous montrer où sont rangés les manuels d'apprentissage de ce beau métier.

Silèm et Tetlarre suivaient Miciane le long du corridor qui menait à la salle administrative. La pièce était bien pensée, correctement rangée, avec des étagères à perte de vue remplies de manuscrits, de livres anciens, de petits traités en parfait état de conservation. Ils étaient rangés par différentes catégories. On pouvait trouver des étagères complètes sur les plantes médicinales. D'autres entièrement dédiées au corps humain et ses complexités. Une collection intéressante sur les filtres et baumes magiques anciens était fermée à double tour derrière une vitre; seuls certains Oujdas avaient l'autorisation de les consulter. Au fond de cette vaste pièce se trouvait ce pourquoi ils étaient venus : des manuels divers et variés sur l'apprentissage du métier de soigneur. Ils entrèrent dans la pièce, disparaissant aux yeux d'Akhela et de Freyme. Les deux amis en profitèrent pour se faufiler discrètement dans le couloir. Pour accéder à l'Unité des Oubliés, il fallait longer le Corridor Est, passer devant l'Unité des Trappeurs, et continuer tout droit jusqu'à la salle. Heureusement pour eux, la salle administrative se situait au bout du Corridor Nord, ce qui leur permis de se déplacer sans risquer de se faire prendre. Freyme suivait de près Akhela qui connaissait déjà le chemin. Devant la porte, la petite fenêtre vitrée où la jeune fille avait découvert son ami quelques semaines auparavant. Elle marqua un temps d'arrêt. Toutes ces personnes qui déambulaient l'air hagard lui glaça le sang. Freyme passa la tête pour voir la même chose.

- Tu n'avais pas menti. On dirait qu'ils sont absents. Complètement déconnectés de ce monde. Ce sont tous des Enfants de Senttoni vidés de leur Essence ?

- Non, Madame Tenoyd m'a expliqué que la majorité d'entre eux sont réellement malades. Des personnes fragiles pour la plupart qui ont perdu la raison.

- Et Rutrich, lequel est-ce ?

Freyme désignait les patients en pointant son index par la vitre. Akhela le cherchait du regard mais l'étroitesse du carreau cachait les angles morts. Il fallait entrer. Elle attrapa la poignée. La porte était fermée à clé. Leur plan n'avait pas pris en compte ce détail pour le moins important. L'Unité des Oubliés n'était pas une salle anodine où les patients pouvaient sortir librement à leur guise. Ces personnes là devaient rester confinées, pour leur sécurité, et il leur paraissait à présent logique que des dispositions particulières aient été prises à leur égard. Akhela se concentrait. La poignée de la porte toujours refermée sur sa main. Plus rien n'existait autour d'elle, songeant à cette Essence interne qu'elle possédait, à sa puissance. Être maître de sa magie, réussir à contrôler son corps et son esprit. Sa soif de rentrer dans cette salle était plus forte que tout et elle était persuadée qu'il ne pouvait y avoir clé puis puissante que celle ci. Se concentrant davantage sur la serrure qui lui bloquait l'accès, Akhela finit par ressentir un léger picotement au niveau de la paume de sa main, suivi d'un craquement furtif qui semblait venir de la porte elle-même. Le verrou venait de céder, la porte s'ouvrit sur quelques centimètres comme si la brise d'un courant d'air l'avait projetée vers l'extérieur. Freyme impressionné regarda de plus prêt le mécanisme tandis qu'Akhela restait immobile, à la fois fière et troublée par son exploit.

- J'ai réussi! Tu crois que j'ai fait fondre la penne ? Demanda-t-elle.

- Non, ce n'est pas fondu, c'est.... déformé. Je veux dire, regarde, le bois et le métal ne font plus qu'un mais ils n'ont plus leur forme initial. On dirait qu'ils ont gonflé, ce qui a fait sauter la penne. Impressionnant Mademoiselle Drachar !

- Merci. Maintenant allons chercher Rutrich, il ne nous

reste pas beaucoup de temps avant que Silèm et Tetlarre ne ressortent.

Rutrich Norsin se trouvait dans l'angle gauche de la pièce, debout devant le mur blanc, regardant dans le vide. Aucune expression sur le visage, comme s'il n'avait jamais rien vécu, rien ressenti. Un homme vide d'émotion et de sentiment. Freyme s'approcha de lui et le salua bêtement, attendant peut-être une réponse de sa part. Sa blouse blanche nouée dans le dos laissait transparaître un corps frêle à demi nu. S'ils voulaient s'échapper sans se faire prendre, Rutrich ne pouvait pas sortir dans cet accoutrement. Faute de mieux, Freyme retira son long manteau de laine qu'il posa délicatement sur les épaules du jeune homme. Toujours pas de réaction. Akhela le saisit alors par les épaules et le fit avancer vers la porte. Aucune résistance. Rutrich suivait ses sauveurs sans savoir où ils l'emmenaient, les laissant décider de son sort à sa place. Au bout du couloir, à l'intersection entre le Corridor Est où ils se trouvaient et le Corridor Nord où avaient disparu Silèm, Tetlarre et Miciane; les deux kidnappeurs novices marquèrent une pause. Ils venaient d'entendre au loin des voix se rapprocher. Akhela passa discrètement la tête pour voir de quoi ou de qui il s'agissait et aperçut la silhouette de Miciane Tenoyd qui sortait tout juste de la salle administrative. Reculant de deux pas pour ne pas se faire prendre, elle plaqua Rutrich contre le mur, qui suivit le mouvement sans broncher. Freyme imita la posture comprenant le danger imminent d'être repéré. Silèm talonnait sa mère de prêt tandis que Tetlarre lui tenait toujours la conversation. On aurait pu croire qu'il jouait la comédie à merveille, qu'il s'imprégnait totalement du rôle qui lui avait été attribué. En vérité, la discussion échangée avec Miciane le passionnait, redoublant sans effort et sans cesse toutes les questions qui lui passaient par la tête. Silèm balaya son regard de part et d'autre du long couloir ne sachant pas si ses complices s'étaient déjà enfuis quand il aperçut à quelques mètres une chose familière. Une boucle rousse, pas plus grosse qu'une phalange dépassait de derrière le croisement entre les deux corridors. Akhela, Freyme et Rutrich se retrouvaient donc bloqués, prêts à être découvert à tout moment. Leur échange captivant terminé, Miciane donna congé à Tetlarre et commençait à s'avancer dans le couloir. Pris de panique, Silèm l'attrapa à vive allure par l'épaule.

- Attends Maman ! Je me disais que... heu... tu pourrais montrer ton carnet personnel à Tetlarre ?

- Quoi ? Mes élixirs magiques ? Tu as perdu la tête ? Je ne les ai jamais partagé avec personne, pas même avec toi et tu voudrais que je les montre à un étranger ? Ne te vexe pas Tetlarre mais nous nous connaissons à peine et...

- Des élixirs magiques ? Tetlarre ne pu contenir un large sourire qui illumina son visage. L'intérêt qu'il portait à cette révélation montrait toute la sincérité de sa question.

- Oui, crois-le ou non mais Silèm n'a pas toujours été le jeune homme robuste qu'il est aujourd'hui. Petit, c'était un garçon chétif et souvent malade. J'ai alors élaboré des potions afin de le soulager. Chaque hiver, il souffrait énormément de maux de poitrine, de problèmes respiratoires. Sans oublier sa peur profonde du noir. J'ai étudié les plantes médicinales et j'ai développé mon Essence interne afin de l'aider. Mes doigts émettent une sorte de chaleur thérapeutique et lorsque je les plonge dans des décoctions de mon invention, ils peuvent guérir bien des maladies, réelles ou bien imaginaires.

- C'est fantastique ! Je serais enchanté de pouvoir lire un tel recueil. J'ai une petite soeur qui a une peur terrible du noir et malgré les efforts de ma mère pour la rassurer, les nuits sont difficiles. Et les histoires atroces qu'elle entend au sujet de la forêt interdite n'arrangent rien. Ma petite soeur est née Anàfi, et elle redoute de grandir dans ce monde sans pouvoir, sans avoir la capacité de se défendre comme nous le pouvons.

- Bon très bien ! Tu es redoutable Tetlarre, je vais faire une exception. Tu sembles être un garçon juste avec de vraies valeurs, j'ai envie de t'aider et de partager avec toi quelques une de mes recettes. Et puis, cela me fait plaisir de discuter avec un jeune homme qui éprouve un intérêt certain pour mes talents. Pour être entièrement honnête avec toi, Silèm ne s'est jamais intéressé aux dons de la Nature, il est comme son père, toujours le nez de ses bouquins.

Miciane fit un clin d'oeil tendre à son fils avant de raccompagner Tetlarre vers l'intérieur de la salle administrative afin de partager avec son nouvel apprenti ses potions les plus secrètes. Dès qu'ils eurent franchi le pas de la porte, Silèm agita nerveusement la main derrière son dos pour faire signe à Akhela que la voie était enfin libre. Freyme attrapa alors Rutrich par la taille, qui ne semblait pas plus vigoureux et ils se dirigèrent tous les trois vers la sortie. Au moment où ils aperçurent l'issue, pensant avoir fait le plus dur, ils se retrouvèrent nez à nez avec un inconnu. L'homme portait un pull de laine trop large pour lui malgré une carrure plutôt imposante; ses mains à moitié cachées par les manches retombantes. Il tenait fermement plusieurs manuscrits dans ses bras et paraissait pressé de s'en débarrasser. Immobiles, Freyme décala doucement Rutrich derrière lui en prenant soin de refermer son manteau sur lui, pour cacher grossièrement la blouse blanche en dessous. Les yeux d'Akhela avaient la forme de billes bien rondes, l'air presque ignard, elle ne savait pas quoi dire ni quoi faire. Sans l'avoir jamais vu auparavant, elle reconnut dans sa démarche et dans la description qu'on lui en avait fait le père de Silèm. Monsieur Tenoyd en personne, le Responsable de l'administration et de la gestion du Centre de Soins se tenait à quelques centimètres d'eux. L'homme passa devant eux, détourna à peine le regard. Leur présence insignifiante ne le concernait pas. Il les salua d'un signe de tête courtois et passa son chemin, se dirigeant avec hâte vers le fond du Corridor Nord, sans doute à la recherche de sa femme pour une quelconque histoire de paperasse. Akhela et Freyme ne bougeaient toujours pas, incrédules par ce qu'il venait de se passer. Se pouvait-il qu'ils avaient réussi leur coup ? L'homme n'allait-il pas revenir sur ses pas pour leur demander le pourquoi de leur présence ? Sans réfléchir plus que de raison, ils hâtèrent le pas jusqu'à ressentir l'air frais qui les attendait à l'extérieur du bâtiment. Enfin dehors, ils se mirent à courir sans se retourner une seule fois et stoppèrent leur course une fois arrivés au centre de la Boucle du Bugle Rampant. Reprenant leur souffle à tour de rôle, Akhela et Frey éclatèrent de rire nerveusement, éreintés et heureux d'avoir réussi pareil exploit. La nuit était déjà bien avancée et ils eurent à peine le temps de réaliser ce qu'ils venaient d'accomplir que Silèm et Tetlarre les rejoignaient à leur point de rencontre. Ils marchaient tranquillement, finissant leur conversation comme si de rien n'était.

- Ta petite soeur a vraiment peur du noir alors ? Demanda Silèm à Tetlarre.

- Je n'ai même pas de soeur ! Lui répondit-il. Mais j'ai vite compris que tu cherchais une diversion pour empêcher ta mère d'avancer plus dans le couloir, alors j'ai inventé cette histoire. C'est sorti tout seul. Et puis ça m'a permis d'en savoir plus sur les elixirs précieux de Miciane Tenoyd !

- Bien joué Tetlarre, tu étais très convainquant. Grâce à tes talents insoupçonnés d'acteur, tout le monde a pu sortir sans le moindre soucis. Maintenant, il faut que tu ouvres la porte de service, histoire de voir ce qui se cache dans cette tour.

Ils entrèrent tous les cinq dans l'Enceinte des Quatre Lignées, marchant sur la pointe des pieds pour faire le moins de bruit possible. Toujours pas de serrure sur la porte dissimulée qui donnait accès à la tour des Enfants de Senttoni. Tetlarre mis ses mains dans celle de Rutrich pour comprendre comment il avait réussi à entrer.

- C'est étrange ! Quand je fusionne avec l'esprit d'une personne, c'est comme si il m'accueillait dans son endroit favori. Quand je suis entré dans l'âme du Trappeur, il était dans sa charrette, je ressentais le bien-être profond qu'il avait à se trouver là.

- Et alors ?! Demanda Akhela impatiente. Qu'est-ce que tu vois ?

- Rien ! Je suis dans une pièce ovale vide. Avec des portes tout autour. Il y a de l'écho quand je vous parle. Mais Rutrich n'y est pas. Je vais essayer d'ouvrir une porte.

Le pouvoir interne de Tetlarre se développait à une vitesse folle. Il pouvait à la fois se retrouver dans l'esprit d'une personne et discuter au même moment avec les gens qui l'entouraient et décrire en direct ce qu'il voyait. La première porte qu'il ouvrit l'envoya vers un souvenir confus de Rutrich. Sa vision était floue, une sorte de brouillard envahissait la pièce. Il arrivait néanmoins à distinguer des rires d'enfants et une odeur de miel chaud. Il referma la porte aussitôt. Ce n'est pas ce qu'il recherchait. Chaque porte qu'il ouvrait marquait des bribes de la vie de Rutrich, pauvre garçon se battant pour évacuer la brume qui inondait ses pensées. Une porte finit par attirer l'attention de Tetlarre. Elle ne ressemblait pas aux autres, faite de bois, à moitié craquelée et noire de suie par endroits. Des sueurs froides glissèrent le long de son dos quand il pénétra à l'intérieur de ce souvenir. Rutrich était là, enfin, mais ne semblait pas remarquer la présence du jeune homme. Il était seulement spectateur, impossible de rentrer en communication avec lui. Un homme dont le visage était caché par une capuche sombre tenait Rutrich fermement devant la porte de la tour des Enfants de Senttoni. Lui tendant l'avant-bras avec force, il sortit une dague aiguisée et incisa sa main jusqu'à ce que le sang coule. Rutrich hurlait de douleur, de peur et d'incompréhension. Tetlarre transcrivait fidèlement la scène qui se déroulait sous ses yeux. Freyme, Akhela et Silèm écoutaient, attentifs, le récit de leur ami, agités et tristes par ce qu'avait subi ce pauvre Rutrich. Son geôlier posa alors la main pleine de sang sur la porte. Elle s'ouvrit. Tetlarre ne voulait pas en voir d'avantage et relâcha son étreinte. Ils avaient la réponse qu'ils cherchaient. Seul le sang d'un Enfant de Senttoni peut ouvrir la porte de leur tour. Akhela prit Tetlarre dans ses bras, abasourdi par ce qu'il venait de voir.

- Tu as été d'une grande aide Tetlarre, tu n'es pas obligé de rester maintenant. Si tu souhaites partir, on se débrouillera, ne t'en fais pas.

- Pas question ! Ce qu'ils ont fait à Rutrich, c'est dégueulasse ! On ne sait même pas qui sont ces gens et pourquoi ils font ça. Ils mentent à tout le monde depuis des années si ça se trouve. Je veux en savoir plus.

- Comme tu voudras, en attendant, on sait ce qu'on a faire si on veut entrer. Répliqua Silèm.

- On ne va quand même pas le blesser de nouveau. Je

trouve qu'il est assez traumatisé comme ça.

Akhela ne voulait pas faire plus de mal à Rutrich et tandis qu'ils se chamaillaient pour savoir comment le faire suffisamment saigner pour ouvrir la porte mais pas trop profondément pour ne pas le faire souffrir d'avantage; Freyme sortit le canif qu'Akhela lui avait offert et entailla légèrement la paume de la main du garçon comateux. Le geste rapide coupa court à toute discussion. Pas une seule réaction de sa part, aucune douleur apparente. Peut-être son âme souffrait-elle, son corps, quant à lui ne laissait transparaître aucun bouleversement. Il prirent ensemble sa main pour la poser contre le mur. Et la porte s'ouvrit. Bien qu'il n'ait pas eu d'autre choix, Freyme se sentait honteux d'avoir été le tortionnaire, et décida de prendre soin de Rutrich pendant que les autres fouilleraient en détails la pièce du crime. Il s'entailla à son tour le doigt pour soigner rapidement le garçon. Tous descendirent lentement les escaliers, craignant ce qu'ils pourraient découvrir plus bas. La dernière marche menait sur une pièce sombre et exiguë, avec des recoins cachés par des commodes anciennes, des étagères pleines de bocaux et d'objets étranges. Au centre, une vieille table en bois robuste recouverte d'une drap maculé de sang. Une odeur pestilentielle embaumait l'endroit lugubre, si bien que Silèm, peu habitué à sortir de ses quartiers, eut un violent haut-le-coeur. Akhela tourna autour de la table et posa ses doigts sur le drap encore humide.

- C'est du sang frais ! Ca veut dire que quelqu'un d'autre a été prisonnier ici il y a peu. Mais qu'est-ce qu'ils peuvent bien faire à ces pauvres gens ?

- Akhela, regarde ! Tu ne trouves pas ça étrange ?

Tetlarre avait contourné la table pour se rapprocher d'une étagère fixée au mur. La seule source de lumière qui arrivait dans la pièce venait de deux minuscules torches que Silèm avait allumées, disposées de part et d'autre des escaliers. Ils s'approchèrent tous les cinq pour mieux voir de quoi il s'agissait. Des bocaux, par dizaines, avec des initiales inscrites dessus. Tetlarre en saisit un.

- On dirait un mélange de sang et de plantes. Il y a une mèche de cheveux au fond. Je crois que j'ai lu quelque chose à ce sujet dans les manuscrits de la bibliothèque. Ce sont des filtres puissants qui sont interdits. Mais je ne sais pas à quoi ils servent. Il n'y avait rien de précisé dedans.

A la vue du bocal aux initiales " R.N" , Rutrich entra dans une folie incontrôlable. Il agita les bras, hurla dans un charabia incompréhensible, si bien que Freyme, qui tentait de le maîtriser, perdit l'équilibre et heurta un meuble haut de six étagères avant de retomber sur le sol à moitié sonné. Tetlarre reposa le bocal qui avait suscité la furie de Rutrich tandis qu'Akhela s'empressa d'aider Freyme à se relever. Elle posa ses mains sur sa tête endolorie.

- Est-ce que ça va Frey ? Tu n'as rien de cassé ? Fais voir si tu saignes ?

- Oui ça va, merci ! Il n'est pas si absent finalement.

Mais je crois que maintenant c'est au tour de Silèm de s'occuper de lui, il est bien plus costaud que moi !

Akhela serrait Freyme dans ses bras de toutes ses forces, le bruit de sa chute spectaculaire plus bruyante que le choc réellement reçu. Freyme souriait en fixant son concurrent, le narguant des soins que lui prodiguait la rousse aux yeux vairons. Sans le regarder d'avantage pour ne pas rentrer dans son jeu, Silèm s'approcha de Rutrich replié sur lui-même au pied de l'escalier. Il s'agenouilla pour être à sa hauteur et lui tapota doucement le dos afin de le calmer et le rassurer. Alors qu'il allait se relever, il remarqua un livre ancien sur le sol, à quelques pas de lui. Sans doute la collision de Freyme avec le meuble avait fait chuté ce vieux manuscrit bien à l'abri plusieurs mètres en hauteur. Tout le monde s'approcha de lui quand il le saisit.

- Tu sais ce que c'est ? Lui demanda Tetlarre.

-Oui, c'est un grimoire mais il est sacrément ancien. Je n'en avais jamais vu un de la sorte dans un si bon état de conservation.

- Vas-y, ouvre-le ! Proposa Freyme, curieux de savoir ce qu'il pouvait contenir.

- Je n'y arrive pas, il est scellé.

Silèm, émerveillé par ce qu'il tenait entre les mains, ne détachait plus son regard du livre. Entièrement recouvert de cuir marron épais, l'ouvrage renfermait des centaines de pages. La tranche arborait des liserets dorés et sur la couverture, des symboles. Il approcha le manuscrit plus prêt des torches pour mieux voir. Les Empreintes des Quatre Frères y étaient dessinées les unes en dessous des autres. Il expliqua à ses amis ce qu'ils venaient de découvrir.

- Je n'arrive pas à y croire ! C'est un des grimoires des Quatre Frères. Ils ont tous disparu il y a des centaines d'années, tout le monde les croyait détruits. C'est l'Histoire de nos ancêtres qui est renfermée la dedans. La naissance de nos pouvoirs, tous les rites magiques les plus anciens et les plus puissants. Entre de mauvaises mains, ce grimoire pourrait amener notre perte.

- Comment on l'ouvre ? Akhela n'avait jamais été aussi attirée et intriguée par un vieux livre poussiéreux. Elle qui était en quête de vérités et de révélations sur sa famille, sur les Enfants de Senttoni, sur elle-même... Les réponses devaient certainement se trouver à l'intérieur de ses pages.

- Ca je l'ignore ! Aucune personne encore vivante dans la Grande Vallée n'a jamais vu ce livre. Il va falloir que je fasse des recherches et que je l'examine de plus près pour en apprendre d'avantage. Répondit Silèm les yeux agrippés à l'ouvrage.

En voyant le grimoire dans le main de Silèm, Rutrich commença à s'agiter de nouveau et à se sentir mal. Il tourna de l'oeil rapidement avant de s'évanouir sur les marches d'escaliers.

- A voir l'état dans lequel le met ce livre, je suis prêt à parier que ceux qui lui ont fait ça ont réussi à l'ouvrir. En attendant, je pense qu'on devrait filer avant que quelqu'un ne se rende compte de notre présence.

Freyme attrapa tant bien que mal Rutrich qui reprenait doucement conscience et ils remontèrent avec hâte les marches. Dans le jardin de l'Enceinte, ils se dirigèrent une fois de plus vers la porte de service que Tetlarre referma à clé comme si leur présence sur les lieux n'avait jamais existé. Silèm cacha le grimoire sous son manteau comme un trésor précieux et Akhela aida Freyme à faire avancer Rutrich, perturbé par ce qu'il avait subi. Ils discutèrent brièvement avant de se quitter. Quelques règles de base leur paraissaient nécessaires pour leur sécurité. Freyme se lança en premier.

- Il ne faut rien dire à personne. Rien sur notre présence ici ce soir, et rien non plus sur ce grimoire. J'imagine qu'il est convoité et qu'on risque gros de l'avoir en notre possession.

- Frey a raison, on doit rester sur nos gardes et agir normalement. Mais que va-t-on faire de Rutrich ? On ne peut tout de même pas le ramener au Centre après ce qu'on a vu ? S'inquiéta Akhela.

- Je vais le ramener chez moi ! Enfin chez mes parents. Ce sont les propriétaires de la Ferme. Ils prendront bien soin de lui sans poser de questions. C'est l'endroit idéal pour cacher quelqu'un avec toutes les granges et les hangars. De plus les Oujdas viennent rarement jusqu'au Nord Ouest de la Grande Vallée.

Tetlarre prit Rutrich par la main et salua ses amis avant de se mettre en route jusqu'au delà de la Rue de l'Herbe-Aux-Chats. C'était la meilleur solution à prendre et le jeune à la projection kinétique tenterait alors, à l'abri des regards, de lui rendre son âme et sa conscience. Freyme enlaça tendrement Akhela et sourit à la vue de cette boucle rousse rebelle qui refusait encore de se coincer derrière son oreille et alla la mélanger négligemment dans sa chevelure dense. Cette fois-ci Silèm ne s'en offusqua pas, il savait que dans quelques minutes, ils rentreraient bras dessus bras dessous ensemble tandis que Freyme repartirait seul dans la nuit noire.

- Il ne reste plus que nous trois ! Dit-il pour stopper le câlin interminable. De toutes façons, les Grandes Neiges arrivent et l'Enceinte des Quatre Lignées va rester fermée durant un long moment. Il ne se passera rien de nouveau pendant cette période. Cela est à notre avantage ! Je vais pouvoir prendre le temps d'aller fouiner du côté des archives au Quartier Juridique afin d'ouvrir ce grimoire.

Freyme déposa un doux baiser sur la joue d'Akhela et salua du revers de la main Silèm avant de disparaître. La maison où il vivait seul avec sa mère se situait à des kilomètres à pied au nord est de la Grande Vallée. Il lui fallait passer la Rue du Bois Bouton, contourner le Sentier d'Arabette puis marcher encore une vingtaine de minutes avant d'arriver chez lui. Silèm passa son bras gauche autour du cou d'Akhela tandis qu'il tenait fermement le vieux grimoire de l'autre bras. Ils avancèrent tranquillement dans la nuit calme. Tous les habitants de la Grande Vallée dormaient, ce qui donnait une sensation de plénitude aux ruelles désertes. Devant la porte de la maison d'Erame, le jeune homme sortit le livre de sous son manteau pour l'examiner de plus près à l'abri des regards.

- Tu es certain que c'est un livre important alors ? Demanda Akhela.

- J'en suis persuadé. J'ai toujours pensé qu'il s'agissait d'une légende mais plus je l'observe plus je suis sûr de savoir à qui appartenait ce livre. Dans les histoires qu'on m'a contées, il en existait quatre.

- Quatre ? C'est-à-dire ? Comme les Quatre Frères ?

- En effet. Chacun des Frères Oujdas a écrit son propre grimoire. Sur la nature de leurs pouvoirs surnaturels, la plus ancienne et la puissante des magies. On raconte que chaque manuscrit renferme des secrets sur notre civilisation. La dernière volonté de Worsano, avant sa mort, a été d'être enterré avec son grimoire. Il le voyait plus comme un journal intime, retraçant ses réussites et ses échecs. Il a donc pourri avec les années, rongé par les vers. Senttoni a préféré brûler le sien. Il refusait qu'après sa mort, on puisse se servir de ses propres incantations. Celui de Phloge aurait disparu pendant l'Insurrection des enfants de Senttoni sans que personne n'ait réussi à l'ouvrir. Il ne reste alors que le grimoire de Qoohata.

- Mais comment peux-tu être sûr que c'est bien celui de Qoohata ? Après tout, ce n'est qu'une légende.

- Tu as raison. Mais les Empreintes dessinées sur la couverture appuient ma théorie. J'ai lu dans un manuscrit que sur chaque grimoire on les retrouvait, comme sur celui-là. Et pour savoir à qui il appartenait juste en le scrutant, il suffisait de regarder le premier dessin. Et là, la première Empreinte est celle de Qoohata. On tient dans nos mains le dernier grimoire magique des Quatre Frères ! J'en ai des frissons.

Akhela et Silèm passaient délicatement leurs doigts sur le cuir en parfait état du livre sacré quand de la lumière jaillit de l'intérieur de la demeure. Ils eurent à peine le temps de le cacher derrière le banc en pierre d'Erame, que celui-ci ouvrit la porte brusquement.

- Non mais vous avez vu l'heure ? Vous êtes inconscients ou simplement stupides ?!

Il ne leur laissa pas le temps de répondre à ses questions rhétoriques et les invita, sans politesse, à entrer au plus vite.

- Ca fait des heures que je suis rentré du Quartier Juridique et que je tourne en rond sans savoir où vous étiez passés. On s'est fait beaucoup de soucis !

Akhela et Silèm se regardèrent d'un air surpris et interrogateur et répondirent en même temps : "On ?" Erame se décala légèrement sur sa droite pour laisser entrevoir une silhouette cachée par la pénombre de la pièce.

- Après ton départ du Centre de Soins, je me suis posée la question de savoir pourquoi tu étais venu accompagné de ce jeune homme, Tetlarre. Il est assez grand pour venir tout seul.

- Ma...man ?!! Silèm balbutiait comme un enfant qui

apprend ses premiers mots, rouge de honte.

- Et puis j'ai croisé ton père dans le couloir qui voulait me montrer différents bilans comptables sans grande importance. Quand il m'a appris une chose intéressante. Il venait de croiser trois jeunes gens qui sortaient du Centre. Une rouquine, un jeune homme au regard désinvolte, et un troisième qui semblait perdu dans ses pensées. Je n'ai pas compris sur le coup lorsque j'ai vu l'état de la porte de l'Unité des Oubliés et que Monsieur Norsin manquait à l'appel. Est-ce que vous pouvez m'expliquer ce qui vous passe par la tête ?

Miciane Tenoyd avait crié sa question tellement fort en articulant chaque mot pour faire peser la gravité de la situation, que Silèm et Akhela sursautèrent en même temps. Ils baissaient les yeux pour ne pas croiser les yeux noirs en furie de cette petite femme blonde en colère.

- Maman, calme-toi, je peux tout t'expliquer.

- J'espère bien ! Lui répondit-elle du tac au tac en regardant Erame qui s'était réfugié les bras croisés devant le feu de la cheminé.

- Mais... je ne le ferai pas. Lui dit Silèm dans un chuchotement à peine audible. Écoutes, tout ce que je peux te dire c'est que Rutrich n'était pas en sécurité là-bas malgré le travail formidable que tu fais.

-Tes flatteries ne marcheront pas Silèm !

Miciane ne savait plus si elle devait rester furieuse ou si

elle devait lui laisser le bénéfice du doute. Elle ne connaissait pas bien Akhela, qui restait muette laissant son ami se débrouiller avec sa mère. Mais elle connaissait son fils par coeur, et c'était un jeune homme responsable avec la tête sur les épaules. Jamais il n'agissait sans peser toutes les conséquences de ses actes et jamais il n'aurait entrepris quoique ce soit qui aurait pu la blesser ou la mettre dans une situation délicate.

- Je t'ai dupé, je l'admets. La vraie raison pour laquelle je suis venu te voir, c'était pour faire sortir Rutrich en douce. Je ne peux pas t'expliquer pourquoi pour l'instant. Cela mettrait ta crédibilité en jeu, et pourrait même te mettre en danger. Toi aussi Erame !

- Je te remercie de ta sollicitude mon grand, mais c'est moi qui suis censé vous protéger, n'inverse pas les rôles !

- Peut-être ! Mais mon père est mort depuis presque un an maintenant et je ne sais toujours rien sur ma véritable identité, sur mes racines ! Tu m'as offert un toit, et tu prends bien soin de moi, pour cela je te suis éternellement reconnaissante Erame. Mais nous en avons appris plus en l'espace de quelques mois, que vous depuis toutes ces années ! Il se passe des choses étranges, au sein même de l'Enceinte des Quatre Lignées et nous voulons savoir de quoi il s'agit. Vous ne pourrez pas nous protéger indéfiniment.

Akhela se tenait droite, leur faisant face pour leur signifier que rien ne les ferait changer d'avis et qu'ils iraient jusqu'au bout de leurs recherches, qu'Erame et

Miciane soient d'accord ou non. Les deux adultes se lançaient des regards sans dire un mot, comme s'ils communiquaient par télépathie. Miciane avait épousé le frère d'Erame il y avait tellement longtemps, qu'ils ne se souvenaient même plus à quelle date ils s'étaient rencontré. Leur complicité durait depuis tant d'années qu'ils se comprenaient sans avoir besoin de parler. Miciane coupa leur silence.

- Bien ! J'ai l'impression que nous sommes face à de jeunes adultes en devenir et qui plus est, têtus ! C'est d'accord, nous vous laissons mener votre petite enquête. Mais je vous préviens, au moindre danger, vous arrêtez immédiatement vos investigations et vous laissez les grands s'en occuper. Est ce que vous m'avez bien entendue ?

Miciane Tenoyd avait beau être de petite corpulence, elle ne plaisantait pas et il n'aurait fallu, sous aucun prétexte la mettre en colère. Silèm tenait la main d'Akhela dans la sienne et ils acquiescèrent tous deux, ravis qu'on les prenne enfin au sérieux.

- Je te le promets Maman, nous serons prudents. Et sois sûre que nous prenons soin de Rutrich, il est sain et sauf et en sécurité.

- Parfait ! Nous ferions mieux de rentrer maintenant. Les Grandes Neiges arrivent et nous devons nous préparer. Il y aura tant à faire dès le levé du jour.

Miciane et Silèm prirent congé et laissèrent Erame et Akhela se reposer quelques heures avant l'aube. La discussion était close et ils allèrent se coucher sans échanger le moindre mot. Akhela était soulagée mais eut du mal à trouver le sommeil. Ce grimoire la hantait. Elle aurait souhaité en parler à Erame mais elle ne voulait pas courir le risque qu'il s'en empare avant que Silèm n'ait réussi à l'ouvrir.

Le vieux livre était resté caché toute la nuit derrière le banc en pierre, là où Silèm l'avait déposé quelques heures auparavant. Dès l'Aube, il s'était précipité hors de son lit pour venir le récupérer, prenant soin d'apporter avec lui son gros sac en toile pour le transporter plus facilement. A peine eut-il le temps de le loger confortablement entre ses liasses de papiers qu'Erame ouvrit la porte de sa maison.

- Je savais bien que je t'avais entendu ! Je reconnaitrais ta démarche et tes pas à des kilomètres ! Entre, tu dois avoir froid !

Son neveu s'exécuta, ravi de constater que son oncle n'avait pas remarqué le grimoire et agacé d'être traqué de la sorte.

- Akhela n'est pas là ? Dit-il s'asseyant autour de la table sans le moindre regard envers Erame.

- Je suis ravi de voir que tu prends ton rôle au sérieux. Non, il nous manque des oeufs, je l'ai envoyée il y a peu au marché pour en prendre. Elle ne devrait plus tarder. Ne t'inquiète pas, tu vas la voir !

Son timbre de voix moqueur se voulait fait exprès. Erame était peut-être célibataire mais il savait remarquer l'amour naissant entre deux personnes. Gêné que ses sentiments puissent se lire tel un livre ouvert, Silèm se releva de sa chaise et avança jusqu'au fond de la pièce, à gauche de la cheminée, là où son oncle accrochait ses étoles de laine. Il leva la main pour en attraper une, ses épaules encore transies par le froid extérieur. En les soulevant, il remarqua une chose pour le moins étrange fixée au mur, qu'il n'avait jamais remarqué auparavant. Sans être vraiment cachée, elle était tout de même terrée derrière les vêtements, hors de la vue des étrangers. Une épée d'un métal précieux de plus d'un mètre de long. Elle semblait ancienne et d'une valeur inestimable. Qu'est-ce que son oncle pouvait-il bien faire avec ça ? Où avait-il pu la dénicher et pourquoi ne lui avoir jamais montré ?

- Qu'est-ce que c'est que ça Erame ? Où as-tu eu cette épée ? Elle est magnifique !

- Cette épée m'a été léguée par mon grand-père. Ton arrière-grand-père donc ! C'est un objet très ancien.

- Elle doit valoir beaucoup de pièces d'étain ! Tu ne m'as jamais dit que tu possédais une telle arme !

- Parce que justement, elle n'est pas à vendre ! C'est un pièce unique et sentimentale. Peut-être qu'un jour, elle te reviendra.

Alors que Silèm s'approchait d'un peu trop près de cet héritage qui ne lui appartenait pas encore, Akhela entra dans le salon, les mains chargées de courses.

- Est-ce que vous allez continuer à me regarder bêtement ou l'un d'entre vous va enfin m'aider ?

Silèm retira sa main des étoles de laine qui retombèrent le long du mur, cachant de nouveau l'épée ancienne de leur vue. Ils s'attablèrent enfin devant une quantité de nourriture bien trop importante pour seulement trois personnes. Des petites brioches aux fruits confits, du lard grillé au feu de bois, des oeufs brouillés qu'Erame venait de préparer. Des dattes et des oranges parsemaient la table, du fromages frais et des laitages accompagnés de confiture de myrtilles. L'odeur de la viande fumante mêlée au jus de cornouille embaumait la petite demeure. Il fallait prendre des forces. C'était le jour de l'ouverture des Grandes Neiges et la Grande Vallée toute entière se réunissait pour accomplir les tâches nécessaires à la survie de l'hiver rude. Il durait trois mois, d'octobre à décembre, paralysant la civilisation entière, pour laisser place, dès le premier mars, à une nouvelle année. L'Enceinte des Quatre Lignées fermaient alors ses portes pour que chacun puisse aider aux dernières récoltes. A cette période, il n'y avait plus de différences entre Anàfis et Oujdas. Les Trappeurs faisaient une dernière expédition dans la forêt pour faire rentrer suffisamment de gibiers. Ils ramenaient également une grosse quantité de bois que les Oujdas séchaient afin de pouvoir s'en servir comme bois de cheminée. Les dernières herbes magiques étaient cueillies, déshydratées pour servir l'année suivante. Cette chorégraphie était menée d'une main de maître et chaque habitant de la Grande Vallée avait son importance, du plus jeune Anàfi au Oujda le plus âgé. Le solstice d'hiver marquait la fin des Grandes Neiges et une grande fête était organisée à la prochaine lune. De grands banquets se dispersaient alors sur la place du marché où tout le monde pouvait goûter aux spécialités culinaires des commerçants. Par la suite, chaque famille organisait un repas qui marquait un terme aux Grandes

Neiges et annonçait le retour des beaux jours.

- Silèm et moi faisons l'inventaire du bétail et du petit gibier à la Ferme cet hiver. Une fois terminé, nous aidons les Trappeurs à faire rentrer le bois. Et toi Akhela, quelle est la tâche qui t'incombe ?

- Je vais aider au déblayage des Sentiers pour faciliter l'accès. Nous allons rapatrier la neige jusqu'à la Rue du Bois Bouton. Grâce à mon Essence et avec l'aide de Oujdas et d'Anàfis, nous allons la faire fondre et la transformer en eau potable pour les mois prochains.

- On ne va faire que se croiser durant les prochaines semaines ! Sais-tu où est affecté Freyme ?

La question de Silèm ne dissimulait aucun sens caché. Il ne pourrait pas être auprès de sa rouquine et détestait l'idée même que son concurrent ne profite de l'occasion.

- Rassure-toi! Je ne le verrai pas non plus. Frey va rester aux Plantations pour aider sa mère et les autres à couvrir les plants. Il ne faudrait pas que le gèle ne pénètre dans les cultures.

Elle esquissa un sourire en coin que Silèm lui rendit. Soulagé de ne pas les savoir ensemble, ils quittèrent tous les trois la demeure en vue de se rendre à leur poste respectif. Sur le chemin Akhela croisa Hysrelle qui semblait pressée d'arriver à destination.

- Bonjour Hysrelle, comment vas-tu ? C'est toujours toi et ce cher Nopp Chague qui distribuez les collations et les boissons chaudes cette année. Ca fait longtemps que je ne l'ai pas vu !

- Moi aussi ! Non j'ai été affectée aux Plantations.

- C'est bizarre ça ! Comment ça se fait que tu ne partages plus ton poste avec lui ? Vous êtes inséparables tous les deux !

- Plus maintenant. Tu sais, depuis que j'ai intégré l'Enceinte et pas lui, nos chemins se sont...séparés ! On n'est plus vraiment sur la même longueur d'onde. Tu vois ce que je veux dire ?!

- Je comprends, c'est dommage, vous formiez un très joli couple !

Hysrelle lui sourit de manière forcée, pour signifier qu'elle ne souhaitait pas en parler d'avantage. La connaissant depuis leur plus tendre enfance, Akhela se doutait que cette décision ne venait pas de Nopp, éperdument amoureux de Hysrelle et certainement jusqu'à sa mort. Elle songeait à la tristesse qu'il devait ressentir d'avoir été éconduit par l'amour de sa vie. Les deux amies se saluèrent poliment au croisement du Quartier des Garancias et celui du Faux Sorgho, là où leur chemin se séparait. La jeune fille à la chevelure de feu avançait doucement, ses pas s'enfonçant dans la neige fraîche. Des jeunes du Quartier Écolier manquèrent de la faire trébucher en courant sur les sentiers givrés. Ils étaient en retard pour aider les professeurs de chaque école à rentrer les matériels scolaires, à sabler les marches qui menaient jusqu'aux portes.

A l'arrivée à la Ferme, Silèm fut intercepté par Tetlarre tandis que son oncle allait saluer ses parents. Erame n'était pas au courant que c'était ici même que Rutrich Norsin avait trouvé refuge.

- Bonjour Silèm, et si cette année tu venais m'aider à rentrer tout le foin dans la grange avant qu'il ne prenne l'humidité. On pourrait laisser ta place à mon père, je suis sûr qu'il serait parfait pour faire l'inventaire.

Tetlarre le fixait sans lâcher son bras qu'il serrait plus fort que de raison. Il comprit que sa demande avait un rapport avec l'endroit où il avait caché Rutrich. Erame, ni ayant vu que du feu, se réjouit de changer de partenaire et de passer du temps avec le propriétaire des lieux qu'il trouvait fort aimable. Les deux garçons disparurent derrière les hangars.

- Alors ? C'est dans la grange qu'est Rutrich ? Tu es sûr que personne ne t'a vu ? Je n'ai pas pu te prévenir que ma mère était en furie quand elle a compris nos manigances !

- Tu ne lui a pas dit qu'il était chez moi j'espère ? Lui répondit Tetlarre. La peur d'être démasqué bien moins forte que la déception qu'il avait causé à Miciane Tenoyd, celle qui lui avait fait confiance et livré des recettes magiques personnelles.

- Non, elle ne sait rien et elle ne dira rien. J'ai réussi à la tempérer et elle m'a promis de laisser Rutrich tranquille pour le moment. Comment va-t-il ?

- Et bien figure-toi que ça avance ! Doucement mais sûrement. A force de pénétrer dans son esprit pour en apprendre d'avantage, j'ai pu débloquer certaines portes closes. C'est très léger, mais je crois qu'il commence à se souvenir.

- Comment peux-tu en être certain ? Rétorqua Silèm qui doutait toujours de tout avant d'avoir une preuve irréfutable.

- J'ai pu accéder à un souvenir heureux de l'enfance de Rutrich où sa mère, lorsqu'elle était encore en vie, lui fredonnait une comptine avant de s'endormir. Je lui ai chanté et il a sourit.

- C'est vraiment léger ça, c'était peut-être un rictus ou un réflexe involontaire. Silèm restait toujours sceptique tout en continuant d'avancer vers la grange.

- C'est ce que je croyais moi aussi. Mais figure-toi que pas plus tard que ce matin, quand je lui ai apporté du lait chaud, je l'ai surpris entrain de la chanter. Il commence à reprendre conscience ! Du moins, il reprend possession de son corps, de sa voix. Je ne veux pas le brusquer mais je trouve que c'est un bon début, tu ne penses pas ?

- Bravo Tetlarre ! En effet c'est prometteur. Tu vas peut-être lui rendre la vie qu'on lui a volé. C'est admirable ce que tu fais pour lui.

Rutrich était assis derrière une gigantesque meule de

foin, continuant de siroter son lait. Il n'avait plus cet air hagard inquiétant. On aurait simplement dit un enfant, jouant à faire des bulles dans sa boisson en réfléchissant aux frasques qu'il allait entreprendre dans la journée.

- Bonjour Rutrich ! Tu te souviens de moi ? Je m'appelle Silèm et...

Il n'eut pas le temps de finir sa phrase que le jeune homme tourna la tête dans sa direction. Il le regarda un long moment en le dévisageant. Rien ne laissait présager qu'il se souvenait de lui mais son regard était intense, présent, comme s'il essayait de lui faire comprendre quelque chose.

- Je crois qu'il t'a reconnu ! Dit Tetlarre en lui tapant dans le dos. Allez, assez bavardé, il est grand temps de nous mettre au travail. Ce foin ne va pas se rentrer tout seul.

Quand la corne de brume retentit à travers la Grande Vallée, tous les habitants cessèrent les lourdes tâches qui leur incombaient. Cela marquait le passage du tôlier de la Taverne de Barbe de Bouc. Il était le seul, lui et ses serveurs, à rester au chaud dans son établissement afin de préparer des en-cas et des boissons à tous les travailleurs. Ils remplissaient alors les charrettes des Trappeurs et parcouraient la Vallée pour distribuer leurs victuailles.

En quelques semaines, leur travail acharné avait payé. La Grande Vallée était prête à endurer le temps glacial, les tempêtes de neige et les bourrasques de vent avec suffisamment de vivres et de bois pour atteindre l'année suivante.

Les festivités pouvaient commencer et les commerçants mettaient tout en oeuvre pour proposer aux habitants leurs plus beaux étals. Chargés de mets copieux qu'ils préparaient depuis des semaines, ils étaient fiers et fin prêts à accueillir leurs voisins et amis sur leurs stands. Ce moment était attendu avec un certain engouement. Le temps pour chacun de se reposer enfin et de flâner le long des magasins illuminés d'immenses torches et de humer l'odeur enivrante des petits pains chauds aux épices. On trouvait des dizaines d'étals en pierre bien garnis, chacun proposant ses propres spécialités. Il était d'usage pour se mettre en bouche de commencer par celui du Tôlier. Durant toute l'année il confectionnait son célèbre vin de noix. Recette de famille qu'il gardait jalousement. Les habitants se baladaient, leur verre à la main attendant d'être appelés d'un signe amical par les autres commerçants. Les dégustations débutaient par les marrons chauds empilés sur le sol. Ils formaient une petite montagne et les enfants impatients tournaient autour attendant d'être servis. Une musique entraînante et joyeuse retentissait à travers les sentiers, jouée par un groupe amateur de Oujdas et d'Anàfis improvisés artistes pour la fête. Des barbecues en fer posés entre quelques allées grillaient du lard et faisaient mijoter des fricassées de canard. Gourmand comme jamais, Erame était heureux de prendre part aux joyeusetés et venait de s'arrêter devant l'étal du fromager. Il allait attraper un crottin de brebis aux airelles quand une élégante main se posa en premier dessus. Confus, il retira son bras avant de relever la tête. Jamais il n'avait vu pareille beauté.

- Veuillez m'excuser ! Ma gourmandise me perdra ! Dit-il les joues plus rosies par la gène que par le froid ambiant. Je me présente : Erame Tenoyd.

- Enchantée, Monsieur Tenoyd, je m'appelle Tovia Rorpe. Je suis la Responsable des Plantations.

- Moi de même, Madame ! Je connais votre nom, de réputation, mais nous n'avons jamais eu le plaisir de nous rencontrer. Si tel était le cas, je me serais souvenu de ce moment fort agréable.

- Vous ne tenteriez pas de me charmer Monsieur Tenoyd ? Ne soyez pas confus, c'est plaisant de faire la connaissance d'un homme courtois. Vous êtes l'oncle de Silèm Tenoyd, n'est-ce pas ? Mon fils Freyme m'a parlé de lui, et de vous par extension. Il me tardait de vous croiser.

Cela faisait des années qu'Erame n'avait pas ressenti une attirance aussi forte pour une femme. Il fut troublé par son émoi. Et afin de prouver sa galanterie, il attrapa le crottin de brebis et le lui offrit. Ils se regardaient d'un désir certain quand Freyme vint rompre leur alchimie.

- Salut Maman ! Qu'est-ce que tu fais ?! Ohh, je vois que tu as enfin rencontré Monsieur Tenoyd. Erame, je vous présente officiellement ma très chère mère !

Freyme, conscient du béguin naissant entre les deux adultes, s'amusait à les taquiner, la bouche pleine de charcuterie fumée.

- Pardonnez mon fils, apparemment je ne lui ai pas appris les bonnes manières !

Tovia lui lança un regard noir qui amusa encore plus le garçon. Pour faire redescendre la tension, Erame lui demanda :

- Et où est passé mon neveu ? Je ne l'ai pas vu depuis ce matin. Vous passez beaucoup de moments ensemble ces derniers temps.

- Je passe du temps avec Akhela ! Et lui aussi ! Je les ai laissés devant l'étal du boulanger. Ils sont en train de s'empiffrer de gâteaux de miel aux graines de pavot. On plaisantait bien, jusqu'à ce que Silèm tartine les joues d'Akhela de miel collant.

Freyme leva les yeux au ciel, agacé d'avoir perdu cette partie contre Silèm. Erame et Tovia eut un petit rire complice.

- Je serais ravie de faire la connaissance de cette jeune fille. Tu me parle tellement d'elle que j'ai l'impression de la connaître depuis toujours.

- C'est faux ! Je ne suis pas tout le temps entrain de parler d'Akhela ! Pour qui me fais-tu passer maman ?! On est ami, rien de plus !

- Bien sûr ! Lui lança sa mère suivi d'un clin d'oeil entendu.

Elle n'avait encore jamais vu son fils en amoureux transit et cette situation l'amusait au plus haut point. Sentant que Freyme accaparait l'attention de Tovia, Erame les coupa dans leurs chamailleries :

- J'ai une idée, vous êtes libre de refuser mais Silèm et moi sommes habitués à fêter le solstice d'hiver à la maison. Cette année Akhela sera présente, elle vit chez moi depuis l'an passé. Ce sera son deuxième solstice en notre compagnie et je vous avoue que je serais plus que comblé de partager nos victuailles avec une femme ayant une conversation aussi plaisante que la votre. Vous êtes donc tous deux invités à vous joindre à nous.

- Acceptes maman ! Ce sera l'occasion que je te présente mes amis. Ca nous ferait du bien de voir un peu de monde pour changer. Ma mère est souvent seule vous savez ! Dit-il à Erame cherchant à déstabiliser Tovia.

- Ne sois pas grossier Freyme ! Nous acceptons avec plaisir votre invitation. Si cela vous intérese, une famille Anàfi m'a offert deux faisans bien dodus que je serais incapable de cuisiner. Je pourrais les ramener.

- Avec grand plaisir. Vous ne le savez peut être pas, mais je suis réputé pour mes talents de cuisinier. Vous pourriez arriver quelques heures avant le repas, et nous pourrions les préparer tous les deux ?

- Maintenant, je suis sûre que vous cherchez à me séduire avec cette révélation ! J'espérais depuis longtemps faire la connaissance d'un homme à la fois raffiné et qui sache passer derrières les fourneaux.

Freyme fit semblant d'avoir un haut-le-coeur devant les yeux pleins de désir de sa mère envers Erame. C'était seulement sa façon ironique d'approuver, lui qui voyait sa mère seule depuis toujours et qui avait renoncé à l'amour pour il ne savait quelle raison.

- Bon les tourtereaux, je vous laisse à votre menu, moi je vais retrouver Akhela et Silèm, j'imagine qu'ils sont encore entrain de se bécoter ! On va finir les emplettes pour le repas de demain. On se retrouve plus tard maman ! Et vous, prenez grand soin de ma mère !

Erame et Tovia affichèrent un sourire entendu et heureux de se retrouver afin seuls tous les deux. Ils se promenèrent le reste de la soirée sur la place du marché, déambulant tranquillement bras dessus bras dessous entre les allées fumantes. Ils apprenaient à se connaître enfin et l'intérêt qu'ils se portaient mutuellement grandissait au fil des heures.

- Ah te revoilà ! Mais où étais-tu passé ? Akhela était joyeuse d'être à présent entourée des deux hommes de sa vie.

- Je suis parti à la rencontre de ma mère. Et de ton oncle, Silèm ! Ces deux là ont l'air de s'apprécier grandement. Tellement qu'il nous a invité à se joindre à vous demain soir.

Silèm eut du mal à contenir sa frustration. Il avait déjà tout prévu dans sa tête. Erame était un homme bien trop sérieux, sauf lors du repas du solstice d'hiver. Sa façon à lui de relâcher la pression de l'année accumulée. Ainsi, il lui était coutûme d'abuser du vin et finissait par aller se coucher tôt laissant Silèm seul. Seul avec Akhela, tel était son plan. Le plan que Freyme venait de gâcher. Il n'eût pas le temps de lui montrer à quel point il était furieux qu'Akhela lui lécha la joue, pour finir le miel qu'ils s'amusaient à s'enduire depuis le début de l'après midi.

- C'est génial ! Dit-elle le bout de la langue sucré. On va passer une soirée inoubliable.

Elle glissa ses doigts encore collant entre ceux de Freyme, et fit signe à Silèm de les rejoindre. Ensemble, ils parcoururent le reste des allées en quête de mets délicieux pour orner leur table de fête.

Erame s'était levé de bonne heure pour mettre de l'ordre dans la maison. Avec Akhela qui vivait chez lui, elle n'avait jamais été aussi négligée, surtout que ce soir une invitée spéciale allait découvrir sa demeure. Elle se devait d'être parfaite, récurée du sol au plafond. Erame prit soin de faire brûler de l'encens parfumé dans chaque recoin. Une ambiance chaleureuse et apaisante se dégageait à présent d'entre les murs. Un costume d'apparat était correctement emballé dans son armoire, qu'il ne sortait qu'à de très rares occasions. Il se composait d'un pantalon noir cintré des plus classique mais qui ne manquait pas de faire son effet et d'une chemise satinée bleue nuit qui se mariait à merveille avec ses yeux marrons. Les cheveux coiffé comme s'il assistait à ses propres noces, la touche finale résidait dans la goutte subtile de parfum qu'il venait de faire couler au creux de son coup. Nerveux, il finissait les préparatifs du repas. Une sauce légère et onctueuse aux champignons en accompagnement des faisans. Les jeunes se chargeaient d'apporter l'entrée : des hors d'oeuvres divers et variés, comprenant des légumes marinés et des petits chaussons garnis de farce de mouton. Tovia ne s'intéressait pas à la cuisine et n'y prenait aucun plaisir mais elle était douée pour une chose, qu'elle réalisait à la perfection : sa célèbre et tant appréciée tarte feuilletée à la crème d'amandes. Son secret se trouvait dans la préparation de la crème, confectionnée à base de beurre de lait de chèvre, lui donnant toute sa rondeur et son goût si raffiné. Elle avait promis à la petite assemblée d'en ramener une pour clore ce repas avec gourmandise.

Un panier à la main recouvert d'un petit torchon blanc brodé par ses soins, elle arriva chez Erame avant la tombée de la nuit. Ravissante dans une robe de velours pourpre, la femme, dont l'anxiété et l'excitation montaient à chaque pas qu'elle faisait, avait relevé ses longs cheveux couleur caramel, fixés avec une élégante broche en platine. Cela la rajeunissait de plusieurs années et laissait apparaître de grands yeux vert amande qu'elle avait transmis à son fils. Sublimés par un trait de charbon noir, on ne pouvait que plonger dans ce regard langoureux. Un peu de rouge sur ses lèvres pulpeuses et Tovia Rorpe était à l'apogée de sa beauté. Elle n'avait jamais été aussi resplendissante, encore moins pour un homme. En ouvrant la porte Erame en oublia les bonnes manières et resta bouche bée devant cette apparition angélique. Après une minute à la contempler comme si il voyait pour la première fois une femme d'un tel éclat, il l'invita à entrer, lui ôtant délicatement son manteau de fourrure. Ils trinquèrent ensemble autour d'un verre de vin cuit avant de commencer à se mettre au fourneau. La tension baissait rapidement comme ils baissaient leur garde, se racontant leur vie respective en vue d'apprendre à mieux se connaître.

- Alors comme ça, vous êtes aussi bon cuisinier que fin gourmet ? Où trouvez-vous le temps de tester toutes ces délicieuses recettes avec votre travail au Quartier Juridique ?

Erame déposa une cuillerée de sauce aux champignons entre ses lèvres entrouvertes afin qu'elle se délecte de sa préparation. Une petite goutte roula le long de sa gorge. A la fois confus et amusé, il prit une serviette en tissu et l'essuya doucement avant de lui répondre.

- J'ai été seul toute ma vie d'adulte. Je me nourrissais principalement de petits plats que me confectionnais le boucher chaque matin. Et je voyais mes pièces d'étain fondre comme neige au soleil. Alors j'ai décidé de m'y mettre. Au début ce n'était pas très glorieux, j'ai essuyé quelques échecs avant de trouver le bon dosage entre les épices et une cuisson parfaite.

Troisième verre de vin cuit, l'heure des confidences venait de sonner pour les deux prétendants. La tête de Tovia lui tournait doucement mais elle restait attentive à la moindre parole d'Erame.

- Pourquoi être resté seul depuis toutes ces années ? Aucune dame n'a pu gagner vos faveurs ? Ou alors personne n'a encore réussi à vous combler ?

- J'ai aimé une fois dans ma vie. C'était il y a tellement longtemps que son visage s'estompe dans ma mémoire. Nous étions si jeunes. Je lui avais promis l'union sacrée et la sécurité mais elle s'est jouée de moi. Cela m'a brisé le coeur. Je suis navré Tovia, cette histoire est loin d'être légère et joyeuse.

La femme dont le coeur battait pour cet homme plus que de raison posa sa main sur la sienne et se mit à la caresser subtilement.

- Nous ne sommes plus des enfants Erame. Nous avons tous deux un passé, j'en suis consciente, et vous me plaisez sincèrement. J'ai presque honte de vous avouer pareille chose mais je sens qu'il se passe quelque chose de vrai, de palpable entre nous. Je veux tout savoir de vous. Sans détour ni omission, si vous le voulez bien ?!

Les palpitations s'accélérèrent tellement vite qu'Erame pu sentir le flux de son sang bouillant parcourir ses veines. Il avait chaud et le vin n'était pas le seul responsable. Cette femme ! Il l'a désirait comme il n'avait jamais désiré auparavant et la joie de savoir ce sentiment réciproque lui délia la langue, lui qui était si secret et prudent à l'accoutumée.

- Je l'ai rencontrée vers la fin de mon adolescence. Nous étions tous deux Anàfis et rêvions de changer la Grande Vallée. Elle s'appelait Jablène. Et bien ! Cela faisait des décennies que je n'avais pas prononcé ce nom ! Je pensais qu'elle allait accepter ma demande en mariage quand j'ai appris qu'elle fréquentait un Oujda, Enfant de Qoohata. Il s'était spécialisé dans la fabrication d'élixirs de jouvence, promettant aux jeunes filles une beauté éternelle... Elle m'a quitté quelques temps plus tard pour l'épouser.

- Je crois me souvenir que ceux-ci ont été interdits il y a plusieurs décennies ?

- En effet. Le jour de leur noce, il lui a offert un baume de sa création qu'elle s'est empressée d'appliquer sur son doux visage. A base d'huile d'olive et de sève de berce géante. La malheureuse a fait une réaction intense lorsqu'elle s'est exposée au soleil, dans sa robe immaculée. Sa peau a réagit immédiatement, des cloques purulentes envahissant tout son corps. Elle brûlait littéralement de l'intérieur. Elle est décédée pendant son transport au Centre de Soin. Un empoisonnement à la sève. Personne n'a rien pu faire. Depuis ce jour, je me suis comme interdit d'aimer de nouveau.

- C'est vraiment triste Erame ! Je suis désolée que vous ayez vécu pareille souffrance. Peut-être donnerez vous une nouvelle chance à l'amour si celui-ci en vaut la peine ?!

- Il est possible que je sois prêt de nouveau. Lui répondit-il tandis qu'elle lui séchait une larme au coin de l'oeil. La délicatesse de son geste et la douceur de sa main lui ôtèrent toute tristesse à l'égard de ce souvenir douloureux. Et vous Madame Rorpe ?! Dites-moi tout. Pourquoi une femme aussi ravissante que vous se retrouve-t-elle seule sans courtisans ?

- J'ai bien peur que mon histoire soit d'une banalité affligeante. Mon mari, le père de Freyme, était un homme bon. Il était l'amour de ma vie. Nous nous étions promis l'un à l'autre jusqu'à notre dernier souffle. Et puis, il a décidé de combattre auprès de ses amis la nuit de l'Insurrection des Enfants de Senttoni, Freyme avait à peine quelques mois. Il n'est jamais revenu vers nous. J'ai appris quelques jours plus tard qu'il était mort au combat. Depuis ce jour, j'ai voué ma vie à mon travail et à l'éducation de mon petit garçon. Nous nous aimions tellement. Il s'appelait...

- Bonsoir les amoureux ! J'espère qu'on n'arrive pas à un moment inopportun ?

Freyme venait d'ouvrir la porte de la maison en grand laissant une légère tempête de neige s'engouffrer dans la maison. Akhela lui emboîta le pas, suivie par Silèm qui s'empressa de refermer derrière lui. Tandis que la jeune fille approchait ses mains du feu de cheminée pour qu'ils se réchauffent plus vite, Freyme attrapa la bouteille de vin cuit posée sur la table. Il la souleva au niveau de ses yeux et l'agita négligemment pour en soupeser son contenu.

- Je vois que vous vous êtes bien amusés en notre absence. J'espère que vous n'avez pas fait de bêtises ?! Il donna une petite tape amicale dans le dos d'Erame pour aller ensuite aider Silèm qui avait toujours les bras chargés des courses du dîner.

Tout le monde mis la main à la patte pour le reste des préparatifs. Silèm s'assit à côté d'Akhela et Freyme se mis en bout de table, à la droite de sa tendre amie. Erame et Tovia prirent place en face, l'un à côté de l'autre. La soirée fut une réelle réussite tant au niveau des plats savoureux qui se succédaient les uns après les autres qu'au niveau de l'ambiance chaleureuse qui régnait en maître. Les plaisanteries allaient bon train et Silèm se réjouissait de voir son oncle rire aux éclats. Il ne l'avait jamais vu si détendu et heureux de vivre.

Le repas touchant à sa fin, Tovia se leva pour aller chercher sa tarte feuilletée qu'elle avait mise à réchauffer sur le bord de la cheminée. Elle s'avança lentement quand ils levèrent tous leur verre pour saluer l'exploit et célébrer la joie d'être ensemble. Silèm trinqua le premier avec son oncle puis avec Akhela qu'il embrassa sur la joue. La belle rousse se tourna vers Freyme pour faire de même, plongeant ses yeux dans les siens. Tovia, toujours debout regardait la scène avec un petit pincement au coeur. Son garçon devenait un homme et il était amoureux. D'un coup, une pensée lui traversa l'esprit lui soulevant l'estomac. Elle ne pouvait défaire son regard de la jeune fille. Sa façon de dévorer Freyme des yeux. Elle avait l'impression de les connaître, de les avoir déjà vu auparavant. Mais pas sur elle. Comment était-ce possible ? Non, cela ne pouvait être vrai ! Réalisant que son esprit ne lui jouait pas de tour et que cela n'avait rien à voir avec l'alcool, Tovia se sentit soudainement mal et perdit connaissance, tombant à la renverse, rattrapée de justesse par les bras d'Erame. Freyme se précipita inquiet vers elle, et alla la porter jusqu'au canapé.

- Amène-moi un linge humide s'il te plait Akhela, il faut lui rafraîchir le visage. Dit-il.

- Qu'est-ce qui lui arrive ? Elle avait pourtant l'air d'aller bien ? Lui demanda-t-elle en lui rapportant une serviette mouillée.

- Je ne sais pas, je ne l'ai jamais vu dans cet état, j'ai cru voir une sorte de frayeur en elle juste avant qu'elle ne tombe. Tu lui as dit quelque chose Erame ?

- Non, je suis aussi perplexe que toi, tout se passait à merveille jusqu'à ce que nous trinquions.

La voix calme et apaisante d'Erame ramena Tovia parmi eux. Elle tenta de se relever mais une horrible migraine tambourinait dans sa tête. Elle aurait souhaité que tout ceci ne soit qu'un affreux cauchemar.

- Comment vous sentez-vous Madame Rorpe ? Lui demanda Silèm, tout aussi inquiet que les autres mais soulagé de la voir reprendre doucement ses esprits.

- Je crois que ça va aller. Je te remercie mon garçon.

Erame s'agenouilla à sa hauteur et lui prit la main. Il était déjà éperdument attaché à cette femme et ne voulait pas la perdre aussi rapidement. Elle reprit, tentant en vain de tous les rassurer.

- Je vous assure ! Ca va ! J'ai un peu trop abusé du vin voilà tout. Je pense qu'il serait plus judicieux que je rentre chez moi me reposer.

Tovia venait de s'asseoir sur le bord du canapé, Erame à genoux devant elle. Son regard faisait tout pour éviter de croiser celui d'Akhela, de peur que les pensées qui l'avaient traversée ne s'avèrent véridiques. Dans l'inquiétude sur son état fébrile, personne n'y prêta attention.

- Je ferais mieux de la raccompagner à la maison ! Dit Freyme en aidant sa mère à se mettre debout.

- Oui cela me semble plus prudent. Je suis navré Tovia que la soirée s'achève ainsi. Soyez sûre que votre compagnie m'a été forte agréable et que je serais plus que comblé de vous revoir lorsque vous vous sentirez mieux. Et si, bien entendu vous le désirez.

Erame était nerveux quant à sa réponse tout en lui

mettant son long manteau sur les épaules. Une fois devant la porte, elle se retourna et lui donna un baiser langoureux. Les trois jeunes adultes se regardèrent en gloussant discrètement.

- J'espère que ma réponse est claire et sans détour. J'ai moi aussi apprécié ta compagnie tout autant que tes lèvres. Dès que je me sentirai mieux, nous pourrons nous organiser une balade en tête à tête ?

- Avec une immense joie, belle Tovia ! Je te souhaite une bonne nuit en espérant que tu te rétablisses vite.

Freyme glissa son bras derrière sa hanche pour lui éviter de glisser sur le perron gelé. Il n'eut ni le temps ni l'envie, trop inquiet pour sa mère, de dire au revoir à Akhela. Si seulement il avait son aplomb ! Il se serait avancé vers elle, aurait mis ses mains derrière son dos, et la faisant doucement vaciller en arrière, l'aurait embrassé passionnément. Il lui manquait peut-être quelques années, l'expérience, et une certaine confiance en lui pour oser faire ce genre de chose. A la place, il se bagarrait contre Silèm, afin de savoir qui elle finirait par choisir. De retour chez eux, Freyme se mordit l'index et déposa une goutte de son sang sur la bouche de Tovia. Cela soulagea immédiatement son estomac nauséeux et elle partit dormir pour éviter toutes questions.

Après chaque journée de travail au Quartier Juridique, Erame se rendait aux Plantations. Il y retrouvait Tovia, plus rayonnante que jamais et partaient ensemble se balader main dans la main. Leur relation devenue sérieuse comblait Freyme et Silèm, enterrant la hache de guerre devant leur relation récente.

La nouvelle année venait de débuter et c'était l'heure pour nos jeunes Oujdas d'entrer en deuxième cycle au sein de l'Enceinte des Quatre Lignées. Ils furent accueillis par Uccille Vochoie pour leur premier cours de défense.

- Bonjour à tous ! Je suis enchantée de vous revoir en pleine forme. J'espère que vous n'avez pas trop abusé de posset pendant la période des Grandes Neiges et que vous êtes fin prêts à vous remettre au travail.

Les élèves étaient excités à l'idée de cet apprentissage, entrant enfin dans le vif du sujet. Le professeur les réunit dans le jardin de l'Enceinte autour de la fontaine.

- Aujourd'hui, je vais vous présenter le pouvoir de déviation. Tous les Oujdas, même ceux dépourvus d'Essence Interne ont ce don en eux et doivent apprendre à le maîtriser. Un volontaire ?

- Moi !!! Hysrelle avait tendu la main si vite que ses camarades n'eurent pas le temps de réagir.

- Bien, Mademoiselle Gocate, approchez je vous prie. Le principe est simple. Vous allez vous placer à plusieurs mètres de la fontaine. Je vais vous projeter des trombes d'eau de celle-ci et vous, et bien, vous devez la dévier avant qu'elles ne vous atteignent. C'est compris ? Concentrez-vous !

Hysrelle hocha la tête en signe d'approbation et

s'exécuta. Les élèves s'écartèrent, allèrent se placer sous les préaux alentours.

- Fermez les yeux et faites le vide dans votre esprit. La réussite ne vient pas de la vue de l'obstacle. Vous devez le sentir venir. Les éléments autour de vous vous indiquent le danger à contourner.

Pendant qu'Uccille Vochoie lui montrait la marche à suivre, elle formait de petits cercles avec ses mains pour faire jaillir son Essence. Sans prévenir, les élèves virent des jets d'eau de plus en plus haut danser entre ses bras. Hysrelle, les yeux toujours clos, plia les coudes, paumes des mains retournées.

- Prête Mademoiselle Gocate ?!

- Plus que jamais ! Allez-y Madame Vochoie !

Sans crier gare, le professeur envoya les jets immenses vers son élève. Entendant la déferlante qui allait s'abattre sur elle, la jeune fille ouvrit les yeux. Elle se recroquevilla sur elle-même en voyant le mur d'eau qui déboulait à toute vitesse, lui tournant le dos, les mains sur la tête. Ce qui devait arriver arriva et Hysrelle se retrouva trempée jusqu'aux os. Elle se sentit humiliée. Personne ne broncha.

- Bravo ! Cria Uccille sans aucune ironie, lui amenant une couverture bien chaude. Vous avez fait preuve de courage. Beaucoup de deuxième cycle partent en courant au premier cours, mais vous avez su faire face. Vous ne pensiez tout de même pas réussir la déviation d'un mur d'eau de deux mètres de haut dès le début ?!

- J'aurais aimé ! Puis-je recommencer ? Demanda Hysrelle, bien déterminée à ne pas échouer.

- Doucement ! Réchauffez-vous d'abord. Tout le monde va essayer, c'est le but de ce cours. Allez, approchez ! A votre avis quelle erreur a commis votre camarade ?

- Elle n'aurait pas dû baisser ses bras ! Dit Branel en avançant jusqu'à la fontaine.

- Effectivement. Les mains bien en avant permettent justement de faire dévier ce qui arrive devant vous. Mais le plus important c'est qu'on ne tourne jamais le dos à l'obstacle. C'est le meilleur moyen de le prendre en pleine figure.

Durant toute la journée, Uccille Vochoie fit virevolter l'eau de la fontaine entre ses mains expertes. A tour de rôle, les élèves allaient chercher de grosses couvertures pour s'éponger avant de recommencer. Une seule d'entre eux resta parfaitement sèche, pour la plus grande fierté du professeur. Dès son premier essai, Akhela dévia avec habilité l'eau qui lui était envoyée. Les bras tendus, le mur liquide était stoppé dans le vide, à quelques centimètres d'elle.

- Qu'est-ce que je fais maintenant ?? Je commence à avoir les bras qui tremblent. Je ne vais pas tenir longtemps !

- Pensez que votre corps tout entier et l'eau devant vous ne font plus qu'un. Puis, vous balayez vos bras vers la droite pour la dévier. Lui hurla Uccille à l'autre bout de la cours.

Sans prendre le temps de réfléchir plus longtemps et parce qu'elle sentait ses muscles lâcher face à la force de l'eau, Akhela jeta ses bras vers la gauche. Les vagues féroces retombèrent sur cette pauvre Hysrelle qui n'avait pas encore complètement séché. Uccille Vochoie s'approcha d'Akhela pour la féliciter.

- J'avais dit à droite Mademoiselle Drachar. Votre camarade va penser que vous lui en voulez. Dit-elle en souriant.

- Je suis sincèrement désolée Hysrelle ! J'étais stressée et j'ai perdu le contrôle.

- Ne le sois pas ! Tu as réussi ton coup, enfin pas à la perfection visiblement !

C'était la première fois que son amie d'enfance lui parlait sur ce ton. Elle comprenait sa frustration mais de là à faire preuve de jalousie ! Elle ne lui connaissait pas ce défaut.

- Laisse tomber, lui dit Freyme. Je la trouve bizarre depuis quelques temps, il y a quelque chose qui doit la perturber. Ca lui passera.

A la fin du cours, Akhela et son ami reprirent leurs bonnes vieilles habitudes et allèrent retrouver Silèm qui les attendait chez elle. Sur le chemin, elle demanda à

Freyme :

- Tu ne trouves pas ça étrange que je maîtrise la déviation dès le premier cours. Madame Vochoie m'a dit que c'était inédit. D'après elle, aucun élève n'a jamais réussi à la contrôler avant au moins deux mois.

- Tu es parfaite, qu'est ce que tu veux que je te dise ?! Freyme ne voyait pas trop où elle voulait en venir.

- Je dis juste que je n'ai rien d'exceptionnel. Surtout comparé à d'autres Oujdas qui ont été élevés toute leur vie dans ce but. Il faut vraiment que j'en sache plus sur mon passé. Pour comprendre qui je suis.

- Tu es une idée derrière la tête, je me trompe ? Lui dit Silèm en ouvrant la porte. Il avait entendu sa dernière phrase et savait très bien ce que cela signifiait.

- Oui, je veux retourner dans la forêt, revoir cette Volsens. Je n'arrête pas de repenser à ce qu'elle a dit à mon sujet. On aurait dit que je lui faisais peur.

- J'en étais sûr ! Tu crois vraiment que c'est une bonne idée ?! Rappelle-toi ce qu'a dit Erame, c'est dangereux. Silèm semblait inquiet de se retrouver une fois de plus en compagnie de cette femme.

- Peut-être mais pour le moment, on n'est pas plus avancé ! Tu n'as toujours pas réussi à ouvrir le grimoire et....

- Je suis navré de te décevoir, je fais ce que je peux ! Tu crois que je ne remues pas ciel et terre pour y parvenir ?

Je passe mes journées aux archives pour trouver je ne sais quelle information à ce sujet.

Silèm était blessé qu'Akhela puisse penser une seule seconde qu'il ne faisait aucun effort pour elle. Freyme tenta d'apaiser la colère de chacun.

- Elle sait très bien tous les sacrifices que tu fais. Mais Akhela a raison sur un point. En attendant que tu en apprennes plus sur ce livre, les semaines filent et on ne sait toujours rien sur ce qui se passe dans l'Enceinte. On devrait tenter le coup avec la Volsens.

- Deux contre un ! Très bien je vais voir ce que je peux faire. Retrouvez-moi demain à la tombée de la nuit sur le Sentier du Trolle. Je vais voir si je peux soudoyer un Trappeur pour qu'il nous ouvre le portail.

- Je te remercie Silèm et encore pardon de t'avoir parlé de la sorte. Je suis consciente de tout ce que tu fais. Tu comptes tellement pour moi !

Akhela l'attrapa par la manche de sa chemise en lin et alla se blottir tout contre son coeur. Il n'en fallait pas plus au jeune homme pour baisser sa garde et referma ses bras sur le corps de sa rouquine.

Les trois acolytes se retrouvèrent le lendemain soir sur le Sentier du Trolle où le portail vers la forêt était ouvert.

- Tu m'impressionnes Silèm. Comment as-tu fait ? Lui demanda Freyme surpris qu'il ait tenu parole.

- Ca aide de travailler au Quartier Juridique. Je connais un Oujda qui connaît un Oujda... Tu vois où je veux en venir ?!

Silèm bombait le torse fièrement. Il gagnait des points et n'allait pas se priver de le faire remarquer. Akhela lui serra la main pour lui faire comprendre de cesser leur stupide compétition. Ils avaient de la route à faire et ce n'était pas le moment de traîner. Heureusement pour eux la neige avait fondu depuis longtemps et le chemin fut beaucoup plus praticable qu'à leur première escapade. Arrivés devant la vieille cabane, la Volsens les sentit approcher et leur barra net le passage.

- Je me souviens de vous ! La demoiselle aux cheveux de feu et son garde du corps ! Votre ange gardien a été parfaitement clair la dernière fois, vous n'êtes pas les bienvenu ! Quant à vous, jeune homme, je ne vous connais pas, et vous demande de passer votre chemin !

- Je me présente Freyme Rorpe ! Peut-être pouvons nous conclure un marché ?!

Le jeune homme avança son bras en guise de bienveillance. Malgré les ordres qu' Erame lui avait imposé, conclure une transaction ne manqua pas de susciter l'intérêt de la vieille femme.

- Et qu'avez-vous à me proposer ? Je ne veux pas risquer de prendre de l'Essence à votre amie, sous peine d'avoir de terribles ennuis. Et l'autre là-bas, c'est un Anàfi, que voulez vous que je fasse de ça !

- Vous ne m'avez pas demandé ce que moi j'avais à vous offrir !?!

- Frey, non, ne fais pas ça ! Akhela l'attira vers elle pour le faire reculer et lui parler en aparté. Tu ne vas quand même pas faire ce à quoi je pense ?!

- Et pourquoi pas ? Tu as une autre option ? La Volsens n'a pas tord ! Elle ne peux ni te prendre de l'Essence, ni se servir de Silèm. Je crois qu'il ne reste que moi si tu veux obtenir tes informations !

- Comment comptes-tu t'y prendre ?! Demanda Silèm qui ne trouvait pas son plan si stupide que cela.

- J'ai toujours sur moi une petite fiole vide au cas où je tomberais sur quelqu'un qui a besoin d'aide. On pourrait lui proposer.

Sans réponse, Frey prit leur silence pour une acceptation et s'avança de nouveau vers la femme qui commençait à perdre patience.

- Je propose de payer vos services contre une fiole pleine de mon sang. J'ai le don de régénération. Avec ça, vous pourrez guérir tous vos proches, redonner toute la vigueur à vos plantes magiques mourantes.

- Menteur ! Vous cherchez à me manipuler ! Plus personne ne possède ce don depuis des décennies.

Afin de lui prouver ce qu'il avançait, Frey coupa la paume de sa main avec le canif qu'il gardait précieusement dans sa poche tout en dévisageant le corps de la Volsens pour y trouver une quelconque coupure. Il en trouva une sur sa cheville, certainement provoquée par les ronces aux alentours. Avant que sa plaie ne se referme, il colla sa paume saignante sur la jambe de la femme. Elle le laissa faire sans broncher mais non sans crainte. Dès qu'il se retira, elle constata avec stupeur qu'il n'avait pas menti. Sa cheville était lisse, la peau parfaitement refermée comme si jamais elle ne s'était égratignée.

- Impressionnant ! C'est d'accord, j'accepte. Mais d'abord la fiole. Je veux être payée ! Ensuite je vous montrerai tout ce que vous souhaitez voir.

Freyme reprit une fois de plus le canif, sa plaie déjà cicatrisée et recommença plus profondément afin de pouvoir remplir la fiole. Il lui tendit le saint graal qu'elle s'empressa de cacher dans son tablier crasseux.

- Je t'en prie mon enfant, installe-toi. Que veux-tu savoir sur ton avenir ?

Akhela vint s'asseoir face à elle sur la terre battue, les jambes croisés.

- Je ne souhaite pas connaître mon futur. C'est mon passé qui m'intéresse.

- Intéressant, je n'ai pas lu dans le passé depuis fort longtemps. Les gens sont sans cesse obnubilés par l'avenir alors que c'est leur passé, leurs souvenirs qui déterminent leur destinée. Mets tes mains dans les miennes et voyons où cela nous mène.

Elle plongea ses mains dans celles de la Volsens. A leur contact, ses yeux se révulsèrent, prêts à dévaler en compte à rebours les années vécues de la jeune fille. Un souvenir s'arrêta, s'ancrant dans leur tête comme si la scène se déroulait sous leurs yeux.

- J'ai l'impression d'y être. Je ressens tout comme si j'étais présente !

Akhela était émue par cette vision de son enfance. Son père se tenait devant elle dans le salon de leur maison. Ils riaient tous deux aux éclats, elle devait avoir quatre ou cinq ans. La Volsens était également présente et voyait exactement la même chose qu'elle.

- Laisse-toi aller et profite. Ils ne peuvent ni te voir ni t'entendre. Je sais que cela semble réel mais ce n'est qu'un souvenir, aussi puissant soit-il.

- Je ne comprend pas ! Pourquoi ce souvenir en particulier ?! Mon père m'apprenait à danser. La même chorégraphie, et ce, tous les soirs pendant des années. Ca m'était complètement sorti de la tête !

- Je ne peux choisir les images qui reviennent ! Tout ce que je peux te dire c'est que c'est ton esprit qui fait remonter les sentiments. Tu comprendras le moment venu toute l'importance de ce souvenir, même si pour l'instant tu ne vois pas le rapport avec ce que tu cherches à savoir.

Akhela se délectait de ce qu'elle voyait. Son père, le sourire aux lèvres tapait dans ses mains pour battre la mesure tandis que l'enfant tournoyait sur elle, faisant voler les dentelles de sa jupette. Elle répétait, encore et encore, les gestes précis qu'il lui montrait. Silèm et Freyme avaient fini par s'asseoir côte à côte, dévisageant leur amie qui semblait apaisée. D'un coup, le souvenir si réel fût-il disparut pour laisser place à un second. Akhela fronça les yeux qu'elle avait clos. L'atmosphère pesante n'avait plus rien de joyeuse.

- Je ne vois rien ! C'est flou ! Je n'arrive pas à distinguer les formes. Dit-elle commençant à s'agiter.

- Calme-toi et respire profondément. Il y a une raison si tu ne vois pas bien. Concentre toi sur autre chose. Les bruits, les odeurs. La vue n'est pas ton seul sens. Lui répondit la vieille femme qui avait l'habitude de ce genre de sensations.

- J'entends des voix, elle se disputent ! C'est....mon père ! Il est en colère. Il crie fort sur... une femme. Je ne la connais pas.

Akhela se forçait à voir plus clair. Plus elle entendait les deux adultes se hurler dessus, plus son corps se raidissait, ne comprenant pas ce souvenir qu'elle ne reconnaissait pas. Freyme et Silèm se lançaient des regards inquiets. Devaient-ils stopper cette vision qui la rendait malade ? La Volsens resserra ses mains plus fort pour la rassurer.

- Ce n'est qu'une vision ! Une projection de ton esprit. Il ne peut rien t'arriver. Détends-toi et continue à explorer ton odorat. Que sens-tu ?

- C'est chaud ! J'ai chaud. Il y a des taches orangées tout autour de moi... Akhela devenait de plus en plus instable. Le feu !! La pièce est en feu. Je ne suis....qu'un nourrisson ! Le feu est dans mon berceau ! J'ai mal !!!!

Les larmes coulaient sur ses joues. Elle ressentait toute la douleur qu'elle avait vécu alors qu'elle n'avait que quelques jours. C'en était trop ! Les brûlures infligées à son si petit corps étaient trop intenses et réelles. la jeune fille hurlait, terrorisée. Et alors que le feu continuait de se propager dans sa tête, elle lâcha les mains de la Volsens et se releva d'un geste brusque.

- Je ne peux plus continuer ! C'était horrible ! Je sens encore le feu sur ma peau. Mon père était là ! Mais pas ma mère ! Je ne connais pas cette femme avec qui il se battait ! Qu'est-ce qu'il m'est arrivé ?!

Sans attendre un début de réponse de la part de la vieille femme ou d'être consolée et rassurée par ses amis, Akhela s'enfuit en courant à travers la forêt dense. Elle courait sans s'arrêter et sans savoir où elle allait. S'enfonçant de plus en plus derrière les grands chênes, dans la nuit noire. Silèm et Freyme, complètement paniqués et dépassés par la situation, se lancèrent d'un bond à sa poursuite. La difficulté à se déplacer dans le noir, dans un endroit qu'ils ne connaissaient pas rendirent leur recherche plus compliquée qu'ils ne le pensaient. Ils crièrent son nom durant de longues minutes, tout en continuant d'avancer. Leurs voix retentissaient tel un écho sur la cime des pins. Ils finirent enfin par lui tomber dessus. Elle était là, dos à eux complètement immobile. Ses cheveux flamboyants repérables à des kilomètres à la ronde. Elle semblait être attirée par quelque chose si bien qu'elle ne réagit pas à l'arrivée de ses amis, qu'elle sentit dans son dos. Elle finit par briser le silence.

- C'est cassé ! Quelque chose ou quelqu'un l'a brisé !

Elle avait couru jusqu'au fin fond de la forêt jusqu'à se retrouver devant la fortification qui la séparait de la Terre Stérile. Le mur fait de bois d'au moins dix mètres de haut, protégé et activé par un champ de force de protection, était rompu depuis le sol. Le trou était assez large pour qu'une personne de forte corpulence puisse se hisser jusque là.

- De quoi tu parles ? Demanda Silèm qui tentait de reprendre son souffle après cette course folle.

Akhela recula pour leur laisser la place et qu'ils constatent par eux-même.

- Qu'est-ce que c'est que ce bordel ? Cria Freyme. C'est la fortification ! Qui a bien pu faire une chose pareille ?! J'imagine qu'avec un trou de cette taille, le champ de force ne fonctionne plus ?

Alors que les deux garçons restaient plantés devant, abasourdis, le clair de lune qui les éclairait jusqu'alors vint s'obscurcir par une ombre gigantesque à quelques pas d'eux. Silèm qui s'était accroupi passant ses doigts dans le trou béant du mur en bois tourna lentement la tête pour mieux voir ce qui leur cachait la vue.

- Akhela, attention derrière toi !!!

Un homme entièrement en noir, mesurant près de deux mètres, le visage recouvert par une large capuche qui le masquait, laissait entrevoir de grands yeux ambrés. A la main, un immense bâton taillé en pointe qu'il tenait fermement entre ses doigts bruns. Ils détalèrent tous les trois à grande vitesse, dévalèrent les chemins de terre avec hâte en regardant droit devant eux. Courageux et téméraire, Silèm attrapa une grosse pierre au pied d'un pin et le lança avec férocité sur l'homme en noir pour le déstabiliser, au mieux le faire fuir. Il la reçut en plein sur son épaule gauche et sans broncher ni ressentir la moindre douleur, il fit balayer son long bâton dans la direction de son assaillant, qui, lui, le prit en pleine figure. Complètement sonné, le nez en sang, Silèm tomba à genoux dans un tas de feuillage. Alors qu'ils continuaient leur course effrénée, Akhela se rendit compte que quelque chose clochait et stoppa son élan le temps d'analyser la situation, cachée derrière un marronnier aussi large que trois hommes robustes.

- Où est passé Silèm ? Il était juste derrière nous !

- Je ne sais pas, j'ai senti qu'il nous talonnait de près il y a encore quelques secondes.

Freyme qui n'avait pas l'âme d'un grand sportif luttait pour reprendre son souffle, courbé sur lui, les jambes fléchies et les mains posées sur ses genoux. Akhela passa la tête derrière l'arbre tentant d'apercevoir son ami.

- Il faut qu'on aille le chercher ! On ne va pas l'abandonner à son sort !

- Bordel, mais c'est qui cet homme ? Et qu'est-ce qu'il nous veut ? Tu crois que c'est lui qui a détruit la fortification ?

- Je n'en sais rien, mais on ne va pas se laisser faire ! On est des Oujdas oui ou non ?

Sans attendre l'approbation de Freyme qui venait de se coller contre le marronnier afin de décoller ses poumons endoloris, Akhela sortit de leur cachette à tâtons à la recherche de Silèm. Elle avait à peine fait deux pas, qu'elle se retrouva nez à nez avec l'homme en noir. Son impétuosité plus grande que son audace, elle resta plantée devant lui, non sans crainte et lui hurla dessus.

- Qu'est-ce que vous avez fait à mon ami ??? Et qu'est-ce que vous nous voulez ?

Aucune réponse, pas même un frémissement dans la voix et dans les gestes. Elle allait réitérer sa rage lorsqu'elle atterrit les fesses au sol, les paumes des mains enfoncées dans la terre battue. Elle ne l'avait pas vu venir, avec son grand bâton, et lui avait balayé les jambes si vite et si fort qu'elle en avait des marques rouges sur les chevilles. Akhela était peut-être de petite taille, surtout face à ce géant, mais elle avait l'avantage de la souplesse et la rapidité. Vexée et humiliée, elle se retourna ventre à terre, et se mis à ramper dans sa direction.

- Ok ! tu veux la jouer comme ça !

Elle étira son bras de tout son long à faire craquer son épaule afin de lui empoigner sa cheville. Elle comptait bien se servir de son Essence, lui envoyer une puissante décharge d'ondes de choc. Au moment où ses doigts gelés entrèrent en contact avec la peau nue de la jambe de l'homme en noir, Akhela se mit à hurler de douleur si fort qu'elle en lâcha sa prise. Allongée sur le ventre, elle ne pouvait plus bouger tellement la souffrance qu'elle ressentait était puissante. Ses cris de détresse s'élevèrent si haut que des oiseaux par dizaines s'envolèrent de la cime des arbres. Le supplice qu'elle subissait était si intense que ses râles finirent par faire fuir l'homme en noir. Elle attrapa son bras droit par le coude pour le maintenir. Tous les os de sa main se brisaient lentement, à chaque craquement qu'elle pouvait entendre, elle poussait des gémissements semblable à un animal mortellement blessé. Elle ressentait à présent sa chair se ronger de l'intérieur, lui brûlant littéralement la peau de sa paume jusqu'au dos de la main. De fines craquelures apparurent laissant échapper des petits filets de sang. Les blessures infligées lui donnaient l'envie de mourir sur le champ. Freyme pu la retrouver facilement à sa voix qui résonnait tout autour d'eux. A chaque pas qu'il faisait, se rapprochant de plus en plus, Akhela remarquait que la douleur vive cessait de se propager. Lorsqu'il la vit, gisant de la sorte dans les feuilles mortes et la terre boueuse, Frey se jeta immédiatement sur elle et lui prit son bras presque démantelé. Quand sa peau entra en contact avec sa bien-aimée, elle n'avait plus rien. Pas l'ombre d'une égratignure, des os solides et en parfait état. De la chair saine et vigoureuse.

- Qu'est-ce qui t'a fait Akhela ?! Comment est-ce possible ?! Il y a peine deux secondes, ta main était en putréfaction, et là plus rien ! Plis les doigts pour voir ?!

Akhela s'exécuta, incrédule et surtout soulagée que cet horrible mal soit terminé.

- Tu m'as soignée !! Ton don de régénération, il se développe je crois !

Silèm qui venait d'assister à la scène, se releva la tête encore vaseuse par le coup de bâton qu'il avait reçu.

- Non, c'est impossible. Ce pouvoir ne peut pas muter de la sorte ! D'après ce que je viens de voir, c'est évident que Freyme t'a guérie mais je ne sais pas comment.

- On ferait mieux de partir avant que l'homme en noir ne revienne. Dit Freyme en aidant Akhela à se relever.

Les trois comparses se dirigèrent rapidement vers la Grande Vallée de peur d'être à nouveau attaqués. Akhela dit à Freyme :

- C'est étrange, je me sens vraiment bien. Comme s'il ne m'était rien arrivé. Alors qu'il y a à peine quelques minutes, j'aurais souhaité mourir tellement je souffrais.

- Il va me le payer ! Je ne vois pas pourquoi il t'a attaqué de la sorte ?! Nous ne lui avons rien fait ? Enfin à part

Silèm qui a voulu jouer au héros !

- Au moins j'ai tenté quelque chose, moi ! Et puis j'ai tout vu, l'homme en noir l'a fait tomber au sol mais il ne l'a pas attaquée, c'est elle qui lui a saisi la cheville. Après réflexion, même si cela me paraît impossible, je suis persuadé que cet homme est un Ronge-Peau.

- Ils n'ont pas été banni sur la Terre Stérile ? Et puis, depuis des centaines d'années, ils ont dû tous mourir non ?! Akhela ne voulait pas croire en cette possibilité.

- Ca me parait logique, oui ! Nous avons vu de nos propres yeux le trou dans la fortification. Le champ de force de protection n'est plus actif, si les Ronge-Peau sont encore vivants, ils sont de retour et parmi nous ! Répondit Freyme.

Il en eut des frissons tout le long de sa colonne vertébrale. Ils déboulèrent comme des boulets de canon chez Erame qui était en compagnie de Tovia. Ils avaient tant de choses à leur dévoiler que la cacophonie de leur trois voix rendait leur récit incompréhensible.

- Calmez-vous ! On ne comprend rien à ce que vous nous dites ! Un à la fois ! Ordonna Erame tout en leur servant une tasse de verveine fumante. Silèm vas-y je t'écoute.

Son neveu reprit depuis le début le récit de leurs péripéties. Les visions de la Volsens, la fuite d'Akhela, la fortification brisée, l'homme en noir, la blessure qu'il avait infligé, la guérison miraculeuse. Erame écoutait, le souffle coupé, anxieux par ces révélations et furieux qu'ils se mettent de la sorte en danger. Tovia lui serrait la main. Elle savait qu'il allait parler, qu'il allait dire des choses qu'elle ne souhaitait pas qu'il partage. Il fit mine de ne pas comprendre son geste.

- Un Ronge-Peau ! C'est sûr ! C'est la catastrophe. S'ils ont survécu sur la Terre Stérile pendant toutes ces années, personne ne sait de quoi ils sont capables. Quant à toi Freyme, non, ton don de régénération n'a pas muté. Ce n'est pas possible. Apparemment il y a un lien spécial qui t'unit à Akhela. Ta seule présence à ses côtés suffit à la guérir.

Les deux adolescents se dévisageaient. Une passion immense les rapprochait, ils l'avaient ressenti le jour où leur regard s'était croisé. Tovia profita de ce moment pour attirer Erame au fond de la pièce, où leur discussion ne pourrait atteindre d'autres oreilles, et lui chuchota :

- On ne peut pas en dire plus, tu m'as promis de garder le secret, tout comme je garde le tien !

- Je sais bien ma Douce, mais il va poser des questions. Comment pourrait-il guérir Akhela de cette manière sinon ? Il faut leur dire avant que la situation ne dégénère. Regarde-les, tu vois bien qu'ils prennent des risques inconsidérés pour avoir des réponses à leurs questions.

Tovia, meurtrie de devoir briser le silence, regardait son fils avec désolation.

- D'accord, de toutes façons, ils finiront bien par

l'apprendre. Mais pas ce soir, laisse-moi lui dire, avec mes mots et quand une meilleure occasion se présentera.

Erame accepta qu'elle s'en charge, un autre jour, lui laissant du temps pour rassembler ses esprits et choisir les mots qui conviendraient le mieux.

Silèm s'était rapproché intimement d'Akhela depuis ces derniers temps. Elle lui confiait ses plus grands secrets, ses pires craintes et ses désirs les plus profonds. Il était convaincu de l'amour qu'elle lui portait à sa façon tendre de plonger dans ses yeux et aux caresses qu'elle lui prodiguait. Et voilà que maintenant, quelque chose de surnaturel l'unissait à Freyme. Quel lien ? Se demandait-il. Se pourrait-il qu'une sorte de vieille et satanée prédiction les unisse tous les deux ? Les bras croisés et l'air renfrogné, il scrutait attristé et désespéré sa rouquine lui filer entre les doigts. Tovia et Erame revinrent auprès d'eux, sortant Silèm de sa mélancolie.

- Il va falloir prendre de nouvelles mesures de protection pour les habitants de la Grande Vallée. Vous trois, je vous demande fermement de ne plus faire de vagues ! Et surtout vous ne parler de tout ceci à personne !

- Surtout toi, Freyme ! Tu ne dis rien au sujet de tes capacités envers Akhela. On ne sait pas comment va réagir le Protecteur s'il l'apprend. Je n'ai pas envie qu'ils fassent de toi un rat de laboratoire. Coupa Tovia.

Les consignes posées et non négociables, Tovia rentra chez elle avec son fils. Silèm partit sans même un regard, le coeur en miettes. Il tentait toujours désespérément d'ouvrir le grimoire. Et espérait y trouver des réponses qui ramènerait sa rousse à ses côtés.

Akhela et Freyme reprirent les cours dans l'Enceinte des Quatre Lignées. Le cours de protocoles, codes et éthiques pour les deuxième cycle était toujours dispensé par Shorla Pépleux. Alors qu'elle tentait désespérément de leur faire gratter le papier depuis plusieurs minutes, elle finit par s'agacer, des chuchotements de plus en plus forts lui arrivant dans le dos.

- Bon ça suffit ! Vous n'êtes pas concentrés ! Je peux savoir pourquoi vous êtes si distraits aujourd'hui ? Allons, allons, dépêchez-vous ! Vous étiez tous bavards il y encore deux secondes !

Branel prit la parole, les autres ayant tous fait voeu de silence.

- On est inquiet, Madame ! Prina Despin a disparu !

- Qu'est-ce que vous voulez dire ? Elle n'est pas venue en cours ce matin ? Elle est peut-être souffrante ?

- Cela fait trois jours qu'elle est absente. Coupa Ena Sugnon. Ses parents ne savent pas où elle est. La dernière fois que nous l'avons vu, c'était après le cours de préparation d'élixirs, il y a trois jours.

- Hum, je vois ! Ecoutez, les professeurs et moi-même allons nous renseigner. Elle doit sûrement flirter avec un garçon avec qui elle fait l'école buissonnière. Ne vous inquiétez pas. Nous allons la retrouver rapidement. Maintenant, à vos mines, jeunes gens, nous avons beaucoup de choses à voir ce matin !

Dans les couloirs, toutes les conversations tournaient autour de la disparition soudaine et étrange de leur camarade. Akhela entendit dans le brouhaha général que ce n'était pas son genre de partir de la sorte sans prévenir. Prina Despin était une élève studieuse, une amie fiable, une enfant polie et raisonnable selon ses parents. Jamais elle n'aurait suivi un garçon, aussi séduisant soit-il, ratant les cours pendant plusieurs jours, inquiétant sa famille. Sur le chemin de leur maison respective, Freyme promit à Akhela d'enquêter discrètement sur le sujet. Savoir si cela avait un rapport, de près ou de loin, avec la pièce interdite dans le sous-sol de la tour des Enfants de Senttoni. Il déposa un baiser sur son front avant de reprendre sa route. Akhela prit par le Passage du Pied-d'Alouette pour se rendre sur la place du marché. Erame lui avait demandé avant de partir au Quartier Juridique de leur ramener quelques épices. Il voulait organiser un dîner pour sa dulcinée et il lui manquait son ingrédient phare : un bouquet de feuilles de sarriette. De retour à la maison, elle trouva Silèm, assis sur les marches du perron, le regard dans le vague.

- Qu'est-ce que tu fais assis tout seul comme ça ? Quelque chose ne va pas ? Lui demanda-t-elle avant de s'asseoir entre ses jambes, posant sa main sur sa poitrine.

- Malgré toutes mes recherches, je n'arrive toujours pas à ouvrir ce maudit grimoire. Je ne trouve rien nulle part sur la manière de s'y prendre.

- Ne t'en fait pas, j'ai confiance en toi ! Tu vas y arriver, tu es l'homme le plus intelligent que je connaisse.

- Vraiment Akhela ? Parce que ces derniers temps, je n'ai pas l'impression que tu me connaisses autant que tu le prétends !

Le sarcasme dans sa voix lui fit tout de suite comprendre de quoi il s'agissait en réalité. Elle releva la tête, pour approcher plus près son visage du sien. Pour lui prouver toute la véracité des propos qu'elle s'apprêtait à lui dire.

- Il est vrai que je passe beaucoup de temps avec Freyme en ce moment. Je vais être honnête car jamais je ne te mentirai. Il y a une force puissante qui nous unit lui et moi. On s'attire comme des aimants. Nous n'avons pas besoin de nous parler pour nous comprendre. On est.... connecté l'un à l'autre. Mais toi ! Lorsque je te vois, mon coeur se met à battre. Quand tu me caresses la joue, il est sur le point d'exploser !

Silèm venait de lui relever la tête, en lui soulevant le menton entre son index et son majeur. Il lui sourit tendrement avant de lui répondre.

- Ces mots dans ta bouche sont un réel bonheur. Mais nous ne sommes plus des gamins ! Il relâcha la légère emprise qu'il tenait sur ses fines mâchoires avant de se lever d'un bond. Je t'attendrai le temps qu'il faut, mais il va falloir que tu fasse ton choix ! C'est Freyme ou moi !

Silèm détourna le regard pour ne pas croiser les beaux yeux vairons de sa rouquine et risquer de baisser sa garde. Il voulait rester ferme et détala dans la pénombre, le bas de son manteau dansant au fil de ses pas rapides. Il avait raison, elle le savait. Meurtrie de blesser l'un ou l'autre, les sentiments s'emmêlaient dans son esprit. L'amour, la passion, l'amitié... Tous deux représentaient pour elle quelque chose de particulier, d'unique. Elle décida de ne plus y penser dans l'instant et prit la décision de se concentrer sur ses cours.

Pagio Teite referma délicatement son manifeste intitulé *Potions et élixirs pour jeunes Oujdas de deuxième cycle*.

- Bien ! Je vous remercie pour l'attention que vous m'avez portée et vous félicite de vos progrès. Vous êtes des Oujdas prometteurs et il est grand temps de faire vos preuves. Je vais vous laisser plusieurs semaines pour réaliser votre propre élixir; de votre choix. Vous vous rendrez chez Telop Mercale pour vous approvisionner en ingrédients magiques.

Les élèves attendaient ce moment avec impatience. Ils avaient enfin la possibilité de montrer de quoi ils étaient capables, et chaque année ils redoublaient d'effort et d'imagination afin de créer LA potion qui les rendrait populaire.

- On la fait ensemble ? On va bien s'amuser !

- Dis plutôt que tu sèches et que tu n'as aucune idée de ce que tu pourrais faire ! N'est-ce pas Frey ?!

- Ohh Akhela tu me connais si bien ! Alors c'est d'accord ?! Lui dit-il amusé, connaissant très bien sa réponse.

- Oui !!!! Et je sais déjà ce que nous allons faire. Je suis tombé sur un livre passionnant à la bibliothèque et c'est l'occasion rêvée de mettre en pratique ce que j'ai lu. On va créer un baume de direction.

- Jamais entendu parlé, c'est quoi ? Freyme semblait réellement intéressé, la talonnant de près à la sortie de l'Enceinte.

- C'est un baume qui s'applique sur les tempes. Tu penses à l'endroit où tu désires aller. Et il se met à chauffer à chaque fois que tu fais un pas dans la bonne direction.

- C'est une bonne idée. Dommage que tu n'y aies pas pensé plus tôt lors de notre escapade en forêt !

Freyme lui fit un clin d'oeil et lui donna une accolade avec son épaule. Il adorait la taquiner et plus il la sentait agacée, plus son large sourire se dessinait. Ils prirent chez Telop Mercale tout ce dont ils avaient besoin : du beurre de cacao, de l'huile de coco, quelques gouttes de macérat de calendula et de la cire de candellila. La recette n'était pas très compliquée mais il fallait respecter les degrés de cuisson et les temps de pause. Faire fondre le beurre avec l'huile. Une fois tiède, ajouter le macérat de calendula et mélanger. Faire fondre à part la cire de candellila jusqu'à quatre-vingt-cinq degrés, là était toute la difficulté. Une fois hors du feu, la mélanger délicatement à la précédente préparation, verser un goutte de sang d'un Oujda et la répartir dans des petits bocaux en verre. La personne qui souhaitait s'en servir n'avait plus qu'à ajouter une goutte de son propre sang au baume et à l'appliquer sur ses tempes. Elle pouvait servir aux Oujdas comme aux Anàfis qui étaient férus de ce genre de potions.

Une fois leurs emplettes terminées, ils allèrent tous deux chez Freyme pour y déposer leurs courses. Avec les heures tardives de travail aux Plantations qu'effectuait

Tovia, ils seraient tranquilles pour réaliser la recette. Ils déposèrent le tout sur la table du salon quand Freyme sortit un petit sachet de sa poche.

- Regardes ce que j'ai subtilisé chez ce bon vieux Mercale !

- Tu exagères Frey ! Telop est peut-être un peu bourru mais c'est un homme respectable ! Qu'est-ce que tu lui as volé ?

Frey agita sous son nez un sachet de poudre de couleur rose. De la Voluptueuse Valériane.

- De la V.V ? T'es sérieux ? Pas question !

Akhela alla se réfugier au fond de la pièce pour échapper à son ami. La Voluptueuse Valériane était un philtre d'amour pour adolescent. La poudre crépitante sucrée au goût de framboise donnait, à celui qui l'ingurgitait, l'envie d'embrasser celui qui se trouvait en face. Il était plus question d'une farce-et-attrappe qu'un réel philtre d'amour.

- Allez, viens ici ma belle !!! Avale-moi cette bonne poudre ! Tu vas adorer !

Freyme pourchassait Akhela dans toute la maison. Ils riaient aux éclats comme des gamins. Se cacher, s'attraper, se défaire de l'emprise de l'autre. L'enjeu de se faire prendre plus grand que le but lui-même. Freyme finit par la coincer dans un coin de mur, entre la fenêtre du salon et le canapé. Il ouvrit le sachet avec ses dents avant de recracher le bout de papier sur le sol. Ils haletaient tous deux, les joues rouges d'avoir tant couru.

- Je te tiens petite maline ! Dit-il reprenant son souffle. Tu n'as pas envie d'essayer ? Ca pourrait être marrant.

- J'ai dit non ! Je n'ai pas besoin de ces bêtises pour avoir envie de ...

La colère passée de s'être faite piéger, la voix d'Akhela s'était radoucie, laissant place à une atmosphère pesante, tendue entre les deux adolescents. Ils se dévisageaient immobiles. Freyme finit par jeter le sachet de V.V et prit ses mains dans les siennes, s'enlaçant les doigts. Elle s'avança sur la pointe des pieds pour rapprocher son corps menu du sien. Arrivée à sa hauteur, il plonga sa tête dans son cou, humant avec délectation l'odeur fruitée de sa peau. La jeune fille en eut la chair de poule. Il frotta plus fort son nez sous son oreille, redescendant lentement le long de sa mâchoire. Sa bouche n'était plus qu'à quelques millimètres de ses lèvres. Elle était si proche qu'elle sentait son souffle sur sa peau, qu'elle pouvait suivre le tempo saccadé et fiévreux des battements de son coeur. Sa bouche effleura à peine la sienne, il allait enfin goûter ses lèvres rouges et charnues.

- Non !!! Ne faites pas ça !!! Hurla Tovia qui venait de débouler en trombes dans la maison; agrippant son fils avec tellement de poigne qu'elle manqua de le faire basculer. Je vous interdit de vous embrasser, vous m'entendez ?!!

- Je peux savoir ce qui te prend tout d'un coup ? Et je te demande pardon mais je n'ai pas besoin de ta permission pour embrasser Akhela si l'envie m'en prend !

Freyme était à la fois frustré par l'interruption inopinée de sa mère et furieux de son intrusion pour le moins étrange. Akhela rouge de honte lui demanda :

- Je suis désolée Madame Tenoyd, je pensais que nous nous apprécions ? J'ai du mal à saisir votre comportement à mon égard.

- Vous ne pouvez pas être ensemble, c'est tout ! Dit Tovia cherchant à couper cours à la conversation.

- Heu ?!! Il va falloir que tu t'expliques maintenant. Tu penses bien que cela ne nous satisfait pas ! Je t'en prie, sors nous tes arguments. Et je te préviens, ils ont intérêt à être imparables.

Le ton sarcastique de son fils ne lui laissa pas beaucoup d'options. Elle alla s'asseoir fébrile autour de la table, sentant que l'heure des révélations était arrivée et les invita à faire de même. Les deux adolescents refusèrent de s'exécuter et restèrent debout, agacés par tout le cérémonial qu'elle mettait en place; certainement pour gagner du temps. Freyme perdit patience et hurla sur sa mère comme jamais il ne lui avait parlé jusqu'à présent.

- Allez !! Ca suffit, parles maintenant ! Franchement tu ne manques pas d'air ! Depuis toutes ces années où tu me reproches d'être un solitaire, de ne pas arriver à me lier avec quiconque. Et moi qui t'ai donné ma bénédiction sur ta relation avec Erame ! Tu fais une belle hypocrite et...

- C'est ta soeur !!!!

Tovia s'effondra et cacha son visage en larmes entre ses mains après la bombe qu'elle venait de lâcher. Freyme et Akhela se lancèrent un regard surpris et incrédule.

- Mais qu'est-ce que c'est que ce bordel encore ? Tu te fous de moi ? D'où est-ce que tu sors de telles inepties ?

Akhela restait immobile, incapable de prononcer le moindre mot, complètement perdue, se demandant comment s'était possible.

- Vous voulez bien vous asseoir maintenant ? J'ai tant à vous expliquer, cela risque d'être un peu long. Je ne sais même pas par où commencer.

- Vous êtes ma... mère ? Risqua Akhela.

- Non ma belle, absolument pas. Freyme et toi avaient moins d'un an d'écart. Répondit Tovia les yeux embués.

- Alors commence par le début, on t'écoute. Lui dit fermement Freyme qui tira une chaise face à elle pour ne rien rater de son récit.

- Il y a des années, cela fait tellement longtemps que je ne me souviens plus très bien quand, j'ai rencontré l'amour de ma vie. Ton père Freyme. Et non il ne portait pas le même prénom que toi, comme j'ai pu te le faire croire durant tout ce temps. Il s'appelait Ereirdal Volf.

- Ereirdal Volf ? C'est pas le nom de ton père Akhela ? Le secret que tu m'as confié il y a plusieurs mois ?

- Si ! Vous voulez dire que Freyme et moi avons le même père ?? Demanda-t-elle, essayant de comprendre.

- Tout à fait ! Vous êtes bien frère et soeur, enfin demi-frère et soeur.

- Pourquoi m'as tu menti là dessus ? Tu avais honte de lui ? Ou peut-être de moi ? Si tu l'aimais tant que ça, pourquoi m'avoir fait ressentir que tu le détestais, qu'il nous avait abandonné avant de mourir ?

- Je n'avais pas le choix ! Après son départ j'ai pensé que porter le nom d'un Enfant de Senttoni serait trop dur pour un bébé. J'ai fait ça pour que tu es une enfance normale, alors je t'ai donné mon nom de jeune fille : Rorpe.

- Alors vous étiez mariés tous les deux ? Vous avez épousé mon père ?

- En effet, et j'ai été sa seule et unique femme. Nous nous aimions si fort. Il était tellement fier de toi Freyme, tu étais toute sa vie. Nous menions une vie paisible et un jour tout a changé. Ereirdal est devenu distant, il avait un comportement étrange, agité. Cela ne lui ressemblait pas. *Akhela et Frey avaient des yeux ronds comme des billes, retenant leur respiration à chaque mot que Tovia prononçait.* La situation s'aggravait entre nous et plus le temps passait, plus il semblait malade, il avait perdu beaucoup de poids. Désemparée, j'ai fait appel à l'Aruspice de notre famille, qui a un don de voyance plutôt précis. Elle a tout de suite compris que quelque chose n'allait pas et a fini par découvrir que ton... votre père était envouté. Un philtre d'amour provenant d'une magie très ancienne. Quasiment intraçable, et presque impossible à briser. Ca nous a prit des semaines pour parvenir à trouver le bon antidote avec le bon dosage mais nous avons réussi.

- Et alors qu'est-ce qu'il lui était arrivé ? Qui lui avait fait ça ?

Akhela était impatiente d'en savoir plus, c'était la première fois qu'elle entendait une histoire aussi lointaine sur la vie de son père.

- J'y viens ! Quand il a enfin reprit ses esprits, il se souvenait avoir été approché par une Oujda très puissante, il ne m'a jamais dit qui c'était, désireuse d'avoir un bébé avec un Enfant de Senttoni. Ereirdal lui ayant résisté, elle l'a envoûté pour avoir ce qu'elle souhaitait.

- Vous voulez dire que ma véritable mère, une Oujda, a ensorcelé mon père dans l'unique but de m'avoir ?

- C'est vraiment bizarre cette histoire ! Tu y comprends quelque chose Akhela ?

Freyme était perdu, il ne savait plus quoi penser. Tovia lui fit signe de la main de patienter, qu'elle ne leur avait pas encore tout expliqué.

- Dans l'unique but de t'avoir, je ne pense pas ! Il devait

forcément y avoir une raison à son entêtement et Ereirdal était décidé à la connaître. Il ne pouvait se résigner à laisser son enfant, toi Akhela, entre les mains de cette femme ! Alors il est parti, réunissant toute la fratrie des Enfants de Senttoni, pour aller te récupérer. La suite vous la connaissez : l'Insurrection.

- Et il a réussi ? Il est revenu auprès de toi avec Akhela cette nuit là ? Demanda Freyme.

- Il n'est jamais revenu ! Après le décompte des morts une fois la tuerie terminée, j'ai découvert que son nom était inscrit sur la liste. J'étais anéantie ! Alors j'ai décidé de te protéger Freyme en te donnant mon nom de famille.

Des larmes coulèrent en silence sur les joues d'Akhela. En recherche de vérité depuis la mort de son père, elle ne s'attendait pas à de telles révélations. La découverte d'une mère inconnue aux manigances douteuses, un demi-frère né quelques mois avant elle, qu'elle était, il y a à peine une heure, sur le point d'embrasser. Elle se leva d'un coup renversant sa chaise et se mit à vomir tout son déjeuner sur le tapis du salon. Freyme alla la réconforter et lui apporta un linge humide pour se rafraîchir. Une fois calmée et l'estomac vide, Tovia reprit.

- Je ne me suis jamais douté qu'il avait survécu et quand je t'ai vu pendant le repas du solstice d'hiver, la façon que tu avais de regarder mon fils. J'ai reconnu le regard enivrant de ton père.

- C'est pour ça que tu as fait un malaise ? Demanda

Freyme.

- Oui, je ne comprenais pas. Pourquoi s'était-il fait passé pour mort ? Pourquoi nous avait-il abandonné cette nuit là, s'enfuyant avec toi Akhela ? Devant le mal-être qui me rongeait de l'intérieur, Erame a insisté pour que je lui dévoile tout. J'ai fini par craquer et alors il m'a raconté la suite. Qu'Eirerdal était venu lui demander de l'aide. Que c'était une question de vie ou de mort.

- Il nous a quand même abandonné ! J'ai grandi sans mon père alors qu'il vivait caché au fin fond de la Grande Vallée. Freyme était en colère.

- Moi aussi je lui en ai voulu et j'ai fini par comprendre. Que pouvait-il faire d'autre ? S'il était revenu auprès de nous, il nous aurait mis tous en danger. Tu crois sincèrement que cette femme nous aurait laissé tranquille ? Elle n'a certainement pas manigancé ça toute seule et elle nous aurait tous fait tuer ! Mais une chose est sûre ! Ce que vous savez, ce que toute la Grande Vallée croit, au sujet des Enfants de Senttoni est faux et n'est que pur mensonge.

- Comment ça ? Lui demanda Freyme, caressant le dos d'Akhela qui avalait doucement toutes ces informations.

- Je ne sais pas réellement ce qu'il s'est passé cette nuit là. Comment le simple sauvetage d'un nourrisson a pu finir par une tuerie aussi sanglante. J'ai longtemps pensé que cette Oujda devait être bien entourée et que, ce qui devait être réglé rapidement et efficacement, a fini en bain de sang. Toujours est-il qu'afin d'expliquer ce massacre, Le Grand Ordre, ainsi que Sianna Oracilne, la Protectrice de l'Enceinte à cette époque, les ont fait passer pour des traîtres et les ont condamnés à mort !

Le ton de Tovia était passé de la honte de n'avoir rien dit, de la souffrance d'avoir perdu l'homme qu'elle aimait à une colère noire. Elle en voulait terriblement à tous ces hauts responsables, qui, sans connaître leurs vraies motivations, avaient condamné toute une fratrie des Quatre Frères. Elle finir par se décrisper en repensant aux souvenirs heureux qu'elle et Ereirdal avaient partagé. Elle voulait que ses deux enfants sachent qui était leur père.

- Votre père était un homme bon. Le plus gentil et le plus dévoué. Il prônait les valeurs de la famille et jamais il n'aurait fait quoi que ce soit qui puisse vous nuire ou vous faire souffrir volontairement.

Tovia se mit à traverser nonchalamment la pièce, refermant ses bras l'un sur l'autre pour se lover dans ses souvenirs. Akhela et Freyme la suivaient du regard, impatients d'en connaître d'avantage.

- Ereirdal était un vrai manuel. Avant que tout ceci n'arrive, il exerçait le métier de menuisier. Il construisait surtout du mobilier pour les salles de cours de l'Enceinte et parfois on lui commandait de nouvelles charrettes pour les Trappeurs. Son grand-père lui avait légué un canif en bois surmonté d'une petite plaque de nacre, il le trimballait partout où il allait et était fier de dire qu'un jour, il te reviendrait, mon fils.

Tovia eut un petit rire nostalgique en se remémorant

cela. Les frère et soeur, quant à eux, pensèrent à la même chose au même moment et Freyme enfouit sa main dans sa poche pour en ressortir ledit canif. Tovia se retourna et le vit, à moitié caché entre ses doigts.

- Où as-tu trouvé ça ?!! Les yeux écarquillés par ce qu'ils voyaient.

- C'est le canif d'Ereirdal, c'est bien de celui là dont tu parles ? C'est Akhela qui me l'a offert.

- Oui, il n'a jamais cessé de le garder près de lui, mais je ne savais pas qu'il avait autant de valeur à ses yeux. Répondit Akhela.

- Tu es certaine que c'est bien le canif de cette époque ? Il aurait très bien pu s'en procurer un autre.

Tovia ne pu s'empêcher de sourire face au scepticisme de son fils. Elle savait de quoi elle parlait, sa mémoire ne lui faisait pas défaut. Mais pour prouver à son fils qu'elle ne se trompait pas, elle l'invita à regarder de plus près.

- Soulèves la plaque de nacre, tu vas voir ! Ton père adorait dissimuler des gravures et c'est ce qu'il a fait avec son canif.

Freyme s'exécuta avec minutie de peur d'abîmer ce morceau de bois à la pointe de fer empli d'histoire familiale. Et ce que sa mère venait de lui dire s'avéra être la pure vérité. Sous la plaque de nacre était cachée une inscription, gravée délicatement par leur père : *A Freyme, mon fils, ma plus grande fierté. Ton père qui t'aime - Ereirdal*

Volf.

- Et dire que je l'avais sous le nez depuis toutes ces années sans le savoir.

Akhela était émue de reconnaître la gravure de son père et d'avoir enfin une preuve concrète des paroles de Tovia. L'émotion était encore plus forte pour son frère qui, depuis sa naissance, pensait avoir été lâchement abandonné par un père pour qui il ne représentait rien. Les trois paires d'yeux étaient rivées sur ce bout de souvenir quand tout d'un coup, Akhela ressentit une douleur vive qui la fit tomber à terre. Le souffle coupé par la surprise et le mal qui semblait la ronger de l'intérieur, elle se trouvait à genoux, un bras tendu, la main posée à terre, et l'autre sur le haut de son épaule en feu. Freyme se précipita vers elle pour la guérir. Il comprenait à présent, mieux que jamais, le lien qui l'unissait à elle, sa soeur.

- Je n'arrive pas à la soigner ! Je ne comprends plus rien, je croyais que le simple fait de m'approcher d'elle suffisait à la guérir ?!

- C'est normal que ça ne marche pas. Elle ne souffre d'aucun mal "réel" si je puis dire. Regarde son épaule. Lui dit sa mère.

Tovia écarta les doigts de la jeune fille pour laisser entrevoir ce qui se tramait en dessous. Sa cicatrice brûlante gonflait à vue d'oeil, laissait apparaître son flux sanguin qui tentait de se frayer un chemin. Akhela avait la sensation qu'on lui raclait la peau de la nuque avec une lame aiguisée. Freyme suivait des yeux le parcours de ses veines dansantes. Elles se déplaçaient à une vitesse folle, d'une extrême précision comme un architecte dessinant les plans d'une bâtisse.

- Mais qu'est-ce que c'est que ça ? Hurla son frère, incrédule de ce qu'il avait sous les yeux.

Autour de son Empreinte des Enfants de Worsano venait de se loger, éliminant de part et d'autre sa vieille cicatrice, une nouvelle Empreinte. Celle des Enfants de Phloge. Une flèche pointant vers le ciel, une autre vers la terre, et en son centre, une moitié de huit horizontal.

- Deux Empreintes ? C'est impossible ! Lança Tovia dans un long murmure.

- Tu avais déjà vu cela auparavant Maman ? Il doit bien y avoir quelqu'un qui connait cette signification. Qui a déjà été confronté à pareil cas dans le passé. Freyme s'agitait, bien plus surpris qu' effrayé et aida Akhela à s'asseoir sur le canapé.

- Non jamais ! Personne ne peut avoir plusieurs Empreintes, la Transcendance ne mentionne nulle part cette possibilité. Comment te sens-tu mon enfant ? Demanda Tovia en apportant à Akhela une fine couverture moelleuse.

- J'ai la tête dans le brouillard. Mais je ne suis pas si surprise. Ce serait même une explication logique de pourquoi mon père voulait à tout prix me protéger. Mon Essence a certainement dû muter ou quelque chose dans le genre, comme les Volsens.

- Ne t'en fais pas. Je cours retrouver Erame. Avec toutes les archives qui se trouvent au Quartier Juridique, il se peut qu'il en sache plus à ce sujet. Tant que nous n'en savons pas plus, vous ne devez parler de ça à personne, c'est compris ?! Je peux vous laisser seuls ? Ca va aller ?

- Oui, oui, ça va ! Répondirent Freyme et Akhela en même temps.

- Il te faut un remontant ! Je vais te préparer une tasse de thé bien chaude. Sinon je n'ai pas grand chose à manger. Ah si, il y a toujours la poudre de V.V !

- Très amusant Frey !! Rétorqua-t-elle désabusée.

- Ne m'en veux pas ! J'essaie juste de détendre l'atmosphère et de te faire rire. C'est à ça que servent les grands frères, pas vrai ?!

Freyme lui fit un clin d'oeil en se tournant vers elle, et lui rapporta sa tasse de thé avant de s'installer à ses côtés.

- Frère et soeur ! Tu parles d'une histoire. Je comprends mieux pourquoi on était tant attiré l'un vers l'autre. Dit-elle en lapant son infusion encore trop chaude pour la boire franchement.

- Carrément ! Et dire que j'ai failli te lécher la glotte, beurk !

- Quel poète tu fais !

Akhela étouffa un petit rire. Elle ne voulait pas lui montrer que sa blague puérile avait fonctionné. C'était sans compter sur Freyme qui connaissait toutes les mimiques de sa rousse de soeur, et qui savait reconnaître, au moindre rictus, quand il tapait dans le mille. Il en profita alors pour continuer sur sa lancée.

- J'en connais un qui va faire la danse de la joie quand il va apprendre la nouvelle ! Silèm va enfin découvrir que son corps est articulé.

Sans lui laisser le temps de répondre, il se leva d'un bond et imita l'euphorie qu'allait ressentir son ancien adversaire en découvrant la vérité. Il gesticulait dans tous les sens, faisant des sauts complètement désordonnés, criant "hourra, hourra". Akhela le regardait bouche bée quand il finit par se calmer. Ils se regardèrent un cours instant et brisèrent le silence naissant en s'esclaffant de rire. Gorges déployées, ils ne s'arrêtaient plus, relâchant la pression et riant nerveusement par tout ce qu'ils venaient de vivre.

Ils retournèrent en cours dès le lendemain sur les conseils d'Erame pour ne pas attirer l'attention et se comporter normalement afin de n'éveiller aucun soupçon. Quant à Akhela, elle devait impérativement cacher sa nuque pour ne montrer à personne la naissance de sa deuxième Empreinte. Vorri Paifle les attendait pour leur cours d'initiation aux pouvoirs d'attaque. Les élèves étaient excités et impatients de se mettre à la pratique.

- Aujourd'hui vous allez vous partager en deux groupes. Nous allons commencer par deux pouvoirs importants à maîtriser : la télékinésie et la sédation. Une fois que vous aurez compris les bases du premier, vous vous essayerez au second.

Le professeur les avaient réunis dans l'arrière cours pour contrôler les dégâts que ses novices en la matière pourraient causer. Il fit alors un petit point de rappel sur la description de ces pouvoirs et sur les règles de base concernant la sécurité.

- La télékinésie permet de déplacer les objets par la pensée. Dit Ena Sugnon.

- Très bien Mademoiselle. Et je vais vous apprendre non seulement à les déplacer mais à contrôler précisément leur trajectoire. Et pour la sédation ?

- Elle permet de terrasser son adversaire en le mettant dans un état de somnolence intense. Reprit Tetlarre.

- Parfait ! Nous allons pouvoir commencer. Je vous rappelle que ceci est un cours d'initiation et en aucun cas je veux voir de violence gratuite ou de règlement de comptes entre vous !

Ena, Freyme et Branel se retrouvèrent dans le groupe d'initiation à la sédation. Hysrelle, Tetlarre et Akhela dans celui de la télékinésie. Ils se concentraient tous, écoutant les conseils prodigués par Monsieur Paifle, quand Branel fut distrait par la présence inopinée de son père, Drévor Ourl, le Protecteur de l'Enceinte. Tout le monde arrêta ce qu'il était entrain de faire.

- Ne vous interrompez pas pour moi les enfants ! Je ne suis ici qu'en simple spectateur. Parfois j'aime sortir de mon bureau pour voir de mes propres yeux les progrès de mes étudiants. Je vous en prie, continuez. Leur dit-il un sourire aux lèvres trop forcé pour être honnête.

Vorri Paifle fit signe à ses élèves de reprendre où ils s'étaient arrêté d'un air renfrogné. La présence de Drévor l'incommodait, non seulement parce qu'il distrayait les étudiants dans leurs tâches, mais aussi parce que le professeur se sentait jugé, noté sur ses performances. Ena répéta soigneusement tous les gestes nécessaires avant de se lancer. Elle leva délicatement les paumes de ses mains au niveau de son menton, prit une profonde inspiration et avança d'un coup sec ses avants-bras en direction de Branel. Il eut à peine le temps de se protéger pour dévier son pouvoir d'attaque, qu'il se retrouva tête baissée, dans un profond sommeil.

- Très bien Mademoiselle Sugnon, c'est exactement ce

qu'il faut faire. La felicita Vorri Paifle.

- Et maintenant je fais quoi ? Répondit-elle les bras toujours tendus vers Branel.

- Pour stopper la sédation en douceur, il vous suffit simplement de rabaisser vos bras lentement, les paumes toujours droites jusque sur vos cuisses.

Ena s'exécuta avec maîtrise et Branel reprit immédiatement connaissance. Le Protecteur qui dévisageait la scène posa son regard ailleurs, agacé de voir que son propre fils n'était pas en mesure de contrer un sort aussi basique. Par son pouvoir d'empathie, Branel ressentit aussitôt la déception de son père à son égard. A la fois déçu et en colère contre lui-même, il maintint discrètement la connexion afin de ressentir et de comprendre pourquoi son père lui en voulait tant. Au même moment Hysrelle réussissait tant bien que mal et avec beaucoup de peine à surélever des balles en rotin au dessus de sa tête par la pensée. Monsieur Paifle s'approcha pour la guider.

- Maintenant que vous avez réussi à connecter votre esprit à la matière, vous devez vous concentrer sur votre cible. Ne la lâchez pas des yeux.

Les balles flottantes commencèrent à danser devant ses yeux. Les bras tendus le long du corps, elle se concentrait nerveusement. Hysrelle voulait réussir du premier coup, d'autant plus que Drévor admirait le spectacle. Lorsqu'elle referma ses poings, s'enfonçant ses ongles dans les paumes, les balles partirent à toute vitesse comme des petits boulets de canon jusqu'à la cible qu'elle avait devant elle. Akhela les reçut de plein fouet. Une dans la cuisse, une autre sur la hanche. Alors que Hysrelle se gaussait d'avoir réussi un tir parfait, Akhela leva le bras gauche et dessina dans l'air un demi cercle avec sa main. Elle stoppa net la dernière balle qui lui arrivait droit en plein visage et la fit retomber au sol sans même qu'elle l'ai effleurée. Le Professeur se mit à applaudire.

- Voilà un parfait exemple de maîtrise ! Avez-vous vu comment Mademoiselle Drachar a arrêté la balle grâce au pouvoir de déviation ? C'est ça que vous êtes censé faire, ne restez pas immobile à subir l'attaque, vous devez vous protéger. Et bravo à vous aussi Mademoiselle Gocate, deux sur trois, c'est excellent.

Vexée qu' Akhela ait été encensée la première, Hysrelle tourna les talons pour rejoindre le groupe de pouvoir de sédation sans remercier son Professeur pour le compliment. Drévor Ourl applaudit les deux élèves par courtoisie mais il ne détachait pas son regard d'un garçon en particulier. Akhela le remarqua et regarda dans la direction qui paraissait l'intéresser de près. Il fixait Freyme. Chacun de ses gestes semblait être passé un crible. Branel se rendit compte de la situation, pourquoi son père s'intéressait-il à Frey ? Qu'avait-il de plus que lui ? Quand Drévor sentit qu'il était surveillé, il tourna le dos à la classe et repartit vers la cour avant où se tenait la fontaine sans dire un mot. Son fils le talonna de près.

- Père, attends ! Pourquoi fixais-tu Freyme de la sorte ?

Il a quelque chose de spécial ?

Drévor s'arrêta net et se retourna vers son fils.

- Qu'est-ce que tu racontes ? Au lieu de t'occuper de ce qui ne te regardes pas tu ferais mieux de te concentrer sur tes cours ! Même pas capable de dévier un sort de sédation !

- Tu as dit qu'il était la dernière étape. Enfin je veux dire, tu l'as pensé. C'est quoi cette étape, qu'est-ce que cela signifie ?

Son père le fusilla du regard. Ses petits yeux noirs étaient emplis de haine et sa cicatrice se gonflait jusqu'à son sourcil quand il se mettait en colère, ce qui le rendait effrayant, même aux yeux de son fils.

- Comment oses-tu ? Lire dans mes pensées !!! Pour qui est-ce que tu te prends ? Un Oujda, Enfant de Qoohata avec le don d'empathie ! Tu déshonores le nom que je t'ai donné. Ta mère aurait honte de toi !

Les larmes lui montant jusqu'en haut des yeux, Branel partit en courant. Les sentiments se mêlaient dans son âme, partagé entre le dégout qu'il inspirait à son père, la colère que cela provoquait en lui et la peine immense face à son impuissance pour y remédier. Drévor reprit sa route sans se soucier du mal qu'il avait causé à son propre fils et disparut sous les préaux. De retour dans l'arrière cour, Branel déboula en trombes, les bras figés le long du corps, les poings fermés. Il fixait, les yeux larmoyants injectés de sang, l'armoire en bois pleines d'armes de combat pour les troisièmes cycles. La porte s'ouvrit par sa simple volonté d'esprit et plusieurs petites dagues, pas plus longues qu'une dizaine de centimètres, se mirent à tournoyer dans le vent. Il les envoya dans la direction de Freyme qui riait avec ses camarades sans se douter de ce qui arrivait derrière lui. Alors que les dagues continuaient leur course folle jusqu'au dos de l'adolescent, Vorri Paifle s'interposa et d'un revers de main, fit dégringoler les couteaux meurtriers à ses pieds. Le bruit du métal sur le sol et l'intervention aussi rapide que brutale du Professeur interpella toute l'assemblée.

- Vous avez perdu l'esprit jeune homme ? Attaquer de la sorte ses camarades et qui plus est, dans le dos ? C'est une haute trahison ! Je ne veux pas savoir ce qui a motivé un tel geste mais je refuse de vous apprendre quoique ce soit tant que vous ne maîtriserez pas votre colère. Sortez de mon cours, je ne veux plus vous voir !

Sans donner aucune explication, et parce qu'il n'en avait pas lui-même à donner, Branel sortit du cours de Vorri Paifle, s'avança vers le jardin où son père venait de l'humilier, et passa la double porte de l'Enceinte des Quatre Lignées. Il avait besoin de se calmer, de remettre ses idées en place. Pourquoi décevait-il autant son père ? Pourquoi s'intéressait-il tant à Freyme Rorpe et cette "ultime" étape, qu'est-ce que cela représentait ? Drévor Ourl était un homme mystérieux mais il avait toujours été honnête envers son fils, et là, il lui cachait des choses. Des choses qui concernaient un élève, donc l'Enceinte. Branel finit par se demander ce qu'il pouvait bien se tramer au sein même de l'établissement.

Trois jours de chôme avaient été accordés à Erame, Tovia, leur famille respective et à tous leurs amis. Le Logographe avait fait sa demande à la belle Oujda qui l'avait acceptée avec grand plaisir. La cérémonie allait se dérouler dans les jardins des Plantations, endroit parfait et romantique à souhaits pour les deux tourtereaux. Ena Sugnon s'était portée volontaire pour la décoration, faisant apparaître des boutons de pivoines roses pâles qui retombaient négligemment sur un long tapis blanc. Tout au bout se trouvait une arche en osier tressé recouvert de lierre grimpant et de petites fleurs blanches. Chaque banc était orné de belles roses rouges et les invités avaient attaché une délicate fleur d'arum autour de leur poignet. L'odeur qui se dégageait de la place plongeait chaque passant dans un état de plénitude et de réel bonheur pour les futurs mariés. Tovia portait une longue robe écrue toute faite de dentelle, cintrée à la taille qu'elle avait fine et légèrement échancrée au niveau de son décolleté. elle avait relevé ses beaux cheveux avec une broche de platine ornée de délicates perles blanches. Du rose sur les lèvres et un trait de charbon noir sous les yeux, elle éblouissait par sa beauté naturelle. Erame l'attendait nerveux sous l'arche, paré d'un costume en lin beige, simple, comme lui, mais d'une élégance rare. Dessous il portait une chemise légère en flanelle bleue claire et un mouchoir assorti se tenait dans la poche de sa veste. Jamais il n'avait été aussi heureux qu'à cet instant précis. Akhela peaufinait sa tenue sous les yeux attendris de Silèm. Elle avait tressé le côté gauche de sa tempe et laissé le reste de sa chevelure retomber et recouvrir intégralement sa nuque. Elle s'avançait lentement sur la place quand quelqu'un l'attrapa par le bras.

- Attends, tu devrais relever tes cheveux, tu es magnifique comme ça ! Lui dit Hysrelle s'approchant encore plus près d'elle.

Sans avoir le temps de réagir, elle venait de lui empoigner ses boucles épaisses pour les coiffer en hauteur.

- Non ! Laisse mes cheveux, j'aime cette coiffure ! Répondit Akhela en lui empoignant l'avant-bras.

Hysrelle fut surprise par la réaction violente et exagérée de son amie.

- Pourquoi réagis-tu comme ça ? Je voulais juste te rendre service.

-Excuse-moi, ce doit être le stress du mariage. Mais s'il te plaît ne touche plus mes cheveux, ils sont parfaits. C'est bon, je suis prête, on peut y aller. Dit-elle en regardant Silèm.

Les invités prirent place devant le futur marié qui leur faisait face. Il regardait Tovia s'avancer lentement vers lui. Dans ses mains une rose rouge resplendissante dont la douceur rappelait celle du velour. Sa longue tige recouverte d'épines était nécessaire à la réalisation de la cérémonie. Placée à ses côtés, elle la donna à son fils.

Un des membres du Grand Ordre s'apprêtait à célébrer leur union :

- Mes amis, nous sommes réunis aujourd'hui pour être les témoins de l'alliance entre Erame Tenoyd et Tovia Rorpe. Par cette liane sacrée, vos corps et vos âmes ne font désormais plus qu'un.

L'officier prit les mains des mariés et les entoura de la cordelette de fougère tressée. Il les invita par la suite à finaliser le rituel nuptial. Freyme s'avança devant eux et leur présenta la rose rouge. Tous deux se piquèrent l'index gauche et déposèrent une goutte de sang au dessus du coeur de leur époux respectif. Le cérémonial accompli, ils récitèrent en coeur les voeux traditionnels :

Par cette liane sacrée, nous nous unissons. Par mon sang sur ton coeur je t'appartiens. La Nature te donnera ce que je ne peux te donner, et par cette promesse d'Amour, je suis à toi pour toujours.

Erame embrassa la mariée sous les cris et les applaudissements de leurs invités. Ils jetèrent des pétales de fleurs aux multiples couleurs devant eux qu'ils foulèrent de leurs pieds.

La place du marché fût improvisée en gigantesque buffet pour tous les convives, généreusement offert par le Tôlier de la Taverne de Barbe de Bouc. Il appréciait énormément Tovia, qui lui avait maintes fois rendu divers services, et c'était sa façon de la remercier. Un orchestre jouait une musique douce où tout le monde admirait à présent la première danse des jeunes mariés. Un air de fête résonnait à travers la Grande Vallée et personne ne souhaitait se trouver ailleurs à cet instant. Silèm offrit sa main à sa rouquine qui accepta avec joie l'invitation. Depuis qu'il avait appris la nouvelle, il paraissait beaucoup plus détendu et reprenait confiance en lui. Ce qui n'était pas pour déplaire à Akhela. Elle se lovait dans ses bras tandis qu'il la faisait tournoyer délicatement. Le bas de sa robe se soulevant avec grâce et élégance à chaque pas qu'elle faisait. Freyme était assis sur un banc à quelques mètres d'eux et souriait en les regardant. Il sirotait un verre de vin cuit songeur. Finalement Silèm n'était pas si mal et ferait le bonheur de sa soeur, il en était convaincu. Alors qu'il admirait leur complicité grandissante, Hysrelle vint s'asseoir discrètement à côtés de lui.

-Il faut que je te parles Freyme, c'est urgent ! Pendant la cérémonie, Drévor Ourl est venu me trouver, il a besoin de toi.

-Comment ça ? Qu'est-ce qu'il se passe ? Répondit-il finissant sa dernière gorgée de vin.

- Suis-moi, je vais tout t'expliquer !

Freyme accepta de suivre Hysrelle, intrigué par cette demande de la part du Protecteur. Sur le chemin, elle lui expliqua de quoi il en retournait.

- Drévor n'a pas souhaité faire appel à Miciane Tenoyd, après tout, elle est la belle-soeur du marié.

- Et moi le fils de la mariée ! Tu vas me dire ce qu'il se passe enfin ! Freyme commençait à perdre patience, tout en continuant de la suivre.

- On a retrouvé Prina Despin. Mais elle est gravement blessée. On s'est dit que tu pourrais la guérir discrètement pour ne pas interrompre les festivités.

- Oui bien sûr, je vais l'aider. Mais que lui est-il arrivé ? C'est un accident ou quelqu'un lui a fait du mal ?

- Je ne le sais pas. Drévor m'a juste envoyé te chercher, il ne m'a rien dit d'autre. Ils l'ont amenée dans la salle de repos de l'Enceinte.

- Ok, j'y vais tout de suite ! Est-ce que tu peux retourner à la fête prévenir Akhela que je ne serai pas long ?

- Pas de problème, ne t'en fais pas, je la préviens.

La nuit tombait doucement sur la Grande Vallée et tous les convives rentrèrent chez eux ravis de leur soirée et bien avinés. Erame dormit pour la première fois dans le lit de Tovia, laissant sa maison à Akhela. Au petit matin, elle alla leur porter des brioches au sucre et du fromage frais.

- Bonjour Monsieur et Madame, bien dormis ? Leur dit-elle en entrebâillant la porte.

-Comme des bébés. Mais j'ai un peu mal à la tête. Le vin était bon mais un peu trop corsé à mon goût. Répondit Tovia en s'asseyant autour de la table.

-C'est très gentil à toi de nous apporter le petit déjeuner. Nous avons passé beaucoup de temps à remercier nos invités hier soir, et finalement nous avons très peu manger. Lui dit Erame en lui proposant de se joindre à eux.

Akhela accepta avec plaisir quand Tovia regarda derrière son épaule.

- Freyme n'est pas avec toi ? Il ne s'est pas encore levé c'est ça ? Celui-là, quel paresseux ! Même pas présent pour féliciter sa mère.

- Non, je pensais qu'il était rentré dormir ici. Je l'ai vu quitter le jardin hier soir avec Hysrelle, je pensais qu'il était rentré directement après.

A la réponse d'Akhela, Tovia se leva d'un bond faisant vaciller sa chaise.

- Je n'aime pas ça ! Il se passe quelques chose, Freyme est peut-être un garçon solitaire mais jamais il ne se serait évaporé de la sorte le soir de mes noces. Tu es sûre de ne pas savoir où il est parti ?

- Il ne m'a rien dit ! Je me demande pourquoi il a suivi Hysrelle, elle a un comportement étrange en ce moment. Comment allons-nous faire pour le retrouver ?

- Il y a un lien fort et mystique entre vous. Il peut te soigner rien qu'en te touchant, et toi ta deuxième Empreinte est la même que lui. Vous êtes tous les deux des Enfants de Phloge. Ferme les yeux et penses à lui.

Akhela s'exécuta sans broncher même si elle ne voyait pas où Tovia voulait en venir et lui dit :

-Je suis censée faire quoi ? Lui parler par télépathie ? Je ne sais pas faire ça.

- Tais-toi et concentre toi. Lui dit Erame. Tovia a raison, il y a connexion particulière entre vous. Imagine-le, ressens-le.

Akhela redoubla d'effort et se recentra sur elle-même. Elle revoyait Freyme dans sa mémoire le jour de leur rencontre. La première fois où il lui baisa le front. Quand ils apprirent qu'ils étaient frère et soeur. Elle finit par ressentir une forme de gêne respiratoire. Une chaleur désagréable en plein sur le thorax. Elle pouvait l'entendre dans sa tête comme s'il faisait partie d'elle. Akhela humait à présent des odeurs bien distinctes. De l'encens, du soufre, et d'autres plantes aromatiques. Elle avait déjà senti ce mélange d'effluves auparavant.

S'enfonçant plus loin encore au fond de son être, elle ouvrit d'un coup les yeux.

-Je le vois ! Oh non, il est blessé. Il ne guérit pas. Quelqu'un lui fait du mal. Il est attaché et…

- Qu'est-ce que tu vois ? Où est mon fils ? Akhela réponds-moi !!!

Tovia la secouait vivement pour obtenir des réponses. Erame l'attrapa pour qu'elle se calme et pour laisser le temps à Akhela de comprendre ce qu'elle voyait devant elle.

- Mais oui ! Je sais où il est. C'est la pièce interdite dans la tour des Enfants de Senttoni. Je savais que cette odeur m'était familière. Il est en danger, il faut qu'on aille l'aider.

- Toi tu ne vas rien faire du tout ! Tu restes là et tu nous attends. Tovia et moi allons chercher chez moi de quoi nous défendre et on revient avec Freyme dans pas longtemps. Est-ce que c'est bien compris ?

Erame ne plaisantait pas et son regard sérieux était sans appel. Akhela lui fit signe de la tête qu'elle acceptait son ordre sans condition et les regarda partir en hâte. Elle suivit leur course par la fenêtre du salon jusqu'à ce qu'ils disparaissent complètement de son champ de vision. Sans attendre une seconde de plus, elle se précipita hors de la demeure pour aller secourir son frère. Il était hors de question qu'elle le laisse seul entre les mains de ses ravisseurs. Erame perdait du temps en faisant un détour par chez lui. En partant de suite, elle arriverait bien avant eux dans l'Enceinte.

Drévor Ourl se tenait devant la fontaine du jardin de l'Enceinte, bien droit, les mains derrière le dos.

- Je savais que tu viendrais ! Nous t'attendions avec impatience Akhela Volf !

Son air triomphateur l'interpella. Elle s'arrêta net à quelques pas de lui. Comment ça "nous" ? Se demandait-elle. Et comment connaissait-il son vrai nom ? Serait-ce Freyme qui lui aurait tout révélé pendant qu'il le torturait ? Alors que les questions tambourinaient dans sa tête, Hysrelle Gocate sortit de l'ombre de Drévor. Les yeux d'Akhela s'ouvrirent en grand. Que faisait-elle là ? Pourquoi était-elle de mèche avec   Drévor ? Alors qu'elle allait reculer, inquiète à l'idée de s'être fait piéger, le Protecteur lui ordonna de ne pas bouger.

- Reste là ! Tu es venu pour Freyme n'est-ce pas ? *Akhela hocha si doucement la tête que son geste fût à peine perceptible.* Alors suis-nous, nous allons te conduire à lui.

Devant son hésitation, Hysrelle avança jusqu'à sa hauteur et la tira jusqu'à l'entrée de la Tour des Enfants de Senttoni. Arrivés aux escaliers lugubres, elle la poussa légèrement mais froidement dans le dos pour lui signifier de descendre.

- Allez dépêche-toi ! Il y a quelqu'un qui est impatient de te voir !

-Pourquoi est-ce que tu fais ça Hysrelle ? Nous sommes amies depuis si longtemps ! Lui répondit Akhela à la fois déçue et interrogative quant au rôle qu'elle pouvait jouer.

- Tu es tellement... arrogante ! Qu'est-ce que tu crois ? J'en ai marre d'être systématiquement dans ton ombre ! La belle et pauvre Akhela que tout le monde prend sous son aile et qui est si spéciale !!! Cette fois-ci, ça ne va se passer comme ça. On va voir si tu es si puissante que tu le prétends !

- Tu es folle ! Je n'ai jamais rien prétendu et si tu penses que...

- Ça suffit, taisez-vous ! Leur hurla Drévor. Nous sommes arrivés.

Akhela se retrouvait de nouveau dans la pièce où elle et ses amis avaient découvert il y a plusieurs mois toutes ces potions dangereuses et le fameux grimoire. Au fond de la pièce, elle aperçut son frère enchaîné au mur, meurtri, recouvert de son propre sang. Elle allait se jeter sur lui pour le libérer quand une silhouette surgit de derrière les hautes étagères, tapie dans l'ombre depuis leur arrivée. Elle se plaça devant Freyme pour lui barrer le passage.

- Je t'attendais Akhela ! Lui dit-elle en ouvrant grand les

bras.

- Qui êtes-vous ? Et pourquoi tout ce cinéma ! Si vous souhaitiez me voir, il suffisait de le demander. Freyme n'a rien à voir là dedans, relâchez-le !

- En fait, j'avais besoin de lui. Plus particulièrement de ses pouvoirs. J'étais trop faible pour me montrer à toi et grâce à son sang, j'ai enfin récupéré toute mon Essence.

Akhela passa sa tête par dessus son épaule pour voir dans quel état se trouvait Freyme. La silhouette comprit ce qu'elle cherchait à voir.

- Tu te demandes pourquoi il ne guérit pas ?! Je lui ai tellement pris de sang qu'il va lui falloir plusieurs heures pour se régénérer. Enfin je l'espère !

Son ton ironique fit sortir Akhela de ses gonds. Elle allait lui sauter à la figure. A peine le temps de faire un pas dans sa direction que la silhouette s'avança dans la lumière et lui dévoila son visage. Une femme mince et élancée, de longs cheveux blonds épais et des yeux bleus comme la glace. La rouquine la dévisageait des pieds à la tête, se forçant à se souvenir si elle l'avait déjà vu auparavant, en vain.

- Mais qui êtes-vous à la fin, et qu'est-ce que vous me voulez ? Il n'y a même pas deux ans, j'ignorais être une Oujda, je ne vois pas en quoi je vous intéresse !

- Je suis Sianna Oracilne. La dernière descendante directe des Quatres Frères, une Enfant de Qoohata à la lignée pure. Tu n'as toujours pas compris ? Lui dit-elle en s'approchant de plus en plus.

Arrivée à sa hauteur, elle plaça une de ses boucles rebelles derrière son oreille et lui attrapa le menton entre ses doigts. Akhela était nerveuse. Elle ne bougeait pas, surtout que Drévor et Hysrelle l'encerclaient de chaque côté. La femme plongea ses yeux dans les siens.

- Tu lui ressembles tellement ! Le même regard fougueux et impétueux ! A un détail près: ton oeil droit ! Aussi bleu que le mien ! C'est peut-être, hélas, la seule chose que tu tiens de moi !

- Vous êtes ma … mère ?!! Je croyais que vous étiez morte ?! Que les Enfants de Senttoni avaient massacré votre enfant ? Tout cela n'était qu'un mensonge ?

- Qu'est-ce que tu peux être naïve ma pauvre fille ! Ton père t'a arraché à moi alors que tu n'avais que quelques jours. Te laissant cette immonde cicatrice par sa faute.

- Vous mentez, il n'y est pour rien ! C'est vous qui l'avez envoûté.

- Effectivement ! Je voulais à tout prix un enfant avec un Oujda, Enfant de Senttoni, le plus puissant. Et cet imbécile d'Ereirdal ne voulait rien entendre. Il s'était entiché de cette… Tovia ! Alors j'ai fait ce que j'avais à faire.

- Mais pourquoi ?! Je ne comprend pas ?

- Les Oujdas sont des êtres supérieurs ! Seulement, cette stupide Transcendance accorde des pouvoirs à des personnes faibles, qui sont indignes de les recevoir. Dès ta naissance, je voulais absorber tes pouvoirs pour devenir plus puissante que jamais et faire valoir ma suprématie sur notre civilisation. J'espérais que tu naîtrais avec l'Empreinte des Enfants de Senttoni. Le seul pouvoir que je ne pouvais pas absorber sur un adulte. Je ne te cache pas ma surprise quand j'ai vu que tu possédais les Quatre Empreintes. C'était impossible !

- C'est faux ! Je n'en ai que deux ! Et comment pouvez-vous vous croire supérieure aux autres ? Nous sommes tous égaux !

Akhela était furieuse. Les larmes coulaient le long de ses joues. Elle qui rêvait depuis tout ce temps de découvrir l'identité de sa mère, elle se retrouvait face à une femme froide, cruelle et sans coeur, qui avait menti et manipulé les habitants de la Grande Vallée, et fait exécuter tous les Enfants de Senttoni. Drévor lui coupa la parole pour tenter de la convaincre sur le bien fondé de leur projet.

- Toi aussi tu fais partie du grand dessein. Tu es la fille de la puissante Sianna Oracilne, tu es une Oracilne ! Nous ne devons pas nous abaisser au même niveau que les Anàfis, et pas non plus à ces Oujdas de lignée impure et douteuse ! Nous méritons notre place et nous devons asseoir notre domination !

- Drévor a raison ! Tu es ma fille, une Oracilne ! Et d'après ce que je vois, tu as ma force de caractère. Ton père m'a arrêté alors que j'allais te vider de ton Essence pour le bien de notre Espèce. Acceptes de me la donner et joins-toi à mes côtés. Ensemble nous régnerons sur la

Grande Vallée.

Sianna lui tendit la main pour qu'elle la prenne. Akhela la balaya si fort que le claquement retentit à travers la pièce. " Jamais" lui hurla-t-elle. Sa tête lui faisait affreusement mal. Trop d'informations, de nouvelles questions se bousculaient dans son esprit. Elle pensait également à la façon dont elle pourrait fuir. Mais comment libérer Freyme ? Ses pensées s'ordonnaient doucement. Tentant de remettre dans l'ordre la chronologie de sa propre vie. Sianna approuvait la pureté de la lignée des Quatre Frères et voulaient asservir tous ceux qu'elle désignait comme impurs et inférieurs. Elle aurait pu tuer sa propre fille en absorbant tous ses pouvoirs et elle avait fait accuser les Enfants de Senttoni pour couvrir ses actes.

- Tu commets une grave erreur ma fille ! Je te laisse une dernière chance. N'as-tu pas l'envie, au plus profond de toi, que nous formions une famille ? Rattraper ces années perdues, ensemble toutes les deux à la tête de ce vaste monde ?

- Plutôt crever ! Répondit-elle en la fixant droit dans les yeux.

Sianna était une femme fière et elle ne supportait pas qu'on l'humilie de la sorte. D'un geste de la tête, elle ordonna à Drévor et Hysrelle de la maintenir de force. Ses deux sujets se jetèrent sur Akhela pour la maîtriser. Au moment où ils bloquèrent ses bras, elle se mit à crier de douleur. Ce n'était pas leur emprise serrée qui la mettait dans cet état. Elle commençait à connaître cette sensation qui lui devenait familière. Sianna souleva brutalement la chevelure bouclée de sa fille.

- Et de trois Empreintes ! Une Enfant de Qoohata. Tu es bien plus ma fille que tu ne veux l'admettre ! On dirait que tes Empreintes réapparaissent lorsque que quelque chose te touche profondément.

- Jamais je ne vous donnerez mon Essence ! Vous m'avez peut-être donné la vie, mais vous n'êtes en rien une mère pour moi.

- Emmenez-là ! Je ne pourrai absorber la totalité de ses pouvoirs que lorsqu'elle aura les Quatre Empreintes. Faites ce que vous avez à faire pour que la dernière apparaisse.

Erame et Tovia arrivèrent chez lui, essoufflés par la course de plusieurs kilomètres qu'ils avaient entreprise. Lorsqu'ils entrèrent dans le salon, Silèm était assis autour de la table, le grimoire posé devant lui, toujours incapable et agacé de ne pas réussir à l'ouvrir. Il fut surpris de les voir débouler de la sorte et tenta bêtement de cacher l'ouvrage avec son bras. Erame n'y prêta aucun regard et se précipita au fond de la pièce. Il souleva ses étoles pour atteindre son épée.

- Qu'est-ce qu'il vous arrive ? Pourquoi tu prends cette épée ? Je croyais que c'était plus un objet de décoration qu'une véritable arme ?

- C'est Freyme ! Il a été enlevé et il se fait torturer en ce moment même. Lui dit Tovia inquiète et pressée de repartir au plus vite.

Erame qui ne prit pas la peine de répondre aux questions de son neveu arrêta son regard sur le grimoire à peine dissimulé.

- Où as-tu trouvé ça ? Comment se fait-il que tu l'ai en ta possession ?

- C'est une longue histoire Erame, je t'expliquerai plus tard. De toutes façons, je suis incapable de l'ouvrir. J'ai tout essayé, rien à faire !

Erame avança d'un pas et dégaina sa longue épée la passant au dessus de sa tête. Silèm eut un mouvement de recul, paniqué par le geste brutal de son oncle. Du revers de la main, il entailla la couverture du grimoire avec la tranche de son épée. Celle-ci céda et le livre s'ouvrit sous les yeux incrédules de son neveu.

- Comment as-tu fait ça ? Tu savais depuis le début que ton épée était la clé du Grimoire de Qoohata ?

- Je n'ai vraiment pas le temps de t'expliquer, la vie de Freyme est en jeu. Mais oui je le savais, je suis le Gardien d'Akhela, je lui suis depuis ma propre naissance, bien avant la sienne. Nous devons partir, lis-le, tu comprendras tout !

Silèm resta sans voix pendant qu'Erame et Tovia partirent à toute vitesse. Dès que la porte claqua derrière eux, il s'empressa d'ouvrir le grimoire, un léger frisson parcourant son dos. Il allait enfin découvrir la vérité et bien plus encore. Les centaines de pages contenaient des rituels ancestraux complètement inconnu jusqu'alors. Des sortilèges de résurrection, de destruction, une magie des plus puissante. Silèm tournaient les pages à la recherche de quelque chose de précis sans vraiment savoir quoi. Quand il remarqua un changement vers la fin du livre. L'écriture était différente. Ces lignes n'avaient pas été écrites par Qoohata. Pourquoi le plus sage et certainement le plus puissant des Quatre Frères aurait laisser une tierce personne écrire dans son recueil ? Il se plongea alors dans la lecture :

Senttoni, Worsano et Phloge nous ont quitté il y a peu. Je viens de m'entretenir avec Qoohata. Je ne comprends toujours pas pourquoi il a choisi de se confier à moi. Je ne suis qu'un simple Anâfi. Sa sagesse est si grande qu'elle me fait froid dans le dos. Je tiens à retranscrire le plus fidèlement ce qu'il m'a avoué afin que l'Humanité prenne conscience de ses erreurs.

Qoohata était en désaccord avec ses frères. Il estimait que les Êtres Humains ne méritaient pas d'être sauvés. La décadence de la Planète étant de leur entière responsabilité. Alors que ses Frères puisaient toutes leurs forces pour sauver la Terre, Qoohata jeta un sortilège afin de décimer la race humaine. Seule la Grande Vallée survécue. Lors de la Transcendance, il lança une prophétie :

Lorsque les Hommes feront à nouveau ressortir ce qu'il y a de plus mauvais en eux : la cupidité, l'égoïsme, la soif de pouvoir, l'orgueil; un enfant naîtra pourvu des Quatre Empreintes.

Le moment venu, il devra choisir : Donner une toute dernière chance à l'Humanité de se racheter ou la détruire. Un Gardien sera élu parmi les Hommes pour le guider dans son choix. Je lui remet mon épée, forgée dans les entrailles de la Terre, estampillée de mon Empreinte. Elle conférera à son porteur une grande force pour l'aider au mieux. Avant sa mort, il choisira un nouveau Gardien qui la recevra à son tour.

Silèm n'en revenait pas, tout était clair à présent. Akhela était l'élue, choisie par l'âme de Qoohata lui-même. Elle avait le pouvoir de détruire l'humanité entière. Ou de la sauver. Erame était son Gardien et se devait de la protéger, de sa vie, s'il le fallait. Et son oncle l'avait choisi lui, pour prendre le relai, au cas où il viendrait à disparaître avant qu'Akhela n'ai pu accomplir la mission pour laquelle elle était venue au monde.

Tovia et Erame descendaient à tâtons les marches de la tour des Enfants de Senttoni. Ils entendaient Sianna se vanter d'être sur le point d'absorber les pouvoirs de sa fille. Surpris de les voir arriver, Drévor lâcha l'emprise qu'il avait sur Akhela. D'un coup d'oeil rapide, Erame aperçut Freyme mal en point au fond de la pièce. Il lança son épée de toutes ses forces qui brisa ses liens. A peine tombée au sol qu'elle disparut pour réapparaître aussitôt dans sa main.

- Akhela, attrappe Freyme et sortez loin d'ici ! On va régler ça entre adultes !

Sans attendre une seconde de plus, Akhela se jeta sur son frère et profita de l'effet de surprise pour remonter les marches quatre par quatre. Freyme s'appuyait sur elle du mieux qu'il pouvait, le sang dégoulinant de part et d'autre de son corps entaillé. En dehors des murs de l'Enceinte, la lumière commença à jaillir de ses plaies. Son don de régénération revenait lentement, le guérissant doucement à chaque pas qu'il faisait.

- A nous maintenant ! Défia Tovia à Sianna. Vous osez vous attaquer à mon fils ! Vous allez me le payer !

Elle lui lança en plein visage une potion d'attaque qui explosa sur son épaule. De rage, Sianna riposta et levant les paumes de mains droit devant, elle la plongea dans un profond sommeil.

- Je m'occuperai de toi plus tard, sale garce ! Pour le moment tu m'es plus utile vivante que morte !

Erame se battait contre Drévor. Il faisait bien deux têtes de plus que lui, mais le Protecteur de l'Enceinte était un Oujda puissant, robuste et bien entraîné. Il avait dégainé son épée et lui rendait les coups. Hysrelle, quant à elle, en avait profité pour s'éclipser, craignant pour sa vie. Alors que les épées s'entrechoquaient dans une chorégraphie bruyante, Sianna vint se placer derrière Erame pour l'encercler. Déstabilisé par la situation, Drévor en profita pour avancer son bras brutalement et dans un mouvement circulaire, le désarma. Son épée, aussi puissante soit-elle, n'eut pas le temps de toucher le sol que Sianna s'en empara.

Erame bloqué entre Drévor et Sianna n'eut pas le temps de se défendre, qu'elle lui transperca le coeur avec sa propre épée. L'énergie dépensée pour manier pareille arme rompit le sortilège qu'elle avait lancé sur Tovia. La première chose qu'elle vit en rouvrant les yeux fut son mari, son amant, son meilleur ami tomber à terre, la poitrine transpercée. Elle se précipita sur lui pour tenter de l'aider.

- C'est trop tard, il est mort ! Lui dit Sianna. Si vous ne vous étiez pas mêlés de mes affaires , il serait toujours en vie !

Tovia s'allongea en pleurs sur le corps inerte d'Erame. Il était encore chaud mais son coeur ne battait plus. Elle ne bougeait plus, incapable de réagir. Drévor voulait en finir. Il fit un pas dans sa direction quand Sianna le stoppa.

- Laisse-la ! Nous avons des choses plus importantes à régler que de nous occuper de cette femme !

Drévor acquiesca de la tête et ils quittèrent les lieux, la laissant en deuil, pleurer sur le corps de son mari. Il lui était impossible de le porter en dehors des murs de l'Enceinte. Elle ferma les yeux et posa ses mains sur son torse. Puisant toute l'énergie qu'il lui restait, elle éclipsa son corps jusqu'au mausolée des Tenoyd et fit apparaître dans ses mains la rose qui les avait uni il y a peu.

- Que s'est-il passé ? Demanda Silèm en voyant débarquer Akhela qui aidait Freyme à avancer.

- C'était un piège ! Ma mère, elle est en vie ! Et c'est Sianna Oracilne. Tout n'est que mensonge depuis le début. Mais je n'ai pas le temps de t'expliquer, je dois m'enfuir, c'est la seule solution.

- Calme-toi ! Lui dit-il en faisant s'asseoir Freyme sur le canapé. Je sais tout. Enfin presque. J'ai lu le grimoire de Qoohata. J'ai compris pas mal de chose, et toi tu es l'élu. Erame est ton Gardien, le Gardien de l'épée, son destin est de te guider vers le choix que tu vas devoir prendre. Mais où est-il d'ailleurs ?

- Il est avec Tovia. Il est resté combattre Sianna et Drévor pour nous permettre de nous sauver. Lui répondit-elle.

- Nous devons y retourner pour les aider. On ne peut pas les laisser seul. Dit Freyme se relevant fébrilement. Ma mère est beaucoup moins puissante que Sianna et Drévor réunis.

- Non, toi tu te reposes ! Tu viens de subir une sacrée épreuve, tu as besoin de reprendre des forces.

Silèm posa la main sur son épaule pour lui montrer toute la bienveillance qu'il avait à son égard. Alors que lui et Akhela étaient sur le point de reprendre la route en direction de l'Enceinte pour venir en aide à Erame et Tovia, un bourdonnement se fit entendre tout autour de la table. Il se retournèrent pour voir de quoi il s'agissait. Devant eux, posée là, comme si elle n'avait jamais quitté la pièce, l'épée de Qoohata.

- Comment est-ce possible ? Demanda Akhela. J'ai vu Erame qui la brandissait il y a à peine une heure.

- Il est le Gardien ! L'épée le suit là où il va. Je l'ai lu dans le grimoire. Si elle est ici cela ne peut signifier qu'une seule chose.

Le regard de Silèm s'assombrit à ces paroles. Il comprit ce qu'il venait de se passer entre les portes de l'Enceinte.

- Quoi ? Parle Silèm ! Qu'as-tu compris ? Akhela s'agitait nerveusement.

- Il est…. mort ! Mon oncle est mort et l'épée est revenu vers le nouveau Gardien. Depuis tout ce temps où Erame disait qu'il m'avait choisi pour veiller sur toi. Je ne voyais pas de quoi il parlait.

Akhela fondit en larmes. Elle ne cessait de pleurer en sanglotant que tout était de sa faute. Jamais Erame ne se serait fait tuer si elle n'était pas venue au monde. Cette prophétie était sa malédiction. Elle portait malheur à tous les gens qui la côtoyaient, à tous ceux qu'elle aimait. Alors qu'elle restait inconsolable, les bras repliés fermement sur sa poitrine, Tovia entra dans la maison, les yeux rouges et gonflés d'avoir tant pleuré. Son regard paraissait vide, elle avait perdu l'homme qu'elle venait tout juste d'épouser. Freyme se précipita sur elle, à la fois bouleversé par cette perte et heureux de la savoir saine et sauve. Il restait blotti dans ses bras, comme il ne le faisait plus depuis des années. L'odeur de sa peau, la chaleur de son cou l'apaisa immédiatement. Tovia caressa les cheveux de son fils soulagée de le retrouver et fut à son tour apaisée par leur étreinte. Elle regardait devant elle, réfléchissant à la tournure qu'allait prendre la suite des évènements. La haine se lisait dans ses yeux. Elle relâcha doucement Freyme et s'avança vers sa soeur.

- Nous devons réagir. Nous devons venger la mort d'Erame et surtout protéger le reste de la Grande Vallée. Tu ne peux pas rester ici Akhela. Sianna va te traquer jusqu'à ce qu'elle te mette la main dessus.

Personne ne sera en sécurité tant que tu resteras dans les parages.

Silèm se mit en travers d'elle, lui barrant le passage de son bras.

- Où veux-tu qu'elle aille ?! Tu ne peux pas la chasser comme ça. Elle est chez elle ici et je le protègerai jusqu'à ma mort s'il le faut !

Akhela attrapa son bras et le baissa en lui prenant la main. Elle les regardait tous les trois d'un air des plus sérieux.

- Tovia a raison. Je vous mets tous en danger. Je dois partir. J'irai dans la forêt retrouver la Volsens que nous avons rencontré. Je sais qu'elle m'aidera. Nous n'avons pas d'autres choix.

- Alors je t'accompagnes ! Je préfère te savoir près de moi. Et puis j'ai l'épée et le grimoire, ils nous seront d'une grande aide en cas de besoin.

- Non, je dois y aller seule. Sianna va certainement envoyer des troupes à ma recherche. Des Oujdas puissants qui ne reculeront devant rien. Il faut que tu restes dans la Grande Vallée pour rassembler le plus de monde à notre cause. J'ai confiance en toi, tu vas y arriver. Lui dit-elle en lui caressant la joue.

Akhela se retourna vers Freyme qui la regardait longuement. Elle comprit ce qu'il voulait.

- Non, toi non plus tu ne peux pas m'accompagner.

Pour l'instant tu dois rester auprès de ta mère, elle a besoin de toi, de ton soutien. Je suis navrée Frey, mais je dois partir seule.

- Ne t'en fais pas, je comprends, prends bien soin de toi.

Se dirigeant vers le pas de la porte, elle se retourna vers Silèm. L'atmosphère qui régnait était lourde et pesante. D'un pas rapide, elle se jeta dans ses bras et l'embrassa langoureusement. D'abord surpris, Silèm se rapprocha pour l'envelopper de tout son corps. Il se laissa aller à ce fougueux baiser qu'il espérait secrètement depuis le jour de leur rencontre. Sans dire aurevoir, elle s'en alla par delà les sentiers en direction de la forêt, sous leurs yeux inquiets.

La tension naissante au sein de la Grande Vallée se faisait déjà ressentir et le portail menant vers l'extérieur n'était plus surveillé. Akhela posa ses mains dessus et fit sauter la serrure en un rien de temps. Ses pouvoirs grandissaient rapidement, elle maîtrisait à présent parfaitement les ondes de choc. Elle se faufila rapidement au travers des arbres, quittant les chemins de terre pour arriver jusqu'à l'habitation de la Volsens. Elle réfléchissait en même qu'elle s'enfonçait dans la forêt à comment convaincre les bannis de lui venir en aide. Arrivée au dernier bosquet de mûres sauvages qui la séparait de sa destination, elle ressentit une sorte d'agitation. Levant les yeux derrière les feuillages, elle aperçut un rassemblement devant la maison. Des dizaines de personnes se tenaient là, discutant bruyamment. Elle ne les connaissait pas. Au centre se trouvait la Volsens qui avait lu dans son passé. Que devait-elle faire ? S'avancer ? Attendre que l'assemblée ne se dissipe ? Alors qu'elle cherchait le meilleur moyen de s'approcher discrètement, une branche craqua sous son pied. Tous les visages se tournèrent dans sa direction. "Une intruse, attrapez-là"! Crièrent-ils. Elle eut à peine le temps de se relever de sa cachette, que deux hommes la maintenaient déjà fermement. Ils la jetèrent aux pieds de la Volsens.

- Je connais cette jeune fille ! Depuis que je l'ai rencontrée, elle ne m'a apporté que des problèmes. Escortez-la vers la Grande Vallée, elle n'a rien à faire ici !

Tandis qu'Akhela se débattait pour se défaire de l'emprise des deux bannis, un vent violent vint balayer ses cheveux au dessus de sa tête. Ses bouclent se mirent à danser, dévoilant sa nuque à la vue de tous. Les paires d'yeux par dizaines s'écarquillèrent à tour de rôle. Ses geôliers la lâchèrent si vite qu'elle tomba à genoux devant eux. Quand elle releva la tête, stupéfaite que personne ne s'approche plus d'elle, elle les vit tous, aussi nombreux qu'ils étaient, prosternés à ses pieds. La Volsens s'approcha et lui tendit la main pour l'aider à se relever. De nouveau sur ses pieds, la belle rousse resta plantée là, entourée par des inconnus qui semblaient l'idôlatrer, la prier peut-être. Elle restait sur ses gardes aussi méfiante que déconcertée.

- Bienvenue mon Enfant ! Cela fait si longtemps que nous attendions ta venue. Ne crains rien, tu es en sécurité ici et nous sommes là pour te servir.

Akhela hésitait à leur faire confiance. Il y avait à peine quelques minutes ils étaient sur le point de la chasser brutalement de la forêt. Elle s'avança donc avec prudence :

- Vous connaissez la....

- La prophétie ? Bien sûr ! Nos ancêtres nous l'ont transmise oralement depuis le jour où nous avons été bannis. Nous savions que ce jour arriverait et que tu viendrais au monde. Nous nous sommes donc préparé à cela. Suis-moi, je dois te présenter quelqu'un.

Les bannis s'écartèrent pour les laisser passer. Elle l'invita à entrer dans sa modeste demeure. Tout au fond, tapis dans l'ombre, était assis un homme au coin du feu. Akhela eut un mouvement de recul. Un piège l'attendait la dernière fois qu'une silhouette s'était dérobée à ses yeux. La Volsens lui tapota amicalement le dos en vue de la rassurer. L'homme gigantesque se leva lorsqu'il les entendit et vint à sa rencontre pour la saluer.

- Bonjour Mademoiselle. Mon nom est Gurt-Lil et je suis un Ronge-Peau.

La jeune fille recula avec angoisse devant la main qu'il lui tendait. Remarquant qu'il avait mal choisi son approche, il reprit afin de la rassurer.

- N'aies pas peur ! Je t'en prie, je ne te ferais aucun mal. D'abord parce que je n'ai pas de raison de t'en vouloir et surtout parce que j'en suis incapable.

Intriguée par le portrait peu commun qu'on lui avait dressé sur les Ronge-Peau, Akhela accepta de s'asseoir à leur table.

Elle brisa son silence en lui demandant comment il pouvait être un Ronge-Peau alors que sa peau semblait aussi douce qu'une peau de pêche.

- La dernière fois que tu es venue dans la forêt avec tes amis, tu as rencontré le dernier Ronge-Peau de notre groupe qui possédait encore ces pouvoirs. Lorsque nos ancêtres ont été bannis vers la Terre Stérile, ils pensaient mourir. Mais contre toute attente, ils se se sont adaptés et ont survécu.

- Pourquoi votre ami nous a-t-il attaqué ce jour là ? Que nous voulait-il ?

- Il ne vous a pas attaqué. Comme je te le disais, mes ancêtres Ronge-Peau ont survécu en trouvant refuge dans une grotte qui donnait sur une clairière entourée de cascades d'eaux. Mais avec les générations, plus aucun d'entre nous ne possédait de pouvoir. Celui que tu as vu était le dernier. Il lui a fallu des années pour rompre le champ de force de protection et entrer dans la forêt.

- Si vous étiez à l'abri et en sécurité, pourquoi vouloir à tout prix revenir dans cet endroit ? Auprès de ces gens qui vous ont chassé ? Ca n'a pas de sens. Lui dit-elle étonnée.

- Au contraire, il y avait bien une raison. Reprit la Volsens. Il est venu me trouver ce jour là. Parce que ses amis, sa famille, tout son groupe tombait malade, les uns après les autres. Un mal inconnu et mortel qu'il ne parvenait pas à soigner malgré ses pouvoirs. Il n'avait pas d'autre choix pour sauver les siens, tu comprends ?

- Oui, je comprend, mais… Je n'avais qu'une seule Empreinte à ce moment. Comment pouvait-il savoir que j'étais celle dont parle la prophétie ?

- Il n'en savait rien. Ce n'est pas toi qui l'intéressait ! Quand tu es venu avec tes deux amis, il était déjà là et il vous observait. Répondit Gurt-Lil. Il a vu ce que faisait le sang du jeune homme. Et quand vous vous êtes enfuis, il vous a seulement suivi.

- Freyme ! Alors tout ce qu'il voulait, c'était son sang pour vous soigner ? Pourquoi ne nous l'a-t-il pas tout simplement demandé ?

- Parce que nous n'avons peut-être plus les pouvoirs des Ronge-Peau mais nous sommes immunisés contre sa malédiction, contrairement à vous. Il n'avait jamais été en contact avec des Oujdas et des Anàfis. Il a dû avoir peur de vous faire du mal par inadvertance.

- Je vois parfaitement ce que vous voulez dire ! Mais pourquoi ce n'est pas lui qui est ici dans ce cas ? Lui demanda-t-elle ?

- Malheureusement, il était très âgé et son acte désespéré de pénétrer dans la forêt présageait de sa fin. Il nous a quitté il y a trois jours, d'où ma présence aujourd'hui. Dit Gurt-Lil.

Akhela comprenait de mieux en mieux l'endroit qui l'avait vu naître, les habitants qui y vivaient et tout le mal qu'ils avaient pu faire. Leurs peurs, leur ignorance, les avaient conduits à commettre des actes atroces, à repousser et à exterminer leurs propres frères. L'Homme ne pensait à nouveau qu'à son intérêt, aveuglé par la soif de pouvoir de Sianna. Les habitants l'avaient soutenue sans se poser de questions et lui avaient permis de creuser un fossé immense entre les Oujdas et les Anàfis. Elle avait désormais conscience que la prophétie prenait tout son sens et elle venait de trouver des alliés de taille pour combattre le mal par la racine. Elle devait arrêter Sianna Oracilne, sa propre mère, et ouvrir les yeux aux habitants de la Grande Vallée. Il n'était pas trop tard, l'Humanité pouvait encore être sauvée.

Des cloches retentirent de part et d'autre de l'Enceinte des Quatre Lignées. A chaque fois qu'elles sonnaient, tous les habitants savaient qu'un message important était sur le point d'être délivré. Drévor Ourl se tenait en haut des remparts, entre le Grand Portail et la tour des Enfants de Worsano. Il attendit que la foule prenne place tout autour de la Boucle du Bugle Rampant.

- Mes chers amis ! J'ai une grande nouvelle à vous annoncer. Comme vous le savez, j'occupe le poste de Protecteur à la place de Sianna Oracilne depuis sa disparition. Ce que vous ignorez, c'est qu'elle a survécu à l'Insurrection des Enfants de Senttoni et nous tentons depuis cette nuit de la guérir. Aujourd'hui, elle est de retour parmi nous, plus puissante que jamais !!!

Drévor pointa son index en direction de Sianna qui vint le rejoindre sur les remparts. La foule était en délire. Des applaudissements, des cris de joie et de surprise enveloppaient l'atmosphère toute entière dans un brouhaha gigantesque. Tout le monde se posait des questions. Pourquoi ne leur avoir rien dit ? Qui avait réussi à la soigner ? Pourquoi avoir attendu durant toutes ces années ? Alors que chacun y allait de son hypothèse, Sianna leur fit signe qu'elle allait parler, et le silence revint aussitôt.

- Je suis heureuse de me tenir devant vous, mes Frères ! Malgré la joie immense que je ressens de vous retrouver, l'heure est grave !

Elle marqua un temps d'arrêt afin d'avoir toute leur

attention. Au même moment, Silèm, Tovia et Freyme se mélèrent à la foule.

- Je me demande bien ce qu'elle va encore inventer ? Chuchota Freyme à l'oreille de Silèm.

- On ferait bien de se méfier et de s'éloigner un peu. Histoire de pouvoir partir discrètement si ça tourne mal. Lui répondit-il.

Freyme acquiesça en silence et prit sa mère par le bras pour la faire reculer en dehors de la masse. Une fois en retrait, ils levèrent la tête pour écouter le discours diabolique de Sianna.

- J'aurais souhaité partager avec vous le bonheur de mon retour, mais nous nous tournons vers de sombres évènements. Un traître se cache parmi nous. Ou plutôt une traîtresse. Elle se prénomme Akhela Volf mais vous la connaissez mieux sous le nom d'Akhela Drachar. Elle n'est autre que la fille d'Ereirdal Volf, le traître qui a orchestré l'insurrection des Enfants de Senttoni. Cette fille est née avec les Quatre Empreintes, elle est maudite ! Elle est dangereuse et très puissante. Ses pouvoirs peuvent tous nous anéantir et elle tuera tous ceux qui lui barreront la route pour assurer sa vengeance ! Je dois vous protéger de ce monstre !

La panique générale se propagea à travers les sentiers. On entendait les enfants pleurer, leur parents tentant en vain de les rassurer. Sianna leva les bras pour leur ordonner de se calmer et se mit à parler plus fort, d'une assurance ferme et plus vindicative.

- N'ayez crainte ! Je suis de retour et je vais tout faire pour protéger mon peuple ! Des mesures vont être mises en place dès aujourd'hui et je vous garantie que nous la vaincrons.

Les habitants acclamèrent leur Protectrice. Une fois leur confiance regagnée, Drévor lui fit un signe de la tête pour lui annoncer qu'il était temps. Elle lui rendit le geste et reprit :

- Quiconque lui viendra en aide sera arrêté sur le champ. J'ai beaucoup à faire, je vous laisse.

Sianna descendit les remparts suivie par Drévor. Ils laissèrent la place au Bourreau des Coeurs, missionné pour distribuer le nouveau règlement aux habitants.

Par arrêté et ratification de Sianna Oracilne, Protectrice de l'Enceinte des Quatre Lignées et de la Grande Vallée :

- Devant la menace, j'ordonne la dissolution immédiate du Grand Ordre et suis désormais la seule à prendre toutes les décisions qui s'avèrent nécessaires.

- L'Enceinte des Quatre Lignées ferme ses porte à compter d'aujourd'hui et les Oujdas de troisième cycle sont dans l'obligation de rejoindre les rangs de la Garde.

- La possession de philtres, potions et autres herbes magiques sont désormais prohibés.

- L'accès à la forêt est condamnée et sera sous surveillance nuit et

jour.

- Un couvre-feu est mis en place dès la tombée de la nuit et chaque citoyen doit regagner son habitation.

- Toute personne ayant des informations concernant Akhela Volf doit immédiatement les communiquer à la Protectrice.

- Toute personne tentant de venir en aide à Akhela Volf se verra arrêté sur le champ.

Les tracts rédigés par centaine passaient de main en main. Certains s'envolèrent pour retomber quelques mètres plus loin dans la poussière des sentiers alentours. Tovia et Freyme s'étaient déjà bien dégagés de la foule quand Silèm fut pris à mal par un Anàfi angoissé par la situation.

- Tu sais où elle est, j'en suis sûr ! Je vous vois fricoter depuis des mois ! Lui dit-il en lui poussant l'épaule.

- Elle n'est pas une menace, pauvre mouton ! Et tu penses sincèrement que je vais te dire où elle se trouve ? Rétorqua Silèm.

Le jeune homme allait passer son chemin mais leur altercation attira d'autres habitants. En un rien de temps Silèm se retrouva encerclé. Ils le bousculaient, lui ordonnaient de tout leur révéler. Freyme tentait tant bien que mal de disperser la foule et au moment où il allait arriver à sa hauteur avec difficulté, Shorla pépleux les écarta d'un revers de main.

- Ignorants que vous êtes ! Vous seriez prêts à sacrifier une jeune fille, votre amie, votre voisine, parce qu'une femme passée pour morte depuis presque vingt ans vous assure qu'elle est une menace ?! Vous devriez avoir honte de vous ! Si Akhela porte effectivement les Quatre Empreintes, elle est l'enfant de la prophétie !

- Vous connaissez la prophétie ? S'interloqua Tovia qui venait de se frayer un chemin jusqu'à eux.

- Un de mes ancêtres est un Volsens. Et avant d'être banni de la Grande Vallée, il a narré la prophétie à mon arrière-arrière-arrière-grand-père. Jusqu'à lors je pensais que ce n'était rien de plus qu'un conte familial. Répondit Shorla.

- On se fout de cette fichue prophétie ! Cette gamine est maudite ! Hurla un homme au milieu de la foule.

- Vous ne comprenez donc rien ?! S'énerva Freyme. C'est Sianna qui nous manipule depuis le début ! Elle a orchestré l'Insurrection des Enfants de Senttoni et les a fait passer pour des traîtres ! Dans l'unique but de devenir la plus puissante en absorbant les pouvoirs de sa propre fille : Akhela.

- Ne soyez pas dupes ! Reprit Tovia. Elle vient de dissoudre le Grand Ordre. A présent elle contrôle à elle seule la Grande Vallée…

Alors que les réponses soulevaient d'autres questions aux yeux du petit rassemblement, la Garde leur ordonna de rentrer chez eux.

La nuit avait bien avancé et chaque habitant était confiné chez lui. Pas un bruit à l'extérieur, seule une sensation d'oppression surplombait les toits. Des pas avançant en cadence vinrent briser le silence écrasant. Quelques curieux osèrent coller le nez à la fenêtre, bougie à la main, pour savoir ce qu'il se tramait dehors. Le Bourreau des Coeurs en tête, suivi par la Garde. Ils venaient d'arrêter Telop Mercale et avaient mis à sac sa boutique. Tout était cassé, renversé. Il ne restait plus aucun ingrédient magique dans les locaux. A la vue de ce carnage nocturne, les habitants s'enfermèrent à double tour en attendant l'accalmie. Mais les gardes agissaient sur ordre de Sianna et défoncèrent les portes. Ils saccageaient les maisons à la recherche de potions cachées. Ils arrêtaient tous ceux qui s'opposaient. Ils exécutaient froidement tous ceux qui montraient trop de résistance. On entendait plus que les pleurs endoloris des épouses couchées sur le corps de leur mari. Des enfants apeurés qui regardaient leurs parents partir, cordes aux poignets comme des prisonniers.

Ce soir là, la Grande Vallée perdit tout ce qui la représentait : la joie, la foi en l'être humain, l'espoir d'un monde meilleur. Il ne régnait plus que désordre, crainte et chaos. Au petit matin, un avis de recherche était lancé contre Tovia Rorpe. Elle avait l'ordre de se rendre de son propre chef dans l'Enceinte des Quatre Lignées pour y confectionner de puissantes potions d'attaque. Dès qu'ils en eurent connaissance, Freyme l'escorta au Centre de Soins en prenant garde de ne pas se faire repérer. Miciane accepta de leur venir en aide et les cacha dans l'Unité des Oubliés.

Epaulée par les Volsens et les Ronge-Peau, Akhela apprenait à développer ses pouvoirs. Elle maîtrisait parfaitement les ondes de choc et pouvait communiquer à sa guise par télépathie avec Freyme.

- C'est bien beau la magie, mais tu dois apprendre à te battre ! Lui dit Gurt-Lil. Si Sianna ou n'importe quel Oujda plus puissant que toi absorbe tes pouvoirs, que feras-tu ?

- Je... je n'avais pas pensé à ça ! Tu vas m'apprendre à me battre comme toi ?

- J'ai appris à manier le bâton avant même de savoir marcher mais je vais t'enseigner tout ce que je sais.

Gurt-Lil lui jeta son arme, qu'elle ne pu rattraper. Il était aussi large que sa main et mesurait presque deux mètres de long. Akhela se demandait si elle arriverait un jour à le faire danser entre ses doigts comme son nouvel ami.

Les jours passaient et la rouquine encaissait les coups. Son professeur la mettait chaque fois à terre en lui fauchant les jambes, si bien que ses chevilles étaient enflées et rouge vif. Des bleus et des contusions ornaient son buste et ses cuisses mais la jeune fille continuait malgré tout son dur apprentissage. Gurt-Lil la faucha une fois de plus.

- Allez, relève-toi ! Ce n'est pas comme ça que tu vas combattre Sianna et son armée.

- Arrêtes, ça suffit ! J'ai vraiment mal ! Supplia-t-elle.

- Non. Tu n'apprendras jamais rien si tu renonces aussi facilement. Je te pensais plus combative. Mais tu n'es finalement qu'une pauvre petite fille fragile.

Les fesses dans la terre, Akhela sentit la rage envahir son ventre. S'il y avait bien une chose qui pouvait la mettre en colère, c'était qu'on puisse douter de sa force intérieure. Gurt-Lil s'avança en faisant tournoyer son bâton au dessus de sa tête. Il aurait pu l'écraser aussi vite qu'un insecte. Plutôt que lancer un sort de protection, Akhela leva les bras face à son professeur et relâcha sur lui sa fureur. Le long bâton qui arrivait droit sur sa tête à une vitesse folle se mit à ralentir. Encore et encore. Il était presque à l'arrêt. Surprise, Akhela en profita pour ramper hors d'atteinte et regarda rapidement autour d'elle. Le temps semblait une éternité. Gurt-Lil continuait son attaque à pas de fourmi. A cette vitesse, il lui aurait fallu des siècles pour atteindre sa cible. La jeune fille sauta sur l'occasion pour le désarmer et maniant le bâton avec dextérité, elle lui faucha les chevilles à son tour.

Le temps reprit normalement son cours et le professeur, étonné de l'exploit de son élève, se retrouvait à présent à terre, sa propre arme pointée entre les deux yeux.

- Bravo la Rouquine ! Ralentir le temps est un merveilleux pouvoir et un don précieux. Dit-il en tendant la main pour qu'elle l'aide à se relever.

- Ne m'appelle pas comme ça ! Il n'y a qu'une personne qui a ce privilège. Répondit-elle, un petit sourire au coin des lèvres tout en lui offrant son bras.

A bout de souffle après un entraînement musclé, Akhela s'installa confortablement dans l'herbe, assise en tailleur, les mains posées sur ses genoux. De longues et profondes inspirations calmaient sa respiration haletante. Il lui fallait des nouvelles de ses amis. Son pouvoir émanant de l'Empreinte des Enfants de Phloge lui permettait de ressentir son frère, de lui parler. Elle se concentra pour communiquer à distance avec Freyme.

- Frey, tu m'entends ? Songea-t-elle.

La voix de sa soeur résonna harmonieusement dans sa tête. Assis sur le sofa de l'Unité des Oubliés, cette douce parenthèse au milieu de la noirceur ambiante lui réchauffa le coeur. Sans dire un mot, il lui expliqua les évènements récents.

- Êtes-vous en sécurité ? Demanda-t-elle. Et comment va Silèm ?

- Oui, Miciane nous a offert l'asile au Centre de Soins et Silèm reste prudent. Il est à nos côtés et apporte de l'aide à sa mère. De nombreux Anàfis ont été blessés par les gardes. Répondit Freyme.

- Nous devons nous regrouper pour défaire la Grande

Vallée de l'emprise de Sianna ! Trouves un moyen de rassembler le plus de volontaires possible, des alliés fiables.

- C'est d'accord ! Je vais réfléchir à un plan. Je te tiens rapidement au courant. Prends soin de toi !

- Merci Frey ! Dis à Silèm que nous serons bientôt réunis.

Tovia, Miciane, Freyme et Silèm s'étaient réunis pour mettre en place un stratagème. Comment être certains que nos alliés ne trahiront pas Akhela ? Se demandaient-ils.

- Il nous faut un Oujda capable de déceler l'honnêteté des recrues. Lança Miciane.

- Tu connais quelqu'un qui a ce genre de don ? Demanda Tovia à son fils.

Après réflexion, Freyme pensa à Ena Sugnon.

- Elle possède le don de matérialisation. Je ne sais pas trop comment elle pourrait le mettre en pratique dans notre situation mais son pouvoir pourrait nous être utile.

La petite assemblée acquiesça et Silèm partit à la

recherche d'Ena. Il revint en sa compagnie quelques heures plus tard en ayant pris soin de tout lui expliquer sur le chemin.

La jeune Oujda était flattée d'avoir été choisie pour une mission de cette importance. Après avoir salué ses hôtes, ils se rassemblèrent dans une vieille remise perdue au fond du Centre de Soins. La pièce insalubre servait depuis des années de débarras en tout genre. Le personnel y stockait divers manuels de soins pratiques, des bocaux de potions vides, des lits cassés. Elle avait été fermée il y a longtemps faute de place, c'était l'endroit idéal pour ne pas être dérangé. Ils passèrent une bonne partie de la nuit à réfléchir à un plan. Ena finit par leur proposer une idée.

- J'ai déjà matérialisé des cartes de cristal authentique. Je ne l'ai fait que deux ou trois fois mais ça a marché, je pourrais le refaire.

- Et en quoi ça consiste ces cartes ? Demanda Freyme dont la fatigue commençait à se lire sur son visage.

- Tu crées une carte avec le message de ton choix et tu l'envoies à ton destinataire. Si son coeur est sincère, le message sera clair. S'il ne l'est pas, il verra seulement une tâche d'encre.

- C'est une très bonne idée ! Dit Miciane. De quoi as-tu besoin pour les matérialiser ? J'imagine qu'il te faut pas mal d'ingrédients.

- Oui, je vais avoir besoin de bâtonnets de cèdre, quelques poignées d'Herbe à Ours, des feuilles de romarin, du sel et du miel d'acacia. Lui lista Ena.

Miciane et Tovia quittèrent la remise à la recherche des éléments nécessaires. Silèm, Freyme et Ena continuaient de réfléchir au message lui-même.

- Il faut que ce soit impactant mais pas trop long ! Insista Freyme qui n'était pas un adorateur de lecture.

- Les recrues doivent avoir un but précis. Continua Silèm pragmatique.

- Un message fort avec un lieu de rassemblement à une date certaine ? Dans deux nuits aura lieu une Nouvelle Lune, ça semble parfait ? Leur proposa Ena tentant de respecter les désirs de chacun.

Les deux adultes étaient de retour les bras chargés des ingrédients demandés. Assis en tailleur tout autour d'Ena, ils la regardaient silencieux matérialiser ses cartes de cristal authentique. À l'aide d'un pilon, elle broya les bâtonnets de cèdre dans le gros mortier en bois d'olivier. Elle brûla ensuite les feuilles de romarin avant de les ajouter. De l'Herbe à Ours trempée dans le miel liait le mélange. Ena prit une poignée de sel dans sa main droite et plongea son autre main dans la mixture collante. Les yeux fermés elle marmonna son message à plusieurs reprises. Une carte commença à s'assembler au fond du mortier. Le miel dessinait les premiers contours. Quand elle lâcha le sel dans le récipient, les cristaux se mêlèrent aux herbes mouillées et illuminèrent le miel orangé. Ena rouvrit les yeux. Le mortier était vide.

- Ça a marché ? Demanda Silèm peu habitué à assister aux sortilèges des Oujdas.

- Oui ça y est ! Les cartes sont à présent dans les mains de chaque Oujda et de chaque Anàfi susceptible de nous venir en aide.

- Nous n'avons plus qu'à attendre, ajouta Tovia. Nous ferions mieux d'aller nous reposer. Les jours qui vont suivre sont incertains, nous aurons besoin de toutes nos forces et de toute notre lucidité.

La Garde passait très peu dans le Quartier Financier. Endroit peu fréquenté dernièrement, Sianna ne voyait pas l'intérêt d'y poster plusieurs de ses sbires. C'était donc là qu'Ena avait donné rendez-vous à tous ceux qui avaient pu lire leur carte de cristal authentique. Elle ignorait encore si cela avait fonctionné et combien ils seraient à les rejoindre au point de rencontre. Le ciel noir, abandonné des rayonnements de la Lune, favorisait leurs déplacements. Freyme était nerveux et avait du mal à tenir en place. La main maternelle de Tovia sur sa nuque le réconforta un instant. Elle avait pris soin avec l'aide de Miciane, de rassembler le plus d'herbes magiques et de potions en tout genre. L'attente était longue et ils commençaient à s'impatienter lorsque les premières silhouettes se dessinèrent sur le Sentier des Garancias. Des jeunes Oujdas, des Anàfis plus vieux, tout rang et tout âge confondu. Des dizaines avaient répondu à l'appel et des dizaines arrivaient au loin silencieusement. Plus la nuit avançait, moins il devenait facile de les compter tellement leurs alliés étaient nombreux. Ils n'en connaissaient même pas la moitié mais leur but était commun. La Grande Vallée courait à sa perte avec Sianna Oracilne au pouvoir. Et jamais ils vivraient esclaves sous ses ordres. Ils se saluaient dans un silence pesant lorsque Freyme sentit la colère monter en lui. Il écarta les alliés arrivés en masse pour arriver jusqu'à un jeune homme.

- Qu'est-ce que tu fiches ici ? Tu n'as rien à faire là. Lui dit-il en l'aggripant par le col.

- Lâche-moi ! J'ai reçu une carte qui m'indiquait

l'endroit où vous trouver. Aboya le garçon.

- Arrêtez tous les deux ! Intervint Silèm. On va se faire repérer. Tu le connais ? Demanda-t-il à Freyme en les séparant.

- Je te présente Branel Ourl. Fils unique de Drévor Ourl. Celui là même responsable de la mort de ton oncle !

Silèm serra ses poings si fort qu'on entendit ses articulations craquer. Tovia se précipita immédiatement vers eux.

- Attends ! Je suis autant en colère que toi. Tu as perdu ton oncle et moi, mon mari. Mais ne nous trompons pas d'ennemi…

- Elle a raison, coupa Branel. Je suis sincèrement navré pour votre perte mais je ne suis pas responsable des agissements de mon père. Je sais que vous ne me portez pas dans votre coeur. Laissez-moi vous aider, si ma mère était encore en vie, elle serait fière que je me rallie à votre cause.

Tetlarre comptait également parmi les recrues et bien qu'il fut depuis l'enfance la victime de Branel, il prit sa défense, contre toute attente.

- L'heure est à l'union mes amis ! Dit-il posant une main amicale sur l'épaule de son ancien bourreau. Il est temps de se mettre en route.

Ils longèrent l'Allée d'Andromèdes déserte jusqu'à

l'intersection de l'Avenue du Raisin d'Ours. À cet endroit étaient postés deux gardes qui surveillaient le chemin vers la forêt. Sans faire de bruit, Miciane et Tovia se placèrent à quelques mètres d'eux. Bras tendus, paumes des mains en avant, elles leur lancèrent un sort de sédation. Les deux gardes immobilisés tombèrent dans un profond coma.

Akhela qui les attendait de l'autre côté fit sauter le verrou du Grand Portail. À peine ouvert, ses nouveaux camarades s'engouffrèrent sur le chemin sablé de la forêt.

- Dépêchez-vous ! Murmura Tovia. Nous ne tiendrons pas longtemps.

Les gardes luttaient intérieurement pour se défaire du sortilège. Ces Oujdas surentraînés étaient plus forts que les deux femmes et ne tardèrent pas à dévier leur attaque et à donner l'alerte. Miciane lança à son fils les sacs pleins de composants ésotériques.

- Amène-les à Akhela ! Nous n'aurons pas le temps de passer. Dit-elle à Silèm alors que l'armée de Sianna se rapprochait et refermait petit à petit le Grand Portail à distance.

- Frey !!! Vite, le portail se referme. Hurla Akhela.

Son frère marqua un temps d'arrêt. D'un côté sa soeur qu'il mourrait d'envie de retrouver, de l'autre côté sa mère qu'il se devait de protéger. Le temps de prendre une décision se raccourcissait de seconde en seconde. Il s'approcha d'Akhela qui lui tendait la main et lui attrapa le bout des doigts.

- Je suis désolé, je ne peux pas venir. Je dois rester auprès de ma mère. Et il retira sa main avant que le Grand Portail ne se referme définitivement.

- Je comprends, répondit-elle les yeux embués de larmes. Prends soin d'elle.

Ses nouveaux partisans qui n'avaient pas eu le temps de traverser furent immédiatement arrêtés et conduits à la prison d'Arabette. Miciane, Tovia et Freyme profitèrent du chaos ambiant pour s'enfuir et trouvèrent refuge chez Plicome Lacène, le Calendaire, ami fidèle d'Erame depuis des années. Akhela et ses acolytes disparurent derrière les arbres denses, en sécurité pour un certain temps.

Silèm se jeta dans les bras de sa rouquine et lui donna un baiser langoureux et passionné. Les amoureux étaient enfin réunis. Gurt-Lil s'avança vers eux, accompagné des Volsens et de plusieurs Ronge-Peau.

- C'est très émouvant mais maintenant il va falloir former tout ce petit monde. Dit-il en pensant que l'heure des embrassades était révolue.

Akhela se détacha doucement de l'étreinte de son homme en souriant. Elle reconnaissait bien là le caractère de leader de Gurt-Lil. Sans leur laisser une minute de répit, il commença à former des groupes. Il s'occuperait de l'entraînement des Anàfis qui devaient impérativement apprendre à se battre. Quant à elle, les Oujdas seraient sous son commandement pour développer leur Essence et surtout, apprendre à travailler en équipe. Un troisième groupe rejoint Ena pour confectionner des projectiles ardents et des baumes de guérison rapide.

Même si leur présence dans ces lieux signifiait qu'ils avaient choisi leur camp, Akhela ne voulait pas qu'ils la suivent aveuglément au péril de leur vie. Silèm brandit le Grimoire de Qoohata au dessus de sa tête et pour mettre fin au doute, il leur lut la prophétie. Les poings levés, ils scandaient désormais leur dévouement. Chacun comprenait l'importance de sa présence. Ils sentaient en eux le désir grandissant de rétablir l'ordre. L'ordre des choses et du lien sacré que chaque individu possédait avec la Nature. L'union des Hommes et de la Terre, qui ne se devait pas d'être ébranlé par une soif de pouvoir qui les mènerait tous à leur perte.

La forêt jusqu'à lors interdite et dépeinte comme sauvage, lugubre et dangereuse, se transforma en une scène d'entraide, de collaboration et de travail acharné.

Les Quartiers de la Grande Vallée étaient mis à mal par les soldats. Sianna avait été prise par surprise et ses cris de colère résonnaient dans les tours de l'Enceinte des Quatre Lignées. Elle leur avait donné l'ordre de mettre la main sur Tovia et Miciane et la Protectrice s'impatientait qu'elles n'aient toujours pas été capturées.

- Peut-être est-il encore temps de faire machine arrière ? Bredouilla Drévor qui tentait de lui dire quelque chose.

- Je te demande pardon ? Je ne me souviens pas t'avoir demandé ton avis ! Le fustigea Sianna. Tu m'as peut-être remplacée pendant un temps, mais JE suis la Protectrice légitime. Et jamais je ne me serais rabaissée à m'accoupler avec un Anàfi, comme tu l'as fait ! Hors de ma vue et ne reviens que pour m'apporter ces deux traîtresses.

Le charisme et le caractère intimidant de la blonde aux yeux cristallins ne laissaient pas de place aux initiatives en tout genre. Drévor rongea son frein et quitta la tour des Enfants de Qoohata la rage au ventre. Il allait déverser sa rancoeur sur les gardes encore présents dans la cour quand un escadron passa la Grande Porte triomphant. L'ancien Protecteur découvrit Tovia et Miciane enchaînées, leur regard plein de haine. D'un sourire aux lèvres qui lui donnait l'air encore plus machiavélique, il leur fit signe de les conduire à Sianna.

- C'est moi qui les ai trouvées ! Résonna une petite voix dans son dos. J'ai décidé de fouiller la maison des Rorpe pour trouver une piste et j'y ai découvert du baume de direction qu'Akhela et Freyme avaient créé. Il m'a conduit jusqu'aux prisonnières.

- Très bien Mademoiselle Gocate, répondit Drévor sans même se retourner. Pour une fois que vous réussissez ce qu'on vous demande.

Il quitta les lieux au pas de charge fixant l'horizon. Le bras droit de la Protectrice avait mieux à faire que de s'occuper d'une étudiante en mal de reconnaissance. Humiliée et vexée, Hysrelle partit dans la direction opposée. Elle s'enferma dans l'arrière cour et se mit à confectionner des potions d'attaque mortelle pour passer ses nerfs.

- Bienvenue dans mon humble demeure Mesdames ! Salua ironiquement Sianna. J'espère que le voyage vous a été agréable ?

- Cette Enceinte ne vous appartient pas ! Défia Tovia tirant sur ses liens trop serrés.

- J'en suis pourtant la digne héritière.

- Vous semblez oublier Akhela ? Comment une mère peut-elle faire subir pareil sort à son propre enfant ? Reprit-elle tentant de la faire sortir de ses gonds.

- Mais oui, comme je suis bête ! Ereirdal était votre époux. Enfin, le premier. Je ne vous ai pas félicitée pour vos secondes noces !

Tovia se jeta sur elle en furie. Comment osait-elle prononcer le nom d'Ereirdal ? Et évoquer Erame qu'elle avait tué de ses propres mains. Son élan destructeur fut immédiatement stoppé par les gardes du corps de Sianna.

- Ces hommes étaient faibles ! Lui lança-t-elle sans même s'offusquer de son attaque. Quant à Akhela, ma chère enfant, je lui ai proposé de se tenir à mes côtés mais cette petite ingrate à refuser de me rejoindre.

- Ingrate de quoi ? De vouloir vivre ? De ne pas te pardonner la mort de son père ? Marmonna Miciane.

- J'avais presque oublié ta présence, ironisa Sianna. Miciane Tenoyd ! Quel plaisir de te revoir. Sais-tu qu'on m'a rapporté ce que tu as fait ? Ou plutôt ce que tu n'as pas fait !

- De quoi parle-t-elle ? S'interrogea Tovia en se tournant vers son amie.

- Vous n'êtes pas au courant ? Depuis toutes ces années notre bienfaitrice savait que j'étais toujours vivante. Mais elle a refusé de me venir en aide. Ce n'est pas très charitable !

Sianna se rapprochait lentement de la Responsable du Centre de Soins devant le regard interrogateur de son autre prisonnière.

- Mon Aruspice est venu te trouver. Il voulait que tu lui

livres des Oujdas blessés. Grâce à leur Essence et à leurs entrailles, j'aurais pu me rétablir il y a bien longtemps.

- Et j'ai refusé de prendre part à ton plan morbide ! Beugla Miciane avant de lui cracher au visage.

Sianna ricana en s'essuyant avec sa manche.

- Ne t'en fait pas, j'ai fini par trouver beaucoup plus intéressant que ton stupide centre. Quoi de mieux qu'une école rassemblant la future génération de Oujdas. Un concentré d'Essence. C'est toi finalement qui est responsable de la mort de ces jeunes.

- Tu es un monstre ! Tu ne te rends même pas compte de l'orgueil qui te ronges. Et Akhela ? Tu lui réserves le même sort ? Hurla Miciane.

- Elle est l'ultime étape ! Je ne crois pas au hasard. Si elle possède les Quatre Empreintes c'est pour m'aider à asseoir ma puissance sur ce vaste monde.

Miciane ne pu contenir son hilarité et poussa un rire bruyant à gorge déployée.

- Pauvre idiote ! Tu penses sincèrement que les Empreintes de ta fille sont une sorte de déviance au même titre que les Volsens, les Aruspices et les Ronge-Peau ? Et qu'il te suffirait juste d'absorber leur Essence ?

Sianna s'arrêta net. De quoi voulait-elle parler ? Miciane savait quelque chose qu'elle ignorait. Les deux prisonnières se lancèrent un regard complice. La

Protectrice n'avait jamais réussi à ouvrir le Grimoire de Qoohata. Elles connaissaient à présent son point faible et jubilaient à l'idée de lui dévoiler. Tovia prit un malin plaisir à lui révéler.

- Vous, la descendante directe de Qoohata, qui incarnait la Sagesse même, ignorez la prophétie qui s'abat sur vous pour vous détruire ? Et la clé de votre destitution n'est autre que votre fille !!! Ironique n'est-ce-pas ?

La Protectrice changea de posture. Elle parut d'un coup nerveuse et se mit à faire les cent pas en marmonnant. Personne ne l'avait jamais vu dans cet état second et perdre la face de la sorte lui était insupportable. Elle refusait de donner satisfaction à leur petit tour de force et devait s'assurer que ceci n'était que baratin.

- Faites-les sortir, elles m'ennuient ! Hurla-t-elle sur ses gardes pour garder bonne figure.

Une fois seule, elle appuya ses avants-bras sur le rebord d'une table pour s'aider à réfléchir. Mais elle ne pu contenir longtemps sa colère et balança avec violence tout ce qui se trouvait à sa portée. Agacée à l'idée d'être entourée d'incapables, la Protectrice ordonna que Drévor la rejoigne dans l'instant.

- Vous m'avez demandé Madame ? Dit-il à peine entré dans une révérence de courtoisie.

- Etais-tu au courant d'une quelconque prophétie qui me concerne ?

Drévor eut un mouvement de recul. La fureur qu'il lisait dans ses yeux pouvait se déchainer d'une minute à l'autre.

- C'est à dire...que… j'ai tenté de vous en parler ce matin mais vous...je…

- Alors tout ceci est donc vrai ? Coupa-t-elle. Ca m'est égal, je n'ai que faire des vieilles prophéties. Rasez tous les arbres de la forêt si ça vous chante mais ramenez-moi ma fille,   vivante !!!

Ayant besoin de se concentrer pour y voir plus clair, elle accorda qu'il prenne congé. Drévor ne se fit pas prier et quitta les lieux sur le champs.

La voix douce d'Akhela vibra dans la tête de son frère.

- Frey, tu m'entends ? Comment va ta mère ? Etes-vous à l'abri ?

- Non ! J'ai réussi à me cacher à temps mais Miciane et ma mère ont été arrêtées ce matin. A part toi, elle est la seule famille qu'il me reste, je t'en prie, aide-moi.

Elle avait beau être loin de lui physiquement, les larmes de son frère coulaient sur son âme. Elle refusait de l'abandonner.

- Calme-toi et écoutes ! Il y a des archives dans les sous-sols du Quartier Juridique. Cache-toi là-bas jusqu'à demain soir. Quand la nuit commencera à tomber, rejoins-nous sur le sentier devant la forêt.

- On attaque demain? Demanda-t-il dans une lueur d'espoir.

- Si on veut sauver ta mère et Miciane, nous n'avons pas d'autre choix. Ma mère est prête à tout pour m'atteindre. Pars, maintenant. A demain mon frère.

Akhela retourna près de Silèm pour lui faire part de la situation. Il s'agissait aussi de la vie de sa mère et elle se devait de lui dire.

- On ne peut pas les laisser aux mains de Sianna. Il faut y aller, dit-il inquiet.

- Aller où ? Demanda Gurt-Lil qui avait seulement entendu la fin de leur conversation.

- Nous devons attaquer demain. Affirma Akhela.

- Tu es tombée sur la tête ? Nous ne sommes pas prêts, regarde-les ! Répondit Gurt-Lil sans comprendre la hâte soudaine du jeune couple.

- Et nous ne le serons jamais. Sois réaliste, combien d'années d'entraînement leur faudra-t-il pour arriver au niveau des Oujdas qui composent l'armée d'en face ? Soit on attaque les premiers et on espère que l'effet de surprise nous donnera un avantage, soit on attend qu'ils viennent nous chercher un par un.

- Elle n'a pas tord ! Dit Silèm.

- Bon d'accord mais hors de question de partir à l'aveuglette. Rassemblez tout le monde, il nous faut un plan de bataille. Conclut le Ronge-Peau.

A l'aide de petits bouts de bois dispersés sur la terre, ils mettaient en place leur stratégie militaire. Les Ronge-Peau les plus grands seront positionnés en première ligne. Tout le monde les croyait éteints depuis longtemps; et même s'ils ne possédaient plus leurs pouvoirs, ceux d'en face l'ignoraient. La surprise et la peur permettraient d'avancer sur l'Avenue du Raisin d'Ours. En deuxième ligne, Akhela, Silèm et Freyme, entourés des Oujdas les plus performants. Les Anàfis et les autres Oujdas constitueront la trois ligne, épaulés du reste des Ronge-Peau. Ils seront avant tout chargés de lancer les sorts de protection et les baumes de guérison rapide. Les Volsens fermeront la marche.

Akhela et ses disciples approuvèrent la stratégie de leur maître d'armes et allèrent tous se coucher, anxieux de mener ce funeste combat.

Le lendemain se déroula dans le plus grand des silences. Chacun essayait de puiser sa force intérieure pour ne pas flancher. Un Oujda faisait l'inventaire du nombre de potions disponibles en récitant la devise de la Grande Vallée : Ingéniosité, Humilité, Témérité, Sagesse. Il la répétait en boucle pour gonfler son courage. Si bien que les Anàfis l'accompagnèrent suivis bientôt par tous les autres. La devise chuchotée à l'unisson s'éleva dans la cime des arbres jusqu'à la tombée de la nuit. Tout le monde se tenait prêt. Retenant leur souffle, ils scrutaient les moindres gestes de Tetlarre. Sa mission demandait de la rigueur. Il devait disperser de la poudre éruptive concoctée par les Volsens aux pieds du Grand Portail. Des gouttes perlaient sur son front mais sa dextérité et son sang froid lui permirent de mener à bien sa tâche.

Freyme emprunta le Sentier du Trolle. Son corps entier transpirait la contradiction. Le coeur léger de délivrer sa mère, de retrouver sa soeur et ses amis. Mais dans quelles conditions ? Et à quel prix ? Certains d'entre eux allaient y laisser la vie. Peut-être même lui. Il continuait d'avancer, habité par la crainte, tête baissée. Une voix grave et peu amicale l'arracha à sa mélancolie.

- Ce ne serait pas le fils Rorpe là-bas ? Dit un des garde en le pointant du doigt. Chopez-le !

Freyme voulut fuire quand une explosion le propulsa en arrière. Ena venait de décocher une flèche enflammée sur la poudre éruptive. Le Grand Portail éclata en mille morceaux dans un brasier assourdissant. Du fer et du bois éjectés par le souffle de la détonation. Les gardes les plus proches mirent un instant à reprendre leur respiration, leur gorge poussiéreuse de la fumée qui se propageait. Il balayèrent le reste du nuage noir de la main. Les Ronge-Peau se tenaient devant eux. Tremblants de peur face à ces colosses qui fonçaient droit sur eux, ils reculèrent, la main serrée sur le pommeau de leur épée.

Freyme se releva rapidement et pénétra dans le bataillon à la recherche d'Akhela. Lorsqu'il aperçut ses boucles rousses, il se précipita pour l'enlacer avant que les rangs ne se resserrent. Gurt-Lil et ses compagnons nettoyèrent sans difficultés l'Avenue du Raisin d'Ours de ses gardes et atteignirent facilement la Grande Porte de l'Enceinte des Quatre Lignées. L'armée de Sianna ne tarda pas à les confronter. Les soldats affluaient par dizaine de par derrière l'Enceinte tandis que des archers grimpaient en haut des tours. Leur plan d'attaque était clair. Ils voulaient les empêcher d'entrer pendant que les gardes les encerclaient. La troisième ligne enclencha immédiatement un champ de force de protection. Les flèches ricochaient au dessus des têtes sans jamais les atteindre pour retomber et se planter au sol. Gurt-Lil s'écarta pour laisser une ouverture à Akhela. Protégée de toutes parts, elle avança ses mains. Les doigts crispés et douloureux, elle déversa une onde de choc si puissante que la Grande Porte se fractura sur le champ.

Les alliés d'Akhela hurlaient de toutes leurs forces pour intimider la Garde et se donner du courage. Le reste de la population, Oujdas comme Anàfis, se rassembla autour de la Boucle du Bugle Rampant. Ils regardaient incrédules ces jeunes adolescents se battre courageusement contre des adversaires de taille. Les étudiants de troisième cycle s'étaient hissés en haut des remparts et lançaient des potions ardentes pour les empêcher d'entrer. D'abord inquiets et fébriles devant cette bataille désordonnée, la population n'hésita pas plus d'une seconde à leur prêter main forte. Des Oujdas bloquaient le passage des gardes en formant une grande chaîne humaine. Ils se tenaient par la main, tandis que les Anàfis les attaquaient avec tout ce qui se trouvait sur le chemin. Des pierres, des rondins de bois, n'importe quel objet faisait office de projectile meurtrier. Leur bravoure sans faille ne suffit pas à repousser leurs assaillants, bien plus puissants et mieux entraînés que ces simples hommes. Les premiers Anàfis commencèrent à tomber, mutilés par les lames aiguisées. Leurs corps jonchaient l'Avenue du Raisin d'Ours et les gardes n'hésitaient pas à piétiner leurs dépouilles pour avancer dans le combat. On entendait à présent les derniers hurlements des Oujdas en manque d'expérience se faire décapiter. Le sang giclait de part et d'autre colorant le Grande Vallée d'un macabre tapis rouge.

Akhela et son armée étaient désormais encerclés. De vaillants guerriers en formation dans la cour de l'Enceinte des Quatre Lignées les attendaient; prêts à donner leur vie sur ordre de Sianna. Gurt-Lil leva en l'air son long bâton épais.

- A l'attaque !!! Hurla-t-il à ses frères.

Les Ronge-Peau avancèrent sans peur. Les gardes reculèrent de plusieurs mètres. Jamais ils n'avaient vu d'hommes aussi charpentés. Leur taille impressionnante donna quelques minutes l'avantage. Le fer croisait le bois. Gurt-Lil massacra plusieurs gardes à lui tout seul. Il leur écrasait le crâne sans pitié avec son arme de fortune. Des bouts de cervelle volaient à travers la cour. Les cris de terreur résonnaient au dessus des murs épais. La douleur, la peur, la vue de cette rivière pourpre laissaient place au chaos.

- Est-ce que ca va ? Cria Gurt-Lil à Akhela pour qu'elle l'entente dans cette cacophonie.

- Derrière toi ! Lui hurla-t-elle.

Alors qu'il n'avait tourné les yeux que quelques

secondes, il ne vit pas Hysrelle sortir de derrière un préau. Elle lui lança dans le dos une potion d'acide. Le poison déchiqueta sa peau d'une extrême violence. Sa chair se rongea. Dans un dernier souffle rauque, Gurt-Lil tomba à genoux avec fracas avant de s'effondrer. Étendu sur le sol les yeux encore ouverts, une rage meurtrière remonta de l'estomac d'Akhela. Silèm l'écarta, sa longue épée tenue fermement entre les doigts. Il allait lui planter entre les deux yeux.

- Elle est à moi ! Lui lança Akhela en le devançant.

Trahie par celle qui fut jadis sa meilleure amie, elle balança de toute sa haine une onde de choc puissante vers Hysrelle. Ses veines bouillonnèrent de l'intérieur. Son coeur explosa sans bruit. Titubant sur quelques mètres, Hysrelle finit par s'écrouler, un filet de sang s'échappant de la commissure de ses lèvres.

Les alliés d'Akhela tombaient les uns après les autres dans d'atroces souffrances malgré les baumes de guérison qu'ils avaient préparés. Brûlés, électrocutés, transpercés par des lames. Les corps meurtris s'entassaient. La puanteur des chairs carbonisées remontaient par les sentiers. Ils n'étaient plus qu'une poignée. L'angoisse et la confusion remplacèrent peu à peu le courage. Tetlarre et Branel faisaient front ensemble. Les pouvoirs de Branel lui permettaient de prédire à l'avance les coups de ses adversaires.

- Il va attaquer à droite ! Attention, une boule de feu !

Les deux nouveaux amis avançaient, dos à dos, en

pulvérisant tous ceux qui se dressaient sur leur chemin.

Les Volsens psalmodiaient des incantations et fermaient la marche funeste. Une symphonie lugubre se jouait sur la place. Le métal qui se fend, les pleurs d'enfants, des membres arrachés qui volent par dessus les têtes. Le ciel était devenu noir et puait la mort. Les coups se rendaient férocement. La fumée, la cohue et la confusion générale empêchaient de voir à plus d'un mètre.

Akhela se battait en duel avec un Oujda. Elle finit par le reconnaître après quelques minutes de lutte acharnée.

- Comme on se retrouve Salope !

- Orten Cravi ! Tu ne paies rien pour attendre !

Les deux ennemis se dévisageaient. Leur haine mutuelle émanait de leur être. Ereirdal l'avait grièvement brûlé au visage lorsqu'il s'en était pris à sa fille. Il tenait sa vengeance.

- Tout est de ta faute ! Reprit Akhela. Mon père serait toujours en vie si je n'avais pas croisé ta route. Je vais te tuer, sois en sûr, mais je vais prendre mon temps.

Alors qu'ils scrutaient chacuns de leurs mouvements en vue de les contrer, Akhela tomba sur le flanc, poussée par Freyme qui se tenait sur sa droite. Elle n'avait pas vu Drévor Ourl, tapis dans l'ombre. Il orchestrait depuis sa cachette les massacres de ses amis. Sans pitié et sans honneur, ils les tuaient un à un du revers de la main. Utilisé à de mauvaises fins, son pouvoir était d'une grande cruauté. Il réchauffait le sang de ses victimes jusqu'à l'ébullition. Leurs viscères éclataient dans leurs entrailles en un instant. La peau s'ouvrait sous la chaleur des artères bouillonnantes. A la fin de cette agonie, pour ceux qui n'avaient pas eu la chance de mourir sur le coup, il leur faisait sauter les yeux de leurs globes et leur cerveau finissait par fondre lentement.

Freyme accéléra le pas, sautant par dessus les cadavres pour arriver à hauteur de Drévor. Silèm continuait de protéger sa rousse et transperça de son épée les côtes d'Orten avant qu'il ne réagisse.

- Pas de quoi ma Rouquine ! Dit-il à Akhela en lui tendant la main pour qu'elle se remette sur pieds.

Il déposa un baiser rapide sur ses lèvres brûlantes et se remit contre son dos pour avoir un angle d'attaque plus large. Les deux amoureux regardaient tout autour d'eux. Les combats semblaient ralentir. La fatigue, les essoufflements des combattants donnaient une impression de lourdeur à la scène lugubre. Ils n'étaient plus très nombreux à être debout.

Trois Oujdas de troisième cycle s'étaient jetés férocement sur Branel et l'avaient tué d'une barbarie sans nom. Mort depuis plusieurs minutes, ils continuaient de s'acharner sur son corps sans vie, le transperçant avec leur dague, encore et encore. Tetlarre avait tout fait pour protéger son ami, en vain. Dans un dernier élan de courage pour lui sauver la vie, il avait reçu un violent coup de lame à travers le visage. Il perdit ainsi l'usage de son oeil gauche. Affaibli et vulnérable, il recula vers les quelques Volsens encore en vie. Alors qu'ils faisaient brièvement le décompte des morts pour savoir quel camp prenait l'avantage, Akhela leva les yeux par dessus les remparts de l'Enceinte des Quatre Lignées. Elle aperçut Sianna, se tenant fièrement, un léger sourire au coin des lèvres. A la vue de cette femme, sa propre mère; qui était à l'origine de cette destruction, qui était la source de tous ses malheurs et de l'hécatombe de la Grande Vallée; son sang ne fit qu'un tour. Elles se défiaient du regard. Immobiles pendant que les guerriers luttaient dans un combat à mort, le temps semblait s'être arrêté. L'accalmie fut de courte durée. Le bras levé, Sianna ordonna le déploiement du reste de ses gardes qui attendaient sagement dans l'arrière cour. Akhela n'eût d'autre choix que de remettre à plus tard leur affrontement. Elle balayait le champ de bataille à toute vitesse avec ses paumes de main. Les survivants se dispersaient au delà de l'Enceinte pour se battre en duel contre les derniers ennemis. A bout de souffle, Ena continuait de matérialiser des flèches enflammées sur les adversaires. Freyme s'était suffisamment rapproché de Drévor afin qu'il n'est pas assez de recul pour se servir de ses pouvoirs. Ils se battaient au corps à corps. Drévor lui assénait des coups forts et violents dans les côtes. Sa carrure lui donnait l'avantage. Mais Freyme était plus rapide. Il glissa entre ses jambes et lui balaya brutalement les tibias. A genoux sur le sol, les mains plongées dans un amas de boyaux sanguinolents, il leva les yeux et croisa le regard glacial de Sianna. D'un signe de la tête, il comprit immédiatement l'ordre. Fini de jouer, il était temps d'en finir. Se retournant d'une rapidité fulgurante, il plaça sa main sur le torse de Freyme. En une fraction de seconde, il ébouillanta tout son être. Les yeux écarquillés, il prononça le nom de sa soeur dans un dernier murmure de douleur. Le souffle chaud de sa voix blessée parvint jusqu'à Akhela.

- Freyme ! Nooooon !

Son cri déchirant retentit par delà la forêt. Les combats ralentirent face à ses lamentations hurlantes. Elle escalada les cadavres empilés pour tenir une dernière fois son frère dans ses bras. Sianna profita de sa faiblesse pour l'accabler d'avantage. La rouquine venait de s'éloigner de son Gardien, son âme soeur. Déployant tout son acharnement envers sa propre fille, Sianna jeta ses bras en direction de Silèm. Un éclair foudroyant embrocha son corps des pieds à la tête. La lumière émise par la foudre illumina le ciel assombri par la nuit tombante. Akhela se tenait là, sur un monticule de corps sans vie, entre son frère et son amour. Un silence de plomb lourd et pesant régnait au dessus de leur tête. Plus rien n'existait autour d'elle. La haine envahit peu à peu son être. Elle descendit lentement de son estrade en écrasant au passage des mains, des torses, sans aucune compassion. Elle avait perdu au même moment Freyme et Silèm. Plus rien n'avait d'importance. Les bras en croix, elle ralentit le temps sans perdre des yeux sa mère qui tentait de descendre des remparts. Tout devint noir autour d'elle. Akhela ferma les yeux un instant. Sa colère était plus intense que la peine qui lui rongeait les os. Des voix résonnèrent dans sa tête :

- Pourquoi est-ce que je vois ce souvenir ? Disait-elle.

- Si ce souvenir te revient, c'est qu'il a son importance ! Répondait la Volsens.

Les voix s'évaporèrent et laissèrent place à une vision. Son père, joyeux, se tenait devant elle. Il chantait et tapait dans ses mains. Sa fille, pas plus haute que trois pommes, battait la mesure en dansant. Elle répétait, encore et encore, les même gestes.

Alors Akhela se mit à danser. Doucement et fébrilement, elle tentait de reproduire les pas que son père lui avait enseigné. Sa main gauche, paume vers le ciel à hauteur de son menton. Le pied droit derrière le gauche sur la pointe de l'orteil. Retourner la main levée vers le sol. Le coude droit plié sous le bras gauche comme pour le faire passer sous les côtes opposées. Un pas en avant le genoux fléchi. Elle ne s'arrêtait plus. Dansant au milieu des décombres, un tourbillon vint envelopper son corps. Le temps s'accélèra de nouveau.

- Amenez-la moi vivante ! Ordonna Sianna à Drévor et aux gardes.

Les plus costauds s'élancèrent droit sur elle. Ils furent éjectés par la force du vent avant même de l'atteindre. Les survivants jetèrent avec élan des épées, des dagues et des pierres. Aucun projectile ne parvint à pénétrer la tornade qui s'était formée autour d'elle. Le vent violent soulevait la poussière et piquait les yeux des spectateurs, impuissants et incrédules. La bourrasque qu'elle venait de créer souleva sa chevelure de feu. Les yeux plissés, ils aperçurent au travers sa nuque découverte. L'Empreinte des Enfants de Senttoni s'y dessinait doucement, formant un tout avec les trois autres. Des étincelles jaillirent, se mêlant au tourbillon. Des flammes s'échappèrent de ses mains et embrasèrent les corps en putréfaction. L'assemblée tenta de fuir devant l'odeur nauséabonde. Lorsque Akhela ouvrit les yeux, son regard était noir. Plus aucune émotion n'habitait son âme. Elle jeta sa tête en arrière. Et dans un silence qui déchira la nuit, une lueur ardente émana de son corps tout entier. Dans un fracas inaudible, le feu se déchaîna sur la Grande Vallée brûlant tout sur son passage.

- Akhela, ne fait pas ça ! Je t'en supplie ! Lui hurlait Ena.

- Oui, il n'est pas trop tard ! Reprit Tetlarre. Tu peux encore sauver l'humanité.

Leurs voix pleines de supplications ne parvinrent pas jusqu'à ses oreilles. Elle était comme coupée du monde. Sans défaillir, Akhela agitait ses doigts. Au moindre mouvement de son être, des explosions ravageaient la plaine et détruisaient les habitations. Les pierres de l'Enceinte des Quatre Lignées tombaient une à une, écrasant brutalement les quelques rescapés de ce funeste incendie. Le feu se déversait en lave, emmenant avec lui les corps flottant. Plus d'alliés, plus d'ennemis. Seulement de la chair et des os nageant au milieu des flammes. Bientôt les hurlements et les cris de terreurs cessèrent. Akhela finit par baisser les bras et ouvrit les yeux. Ereintée par le cataclysme meurtrier qu'elle venait de mener, elle se laissa tomber à genoux. Ses yeux vairons reprirent leur couleur si particulière. Son oeil gauche marron, profond, presque jaune par temps de grand soleil. Son oeil droit bleu, perçant, couleur orage les jours de pluie. Sa danse du feu l'avait brisée. Elle déplorait à présent ce qu'elle venait de faire. Plus rien ne vivait autour d'elle. Les arbres de la forêt encore debouts finissaient de brûler. Tout était plat et silencieux. Plus aucune muraille, plus de végétation. Plus aucun Être Humain. Elle avait tout anéanti. Une terre stérile en vue sur des kilomètres. Sans penser ni réfléchir, elle se mit à marcher droit devant entourée par les braises qui s'éteignaient peu à peu. Plus aucune douleur ne semblait l'atteindre. Son âme était vide. Elle marchait encore. Lentement. Avec difficultés. Ses pieds nus foulaient les cendres chaudes et les restes de ce qui étaient, il y avait encore quelques minutes, ses amis, ses adversaires, sa famille. En baissant les yeux elle aperçut un objet scintillant au milieu des décombres. L'épée de Silèm. Celle-là même ayant appartenu à Erame et à Qoohata en tout premier lieu. Elle la souleva par le pommeau et s'appuya dessus pour s'aider à avancer. Ce qui restait de l'Avenue du Raisin d'Ours l'amena au delà de cette terre brûlée. Akhela Volf marchait, blessée et meurtrie, et quitta la Grande Vallée sans se retourner.

De nos jours...

C'était un jour spécial aujourd'hui. Nathan venait d'avoir neuf ans. Et pour l'occasion, sa mère et sa tante avaient décidé de se réunir dans la demeure familiale. Elles en avaient toutes deux hérité depuis le décès de leurs parents et n'avaient pu se résoudre à la vendre. Cela faisait déjà deux ans que leur mère les avait quitté et leur père l'avait rejoint quelques mois plus tard, emporté par la tristesse et la solitude. Elles s'étaient alors promis de s'y retrouver dès que l'occasion se présenterait; pour se remémorer leur enfance joyeuse et se créer de nouveaux souvenirs. Cette vaste maison en pierre comptait des dizaines de fenêtres et arborait un grand jardin fleuri. Il était impossible de voir l'imposante maison depuis la rue. Leur père avait planté des haies, il y avait déjà bien longtemps, et leur taille avaient fini par dépasser celle d'un homme. En s'approchant on distinguait le petit portail en fer forgé dissimulé sous le lierre grimpant. Virginie posa sa main sur la plaque que sa mère avait fait poser sous le numéro trente-et-un : "La Maison du Bonheur". Un baume au coeur lui réchauffa la poitrine. Elle avait grandi là, entourée des gens qu'elle aimait le plus au monde et elle se revoyait donner des grands coups d'épaule sur le portail pour qu'il s'ouvre enfin. Un sourire ému se dessina sur ses lèvres. La voix de sa mère résonnait dans sa mémoire : "Mais doucement, brute épaisse ! Tu vas finir par le casser ce portail !" Et chaque jour, son père levait les yeux au ciel et promettait qu'il le réparerait rapidement. Virginie était heureuse qu'il n'en ait rien fait et appuya son épaule contre le fer. Le portail céda par la force dans un grincement qu'elle connaissait à la perfection mais qui lui apparut aujourd'hui mélodieux. Elle s'avança alors dans l'allée étroite envahie par les roses trémières. Leurs graines s'envolaient avec le vent qui les semait deci-delà, dans un désordre harmonieux sur toute la propriété. Virginie passa ensuite sous la vieille arche blanche en bois. Sa mère y passait des heures, assise un livre à la main, dès que le temps s'y prêtait. Elle la revoyait lever la tête à chaque fin de phrase pour contempler cet arc majestueux. Arrivée devant la maison, elle s'arrêta un instant pour l'admirer comme si elle la voyait pour la première fois. Une odeur peu commune lui chatouilla les narines. Celle de la peinture fraîche et de la tarte aux prunes. Une odeur étrange pour certains, un souvenir heureux pour d'autres. De beaux après-midi d'été où elle et sa soeur cueillaient des prunes pour leur mère pendant qu'elle préparait une pâte. Après se sieste, leur père se dirigeait lentement dans son atelier attenant à la maison et récupérait son matériel. Il revenait les bras chargés de divers pinceaux et toujours de la même peinture bleue. Les effluves de prunes confites dans le sucre se mêlaient alors à la peinture fraîchement posée sur les volets dégondés. Elle n'aurait échangé ce souvenir pour rien au monde. Son regard glissait à présent de fenêtre en fenêtre. Chaque pièce qu'elles renfermaient contait leur propre histoire. A l'étage les chambres des filles ainsi que la salle de bain qu'elles se partageaient; avec sa grande armoire étroite où étaient dissimulés tous leurs secrets de beauté. Des élastiques colorés de strass et de paillettes, des crèmes et des parfums, des palettes de maquillage à n'en plus finir. Les rires et les chamailleries hanteraient à jamais les murs de cette pièce humide. La porte d'entrée ouvrait directement sur une grande cuisine et sa cheminée imposante. Leurs parents ne s'en servaient que très rarement. Mais lorsque la fumée grandissante s'évaporait sur des kilomètres, les deux soeurs savaient ce qu'il s'y préparait. Elles retrouvaient leur père aux fourneaux, heureux comme un gamin, entrain de faire griller des andouillettes à l'ancienne. Ils s'attablaient alors dans le salon pour un repas en famille. La pièce était peu meublée ce qui donnait une impression d'immensité. Au fond à droite se trouvait la deuxième cheminée qui servait principalement l'hiver. Chacun déposait sur son bord sa paire de pantoufles pendant quelques minutes pour avoir les pieds bien chauds. Contre le mur gauche, un gros bahut en chêne marron foncé. Il avait appartenu à leur grand-mère maternelle. Dedans était rangé toute la vaisselle en porcelaine. Mais un des placards était spécialement réservé à leur père et fermait avec une clé. Il y entreposait ses alcools de prunes et ses meilleurs whisky. Quand l'occasion était à la fête, il partait chercher tout sourire la bouteille de son choix. Et sous les grandes fenêtres, un canapé modeste faisait face à la télévision. Chaque soir, dès que le père de famille allait se coucher, les deux soeurs et la mère s'y installaient confortablement. Un dessert à la main et un plaid remonté jusqu'au menton, elles regardaient ensemble leurs émissions favorites. Toutes ces années et ces moments merveilleux étaient bel et bien terminés. Elles avaient grandi, fini par quitter la demeure familiale et voler de leurs propres ailes. Alors que Virginie restait plongée dans ses pensées, une petite tête brune déboula de la cuisine pour la rejoindre sur le perron et se jeter dans ses bras. Leur complicité était aussi grande que l'amour qu'ils se portaient.

- Tante Virginie ! J'ai cru que tu ne viendrais jamais, ça fait des heures que je t'attends.

- Bon anniversaire Nathan ! Quel âge ça te fais ? Six ans ? Sept ans ? Lui dit-elle en l'embrassant.

- Très drôle ! Tu sais bien que j'ai neuf ans aujourd'hui. Répondit son neveu alors que sa mère les rejoignait.

Les deux soeurs s'enlacèrent un long moment. La dernière fois qu'elles s'étaient retrouvées ici avait été pour trier les affaires de leurs parents. L'émotion des retrouvailles joyeuses était plus forte qu'elles ne l'auraient pensé.

- Bonjour Fanny ! Je suis contente de te voir. Tu es arrivée il y a longtemps ?

- Oui, nous avons passé la nuit ici. Ton neveu voulait dormir dans mon ancienne chambre, alors nous avons roulé tard hier soir. Dit la soeur cadette en regardant son fils d'un air faussement agacé.

Virginie eut à peine le temps d'en rire que Nathan lui attrapa la main.

- Tu m'as apporté un cadeau ? Dis-moi, qu'est-ce que c'est ?

- Ca ne se fait pas de réclamer des cadeaux ! Se fâcha sa

mère. Tu l'as mal habitué ! Dit-elle à Virginie.

Les deux soeurs entrèrent dans la maison bras dessus bras dessous heureuses d'être à nouveau réunies.

Une fois ses bagages défaits, Virginie alla rejoindre sa petite famille, un cadeau dans les mains. Nathan trépignait d'impatience de souffler ses bougies et de s'empiffrer de gâteau au chocolat. Mais ce qu'il attendait le plus, c'était de découvrir le présent que lui avait apporté sa tante. Depuis qu'il était tout petit, ils passaient des heures entières à jouer ensemble, à s'inventer leur monde.

- J'espère que tu n'as pas dépensé une somme exorbitante ? Lui lança Fanny.

- Pas même un centime ! Dit-elle en tendant le petit paquet à son neveu qui s'empressa de le déballer.

- Wahou ! Il est beau ce livre, il a l'air très vieux. Dit le garçon caressant la couverture ancienne en cuir fin.

- Figure-toi que je l'ai trouvé dans les affaires de ta grand-mère. Ce sont les mémoires d'Akhela Volf !

- Pas encore cette histoire, Virginie !!! Tu m'avais promis…

Fanny ne voyait pas d'un bon oeil que sa soeur remplisse le crâne de son fils de toutes ces histoires fantastiques. Mais Nathan en redemandait encore et encore, vouant un véritable culte à la jolie rouquine.

- Oh s'il te plaît Maman, est ce que Tante Virginie peut

me le lire ?

Les deux complices la suppliaient du regard avec un air de chien battu.

- Vous m'agacez ! Soupira-t-elle. Mais bon, deux contre un. Je crois que je n'ai pas mon mot à dire. Finis ton gâteau et profites de tes cadeaux; ta tante te le lieras ce soir avant d'aller au lit.

Nathan s'exécuta heureux, surexcité à l'idée d'en apprendre d'avantage sur son héroïne préférée. Les murs de sa chambre étaient recouverts d'oeuvres d'art la représentant et il passait la majeure partie de son temps à rejouer, sans cesse, ses scènes favorites. Parfois il incarnait Akhela elle-même, une perruque de clown en guise de chevelure flamboyante; parfois Silèm, un long bâton de bois en guise d'épée. Il n'avait rien d'autre à la bouche que des noms de Oujdas, d'Anàfis, de Volsens, ce qui finissait par inquiéter sa mère.

Fanny et Virginie allèrent prendre leur café dans le jardin d'hiver tout en surveillant Nathan du coin de l'oeil. Cette petite véranda élégamment agencée se situait à l'arrière de la maison, donnant sur un jardinet intime. C'était la pièce des confidences et des commérages. C'était leur pièce. A chaque fois qu'elles se retrouvaient, les deux soeurs s'installaient sur les gros fauteuils moelleux face aux baies vitrées, des biscuits sur la table basse, une tasse de café en mains. Le rituel accompli elles ne s'arrêtaient plus de parler.

- Pourquoi lui as-tu offert ce livre ? Je t'avais pourtant demandé de ralentir avec ces histoires farfelues. Demanda Fanny agacée que sa soeur ainée n'en fasse qu'à sa tête.

- Mais qu'est-ce qui te gène enfin ? Je trouve ça génial au contraire que ton fils se passionne pour quelque chose à son âge. Et puis si je me souviens bien, tu adorais cette histoire toi aussi, non ?!

- Oui je suis contente qu'il développe son imagination, mais déjà qu'il n'a pas beaucoup d'amis. Ses camarades de classe l'appelle "bizarro". Ca me fait de la peine pour lui. Mais le pire c'est qu'il s'en fiche.

- Si cela lui convient, qu'est-ce qui te dérange alors ? Reprit Virginie en soufflant sur son café.

- Ce qui me gène c'est qu'il croit dur comme fer à cette histoire; que ce n'est pas seulement un conte. Pour lui, ces personnages ont vraiment existé. Tout cela m'inquiète !

Virginie leva discrètement les yeux au ciel quand ses lèvres touchaient la tasse fumante. Sa soeur connaissait ses mimiques et ses expressions faciales à la perfection. Elle était en train de la provoquer gentiment, ce qui avait le don de la mettre hors d'elle. Fanny tendit son bras d'une manière brusque pour attraper un biscuit avant de reprendre :

- Non mais tu n'es pas sérieuse ? Tu es une adulte maintenant, comment peux-tu encore croire à ces inepties ? C'est une belle légende je te l'accorde. Mais de là à penser que tout ça est vrai !

- Pourtant c'est le cas. Répondit Virginie le plus calmement du monde. Nous sommes les descendants d'Akhela Volf.

- Grand-mère passait son temps à répéter ça ! Vous êtes toutes les deux cinglées si tu veux mon avis. Et si c'était le cas; tu peux me dire comment Akhela aurait pu engendrer des enfants alors qu'elle s'est retrouvée seule au monde après avoir tout fait cramer ? Reprit la cadette tentant de provoquer sa soeur et de lui montrer la bêtise de ses propos.

- Pour quelqu'un qui refuse d'y croire, tu t'en souviens très bien.

Fanny fronça le nez sans répondre. Leur grand-mère leur avait conté la légende d'Akhela durant toute leur enfance en étant elle-même persuadée que tout ceci était la stricte vérité. Elles y avaient cru pendant des années puis elles avaient tout simplement grandi. Mais Virginie, malgré une carrière professionnelle accomplie et qui se qualifiait de "suffisamment intelligente" pour comprendre le monde, semblait s'accrocher à cette version du passé. Sa soeur ne comprenait pas cet entêtement et souhaitait désespérément que son fils passe à autre chose. Alors qu'elle n'arrivait pas à changer de sujet et que les soeurs commençaient à se chamailler comme autrefois; Nathan vint interrompre leur débat passionné.

- Regarde Maman, je t'ai fait un beau dessin avec la

peinture que tu m'as offerte !

- Montre-moi mon lapin. Oh Akhela, encore, comme c'est original ! Soupira la mère, la feuille entre ses doigts, avant de lâcher un petit rire de défaite. Il est très beau, bravo Nathan. Je suis fière de toi.

Son fils afficha un large sourire. Il restait là, bien droit, fixant sa mère en faisant claquer son talon au sol à toute vitesse. Fanny fit mine de ne pas le remarquer mais c'était sans compter sur la persévérance de son garçon. Il savait ce qu'il voulait et ne lâcherait rien. Elle finit par défaire son regard de l'oeuvre d'art toujours humide de peinture fraîche et tourna la tête dans sa direction, sous les yeux complices et amusés de Virginie.

- Tu veux quelque chose mon lapin ? Lui demanda-t-elle comme si elle ignorait ce qu'il désirait.

- C'est bientôt l'heure d'aller se coucher et tu m'as promis que…

- Ca va, c'est bon, je sais ce que j'ai dit ! Coupa sa mère, vaincue une fois de plus. Allez, disparaissez de ma vue tous les deux et allez lire votre satané bouquin.

Faisant fi des remarques désobligeantes de Fanny, les deux compères lancèrent un "hourra" de triomphe et quittèrent la pièce au pas de course. Ils fermèrent derrière eux la porte du bureau. Cette pièce était autrefois l'antre du père de famille et personne n'avait l'autorisation d'y pénétrer. Une immense bibliothèque ornait les murs jusqu'au plafond remplie d'oeuvres majestueuses aux couvertures colorées. En plein milieu se tenait fièrement un imposant bureau en acajou rouge foncé d'un grain d'une grande finesse. Il reposait sur un large tapis brodé que le père avait chiné lors d'une voyage exotique. Son épaisseur réchauffait les pieds de quiconque y enfonçait ses orteils dénudés. Le seul éclairage était fourni par deux lampes, posées de part et d'autre du bureau, aux abats-jour en verre soufflé. Le travail d'orfèvre était tel qu'on pouvait y voir son reflet au travers des dorures et du verre fin couleur d'émeraude.

Nathan s'assit sur les genoux de sa tante. L'imposant fauteuil de cuir marron pouvait largement les contenir tous deux. Virginie posa délicatement l'ouvrage sur le bureau. Du bout des doigts elle l'ouvrit, laissant apparaître des pages jaunies par les années.

- Ce livre a des milliers d'années, il faut en prendre grand soin ! C'est pour cela que tes arrières-grands-parents l'ont conservé à l'abri de la lumière et de l'humidité. Tu dois être extrêmement minutieux, tu comprends ? Lui dit-elle.

Le petit en avait le souffle coupé. Il hocha la tête en signe d'acquiescement avant de lui répondre :

- Ce que je ne comprend pas, c'est comment Akhela a pu écrire ce livre si elle s'est retrouvée toute seule sur la Terre Stérile ?

- Et bien aujourd'hui tu vas découvrir ce qu'il s'est passé par la suite.

Nathan restait pendu aux lèvres de Virginie qui

commençait le récit. La moiteur de ses doigts posés sur le rebord du bureau laissait transparaître l'attente et l'angoisse.

Et l'histoire reprit.

Blessée par les combats, éreintée tant physiquement que mentalement, Akhela marchait sans but précis depuis des jours. Peut-être des semaines. La notion du temps n'était plus qu'une conception abstraite. Essoufflée et déshydratée, elle finit par perdre connaissance au milieu de nulle part, le corps poisseux d'un mélange de sable et de terre.

- Oh non, la pauvre ! Mais comment elle a fait pour s'en sortir alors ? Coupa Nathan, la bouche aussi sèche que celle de la rouquine.

- Patience, je vais te le dire ! Répondit Virginie lui ébouriffant tendrement les cheveux.

Lorsqu'elle ouvrit à nouveau les yeux, Akhela se retrouva confortablement installée sur une paillasse d'herbe fraîche et de roseaux coupés, recouverte d'une épaisse peau d'ours.

- Je suis ravie que tu reprennes tes esprits. J'ignorais si tu allais survivre. Lui dit une femme si grande qu'Akhela su immédiatement qui elle était.

- Une Ronge-Peau ? Interrompit encore le garçon.

Comment est-ce possible ?

- Vas-tu me laisser finir s'il te plaît ? Le réprimanda sa tante.

Nathan baissa les yeux, gêné de se faire sermonner. Il craignait surtout qu'elle cesse son récit et promit alors de rester sagement muet, imitant avec ses doigts une clé qui se ferme sur ses lèvres. Certaine qu'il tiendrait parole, Virginie pu reprendre.

- Où suis-je ? Demanda Akhela à la femme qui venait de lui sauver la vie. Je croyais qu'il n'y avait plus rien...qu'il n'y avait plus que moi.

- Vois-tu mon enfant, lorsque Gurt-Lil a accepté de te venir en aide, il savait que son heure était arrivée. Il savait que le risque que la prophétie s'accomplisse était grand.

- Alors pourquoi m'a-t-il soutenu, je ne comprends pas ? Demanda-t-elle en essayant douloureusement de s'asseoir.

- Parce que ta cause était noble et pure. Et parce qu'on ne peut défaire le Grand Dessein. Aussi, ils nous a demandé de rester à l'abri ici, dans notre demeure. Suis-moi je vais te montrer.

La Ronge-Peau lui tendit le bras pour l'aider à se remettre debout. Après quelques pas dans la pénombre, elle souleva une large peau de bête qui faisait office de porte. La lumière s'engouffra si vite qu'Akhela se protégea les yeux avec son bras. Des bruits qu'elle ne connaissait pas enveloppaient l'atmosphère. Elle baissa rapidement la main et défronça les sourcils. Sans dire le moindre mot, la rouquine contemplait bouche bée cette vision inattendue.

En contrebas de la petite falaise sur laquelle elles se tenaient, des cascades d'eau se jetaient dans un lac turquoise. Des oiseaux piaillaient à tout va. Des champs de blé ensoleillés, des pâturages et des collines verdoyante à perte de vue. Elle n'en croyait pas ses yeux. La Ronge-Peau la sortit de sa torpeur.

- Nous l'appelons la Prairie d'Abondance. Quand les Ronge-Peau ont été banni en Terre Stérile, ils ont marché durant des semaines dans l'espoir de survivre. Et ils ont découvert ceci.

- C'est incroyable ! Balbutia Akhela. Jamais je n'aurais imaginé qu'un endroit pareil existait.

- C'est magnifique n'est-ce pas? Mes ancêtres ont décidé de s'y installer et de faire perdurer cette terre fertile. Plus aucune magie n'existe ici. Seul le travail de l'Homme et son respect pour la Nature sont les bienvenus dans ces lieux. Crois-tu que tu pourras t'y habituer ?

- Je ferais mieux de partir alors. Je suis un danger pour vous tous. Mon Essence pourrait anéantir tout ce que vous avez réussi à bâtir. Lui répondit Akhela paniquée à l'idée de détruire un si bel endroit.

- Je te l'ai dit, plus aucune Essence n'existe à présent. Passe ta main sur ta nuque si tu ne me crois pas !

Akhela s'exécuta sceptique sans lâcher du regard sa bienfaitrice. Ses doigts parcouraient sa nuque à la recherche des ses Quatre Empreintes. Plus rien. Seule la boursouflure de sa cicatrice enveloppait la pulpe de son index et son majeur. Devant ses yeux illuminés de milliers de questions, la Ronge-Peau posa une main amicale sur son épaule.

- Plus aucune magie ! La prophétie est réalisée, toute ton Essence fut nécessaire pour qu'elle s'accomplisse. Tu n'es plus…

- Qu'une Anàfi ! Murmura-t-elle.

- Plus qu'un être humain ! J'espère que ta nouvelle condition d'Homme simple te satisfait.

Le large sourire qu'elle lui rendit remplaça toutes les réponses qu'elle aurait pu lui donner.

"Toc toc toc" fit une voix discrète derrière la porte close du bureau. Nathan et Virginie eurent à peine le temps de réagir qu'ils virent la poignée tourner lentement. Fanny passa d'abord la tête dans l'entrebâillement.

- C'est l'heure d'aller au lit mon lapin. Dit-elle à son fils déçue de devoir interrompre leur moment de complicité.

Nathan descendit des genoux de sa tante. Elle s'avança jusqu'à eux tandis qu'elle scrutait les recoins de la pièce. Cela faisait des années qu'elle n'y avait pas mis les pieds. Son regard s'arrêta sur un objet fixé au mur entre deux étagères de livres anciens. Le garçon le pointa du doigt :

- Tu as vu cette épée Maman ? Elle est belle hein ?! On dirait celle de Qoohata.

Fanny ne réagit pas à la remarque de son fils et s'approcha encore jusqu'à poser sa main dessus. Elle caressa le pommeau le regard absent puis tourna la tête dans leur direction.

- Ce n'est qu'un objet de décoration que ton grand-père a dû trouver dans un vide grenier. Il était féru de toutes ces vieilleries. Je ne suis même pas sûre que ce soit une véritable arme. Mais tu as raison, elle est très jolie.

- Aussi loin que je me souvienne, Papa a toujours possédé cette épée. Rétorqua Virginie toujours assise dans le fauteuil.

- Peut-être. Dans tous les cas, il l'aimait tellement qu'il l'a accroché au mur. Si bien qu'il est impossible de la retirer. Fanny l'empoigna par la garde et se mit à tirer de toutes ses forces. Elle l'a secouait de gauche à droite avec intensité sous les yeux écarquillés de son fils. L'arme ne plia pas. Aucun tremblement, aucune vibration. Elle ne bougea pas d'un centimètre.

- Tu vois Nathan ? Ton grand-père l'a tellement bien fixée qu'on n'a jamais pu s'en débarrasser. Allez maintenant ! Dis bonne nuit à ta tante et file te brosser les dents.

- Encore deux minutes, s'il te plaît !?! Supplia le garçon les mains jointes en prière.

- Deux minutes, pas une de plus ! Lui accorda sa mère en fixant sa soeur très sérieusement avant de quitter la pièce.

Virginie acquiesça en silence. Une fois la porte refermée, elle s'appuya sur ses avants-bras pour s'extirper de son siège et se dirigea à son tour vers l'épée.

- Tu veux la voir de plus près ? Demanda-t-elle à Nathan.

Sans lui laisser le temps de répondre, elle l'attrapa par la poignée et la sortit de ses points d'ancrage avec douceur. Nathan restait figé la bouche ouverte. Il balbutiait dans un murmure incompréhensible. Sa tante lui fit signe du doigt d'approcher puis posa la longue épée entre ses mains. Le coeur du petit garçon battait la chamade. A quelques centimètres sous la garde se trouvait une gravure nette. Nathan ne pu contenir toute la joie qu'il ressentait et hurla de toutes ses forces:

- L'Empreinte de Qoohata !!! Je n'en crois pas mes yeux !

- Chutttt ! Lui dit Virginie tentant de calmer les ardeurs du garçon surexcité. Et oui tu as raison, c'est bien l'épée de Qoohata.

- Alors tu es une Oujda ? Demanda-t-il plein d'espoir.

- Mieux que ça ! Tu sais garder un secret ? Je suis la… Gardienne.

Nathan pensa qu'il allait défaillir. Jamais ses tempes n'avaient battues aussi vite. Il souffla deux fois comme pour reprendre une respiration normale après un effort physique. Mais l'emballement était plus fort et il déballa toutes ses questions à une vitesse folle.

- Et alors ça veut dire que tu dois trouver le nouvel être élu ? Tu as une piste ? Est-ce que je peux t'aider dans ta quête ? Dis oui, dis oui, s'il te plaît Tante Virginie !?!

L'enthousiasme de Nathan débordait de tous les pores de sa peau. Jamais personne ne l'avait vu dans un état d'euphorie pareil. Lui d'ordinaire si calme, réservé et solitaire.

Afin de canaliser l'émulation ambiante, elle le fixa d'un

air sérieux un long moment avant de lui chuchoter :

- Je ne pense pas que cela sera nécessaire. Je sais depuis longtemps de qui il s'agit. Regarde !

Virginie invita son neveu à se rapprocher encore plus prêt de l'épée. Il la touchait presque avec son ventre et baissa la tête pour l'admirer. Le fer de la lame aiguisée brillait dans la pénombre tel un miroir. Si bien qu'il reflétait le doux regard du petit garçon. Des yeux étincelants qui faisaient de lui un être exceptionnel.

L'oeil gauche marron, profond, presque jaune par temps de soleil. L'oeil droit bleu, perçant, couleur orage les jours de pluie.

FIN

REMERCIEMENTS

Écrire ce livre m'a procuré une réelle source de joie mais j'aurais été incapable de le finir sans l'aide de nombreuses personnes.

Mon cher et tendre, Eric Galin, a fait preuve d'une patience d'ange durant les longues heures où je restais enfermée dans ma bulle.

Merci aussi à sa fille, Léa Galin, qui m'a aiguillée lorsque je me perdais, que ce soit dans l'histoire ou dans la mise en page.

Une pensée pour ma grande amie, Camille Pastre. Ses encouragements m'ont permis d'atteindre la dernière ligne droite.

Et enfin, un grand merci à ma petite soeur, Anaïs Jolivet, sans qui rien n'aurait été possible. Son dévouement, sa foi en moi, ainsi que la réalisation de la couverture, m'ont apporté le réconfort dont j'avais besoin.

Mille fois merci à tous, en espérant ne pas vous décevoir.

© 2020, Aurore Jolivet

Edition : Books on Demand,
12/14 rond-Point des Champs-Elysées, 75008 Paris
Impression : BoD - Books on Demand, Norderstedt, Allemagne
ISBN : 9782322222155
Dépôt légal : Mai 2020